曾剑 著

比远方 更远

山西出版传媒集团 北岳文艺出版社

·太原·

图书在版编目（CIP）数据

比远方更远 / 曾剑著. -- 太原：北岳文艺出版社，2025. 1. -- ISBN 978-7-5378-6935-5

Ⅰ. I247.5

中国国家版本馆CIP数据核字第2024CA8973号

比远方更远
BI YUANFANG GENG YUAN

曾剑 / 著

//

出品人
郭文礼

选题策划
范戈

责任编辑
范戈

装帧设计
张永文

印装监制
郭勇

出版发行：山西出版传媒集团·北岳文艺出版社
地址：山西省太原市并州南路57号
邮编：030012
电话：0351-5628696（发行部）　0351-5628688（总编室）
传真：0351-5628680
经销商：新华书店
印刷装订：山西人民印刷有限责任公司
开本：787mm×1092mm　1/32
字数：187千
印张：7.25
版次：2025年1月第1版
印次：2025年1月山西第1次印刷
书号：ISBN 978-7-5378-6935-5
定价：58.00元

本书版权为本社独家所有，未经本社同意不得转载、摘编或复制

目 录

玫瑰和夜莺　　/ 001

流沙河　　　　/ 043

太平桥　　　　/ 083

三哥的紫竹林　/ 129

比远方更远　　/ 173

玫瑰和夜莺

一

　　画匠是同春天一起来到石桥村的，那是石桥村最美的季节。清晨的石桥河河面云蒸雾罩，如梦如幻。待雾散去，村子里炊烟升起，白亮的阳光照耀着满田满野的油菜花。

　　画匠的身影第一次出现在石拱桥上时，石桥村静下来了，乡民都被他的那身装扮惊艳，仿佛时间穿越到民国。他身着齐膝长衫，长发过耳，短髯短须。他背着一块方形木板，像背着特殊兵器的侠客。

　　画匠迎风而立，凝望着石桥村。等乡民将目光再次投上石拱桥时，他已在桥上支起木板，木板上夹几张纸片。他有一只折叠椅。他打开折叠椅，坐上去，一只手挥舞着。

　　父亲是第一个走近画匠的人。作为村民组长，他揣着一颗公心，像审视一个特务一样，怀疑的目光在画匠身上扫来扫去。然后就是德财老人，他对石桥村一切新鲜事物，惯以长者的身份，在第一时间做出权威判断，好或坏，有益还是无利。他总是显得那么热心。

　　然后，我就跟了过去。

　　我们在画匠紧贴木板的纸上，看见一只牛，它身边是一条河，牛就卧伏在河边的草地上。

我抬眼望，石拱桥斜前方的坡地上，一头黄牛半卧，它张着嘴，嘴轻轻动着，它在反刍。画匠是把我们石桥河的那片地，收进他的画里了。

我们这才知道，他是一位画家，但村子里的人不叫他画家，叫他画匠，等同木匠、瓦匠和篾匠。他坐在石拱桥上画石桥河，或坐在石桥河畔画石拱桥。也不见他吃饭，成天只是喝水。喝井水、泉水。我们平时不屑一顾的山泉水，他像宝贝似的捧在手里喝。村子里有人怀疑他偷吃我们的瓜果，要不何至于不被饿死？

那时候，乡村分田到户，被禁锢在生产队数年的人，在自己新分获的田地里劳作，像鸟儿回到天空，声音高起来，或低下去，脚步快起来，或慢下来，晚起或早归。总之，是自由了。村子里的姑娘们，不像以前那么拘谨，叽叽喳喳像林中小鸟。

那年我十二岁。

不像好人，画画儿，不是正经营生。一向沉默寡言的父亲说。父亲叫我们少同这样的人在一起，怕被他带坏。他自己却同画匠攀谈起来，对他表现出特别的兴趣。

你自己咋就总是跟他在一起？德财老人问。父亲说，我在了解情况，他很可能是个坏分子。"坏分子"三个字，让我对河畔那个长相端庄的年轻男人感到神秘而恐惧，电影里，那些搞破坏的特务出现在我脑海里。他莫非要炸石拱桥？我这么想，数天不敢上桥。我在远离石拱桥的地方，偷偷盯着他。那桥许久以来一直存在着，而他的行为举止，除了有些怪异，并不具备破坏性。

不像好人，名字就不正经。父亲说。

我们从父亲的口中，知道他叫许言午。我不认为这个名字不好，相反很有特点。他真的让我喜欢。我喜欢他与别人不一样。他是那么特别，有时穿着短袖,却扎着围巾,纱料的,浅灰色。他的穿着,他的画,他画画儿的样子吸引了我。当我观察到他不像是一个"坏分子"时,我不顾父亲反对,总会往他身边凑。他脚旁的油彩,让他身上有一种特别的香味儿。他不烦我们小孩子,他喜欢我们围在他身边。

他每周有三五天在石桥河。不在石桥河的时候,村子里的人就会问,咋没见许言午?许言午成为我们石桥村不可或缺的人。

父亲认为许言午有才,不过他也像别的村民一样,认为他只是个画匠,算不上画家。父亲在我们乡村是个文化人,他曾教书八年,那点儿工资不够一家人吃喝,且爷爷、奶奶还在,老人需要照顾。于是,父亲放弃了教书,回到乡村。回到乡村的父亲,在乡村说话,有一定的权威。

不像好人。父亲反复说,他语气肯定。父亲的话,减弱了石桥村人对许言午的好奇,他身上那层神秘的光环随之暗淡了。但父亲的话,对我不管用,它同样不作用于我的姐姐。许言午像一道清晨的阳光,这道光照耀在姐姐的脸上,姐姐的脸上有了笑容。

那一天,许言午在石拱桥上画河水,我和姐姐远远地走向畈田,他对着我们唱起了歌:

喊声姐姐你听好,我们桥上来遇到。今生有缘认识你呀,你的恩情我难回报。你的恩情我难回报哇,唱支山歌祝福姐,平安又安好……

姐姐满脸通红,蜇身回了屋。我以为她生了许言午的气,事实上,她没有。她怂恿我去向许言午学画,她说我将来可以当个画家,不用下田干活儿,像个泥巴狗似的。

看人家穿戴多干净。姐姐说。

我说，许言午不像爸爸说的那样。

叫哥，做人要讲礼貌。姐姐说。

我于是叫许言午哥。

叫姐夫。有一天，许言午嬉笑着对我说，我的脸突然热烘烘的。我倒是想要这样一个姐夫。我回家同姐姐说，姐姐抓起一把笤帚举在我眼前，骂我，嘴巴再像鸡屁股似的乱屙，我给你好好揸一下。

父亲不语，他的沉默让我不安，好像他随时都会火山爆发。

画得真像，你看那头牛，像张着嘴巴在吃草。母亲夸赞许言午，就是人看起来不像过日子的人。母亲褒扬之后，说出她的担忧。

母亲一直想姐姐嫁给同村的刘润春，离家近。母亲不希望姐姐嫁得远，她对我们男孩子不信任。男孩子娶了媳妇都忘了娘，女儿心疼父母一些。母亲说姐姐要是嫁给刘润春，她就留住了女儿，还约等于多了一个儿。

刘润春在我们乡村算大龄青年，奔三十了，还没成家。他惦念着姐姐。几年前，父亲、母亲私下将姐姐许配给他，姐姐没反对，算是默允。如果是外村的，早就相亲了。本村子的，这道程序省了，就等着刘润春攒够了钱，把新房盖好，把姐姐娶过去。

如果不是许言午的出现，刘润春应该很快会成为我的姐夫。

那天许言午回到石桥村。那是个周末，我没有去学校。我看见他坐在石拱桥上，我走过去，想看他画画儿。他没画牛，没画石桥河的水。他像是画画儿，也像是写字，我后来才知道，那是鸟体字，五颜六色，很漂亮。我那时候常常希望拥有美好的东西，比如眼前的字和画。我没好意思要，他主动给了我一幅。那鸟体字像几只彩色的鸟，正扇动着五彩的翅膀飞翔。

我没认出那几个字。

鹏程万里。许言午说。我心里美滋滋的。我明白这几个字的含义,也知道是他对我的祝福。我把这幅字拿回家。父亲说,写的个什么东西,像鸟瞎扑腾。我说,算你说对了,他写的就是鸟体字。

父亲竟然很欣喜,帮我把它贴在我的床头。父亲希望我鹏程万里。

有一次,姐姐将一幅字往她的箱子里放,让我撞见了。我想看,她不让,宝贝似的不让碰。我知道那是许言午给她的。我瞅了一眼。那几个字,许言午没写得太复杂,虽然也是鸟体字,我一眼就看出来了,是"诗情画意"。为什么是诗情画意?诗情画意不是形容山水的吗?他送给姐姐的字,为什么不是"如花似玉"?我努力地想了一下,终于明白了:他是含蓄。

我的姐姐用"如花似玉"形容,一点儿不过分。

许言午留长发,那头长发把耳朵都盖住了。许言午游手好闲,一直写着他的鸟体字。他的鸟体字除了我和姐姐,没人喜欢,没人请他写。那字太花哨,不实用,我们村的人,贴对联都不用它,他们喜欢那饱蘸浓墨的字,古朴、厚重,像他们期望中殷实的家业。许言午的鸟体字弯弯转转,瞅着就轻浮,父亲说,靠这个吃不上饭。

他穿戴如姐姐所说,干净,也时髦。他有一辆嘉陵牌摩托车。

二

父亲一直说着许言午的坏话,说他不务正业。难道画画儿,写鸟体字,不是一种职业吗?非得像他那样成天在水稻田里,把自己弄得像泥巴狗才是务正业?

父亲不喜欢许言午,不是看不上,是看不惯,父亲反复说他不是什么好人。我与父亲正相反,我喜欢许言午,成天干干净净的,玩颜料,总归比他玩泥巴高尚。

许言午给我画了一张像，画得不是特别像，这自然没有引起我和我同伴们的惊叹。他可能感觉到我的不满意，解释说，他画出了我的神韵。他说，画的最高境界，并不是画得像，要神似而非形似。形似，照相去好了。

我于是盼着照相的来。不久果然盼来一位，却不爱搭理我们，他喜欢给村子里的大姑娘照。

我把许言午给我画的像拿到家里，母亲说挺好，姐姐看了一眼，没说什么，但我能看出，她心情愉悦。父亲的反应，大出我的意料，他让我把画拿远一些。他把我内心的喜悦击得粉碎。他原本性格温和，不轻易发脾气，近来不知为何，他变得有些无常，脾气渐长。

某一天晚上，父亲把许言午请到我家，我才知道，父亲不喜欢许言午是假，说不喜欢，是给外人听的，好让别的姑娘对许言午没有想法。父亲是声东击西。身为村民组长的父亲，老谋深算，看上了许言午，却故意说人家不好，暗中却想让许言午成为自己的乘龙快婿。

丝瓜的筋多，曹操的心多。父亲被村里人谑称为"曹操"是有原因的。

那天，父亲把许言午带到我家后，母亲给他们沏好茶，就到厨房做饭去了。到了饭点，该留人吃饭，这是家规。

我们小孩子喜欢家里来客人。平时家里看起来什么也没有，客人一来，母亲总会变魔术似的，摆上一桌菜。

更多的意外接踵而至：父亲竟然留他在我家住，这让我心生喜悦。这样，我可以近距离地跟这个叫许言午的画匠在一起。我五岁与父亲、母亲分床睡，但我害怕，父亲陪我到七岁之后，他回归母亲的床，自此，我一个人睡。现在，我并不害怕，我只是感到孤单。

我满心欢喜，给许言午打了洗脸水、洗脚水，我还帮他倒掉了洗脚水，然后，我回我的房间，重新铺了床铺，等着许言午。他身上那些残余的颜料散发出的香味儿吸引着我。

我空等一场，许言午竟然跟父亲睡到父亲、母亲的床上了，母亲则去了姐姐的房间。这一定是父亲的安排。他们有说不完的话，几口白酒，让他们唠了半个夜晚。

我的房间与父亲、母亲的房间属同一间屋，中间一人多高的土砖墙将这间屋一分为二，他们住上半间，我住下半间，一张双人床，一个旧书柜，一个装我衣服的木头箱子，一个写作业的小桌，我平时玩的刀、弓箭和红缨枪，再无别的家什。

父亲和许言午的谈话，我听得半真半切。我羡慕父亲，他能与这位城里来的人如此近距离地在一起。他们有那么多话说。

清晨起床，我像是许言午的勤务员，给他打洗脸水，给他找来一根崭新的牙刷，给他倒洗脚水。做着这一切，我是快乐的，心甘情愿。

他不吃早饭，看着我们吃，他沏一杯老君眉茶，那茶的叶芽悬在透明的水杯里，像无数绿裙女子在舞蹈。我后来在2022年的央视春节联欢晚会上，看舞蹈《只此青绿》，陡然回想起许言午的这杯绿茶，心绪无法言说。一杯茶后，他背上画夹，上了石拱桥。烈日当空的时候，他就在河套的树荫下。他自此成为我家的客人，在我家吃住。他只吃午饭，晚饭像早饭一样，只是一杯绿茶。我们晚饭时间，他在工作，或者在树荫下乘凉。他那个行军椅，左右两个弹簧一按，靠背往后张开，人就能半卧。行军椅右侧有个圆形网兜，装水杯的。许言午画几笔，喝口茶，半躺着，貌似神仙。石桥村的人，对他既羡慕又嫉妒。

有人问，他这样游荡，靠什么生活。后来听人说，游山逛水是他的工作，他有工资的，他在县文化馆工作。

有好事者，就去打听他。那时候，我们石桥村还没人在县城上班，是村子里的媳妇托娘家在县城上班的人，在县城上班的人，再托他同事或朋友，这么打听到文化馆是有这么个人，但似乎不是正式编制，好像是临时聘用，也有说是已聘用，未转正，在考察期。

乡村农民，对"聘用"这些字眼，并无太明晰的概念。

我觉得父亲想选许言午当女婿，是天方夜谭，父亲却说，一切皆有可能。当他听说许言午可能并非文化馆的正式工时，他反而很高兴，他觉得这样，许言午才有可能看上我姐。

父亲的心思，并未在石桥村公开，他喜欢玩深沉。他让我向许言午拜师学画，这自然是个借口。父亲是"明修栈道，暗度陈仓"。许言午是我的师傅，他在我家吃住，就名正言顺，阻拦了别人关于许言午和我姐姐的流言蜚语。

我姐叫金菊花。我们石桥村还有刘杏花、李兰花、陈梨花，人称石桥村"四朵金花"。四姐妹同年不同季节，出生在这环山抱水的灵性之地。

这年的春天，除了画家许言午，还有几个男人来到我们石桥村，他们像是约好了的。他们来了，就住下来。他们后来离开石桥村，也像是约好的，几乎是在一夜之间离开石桥村的。

他们的到来，使我们村的"四朵金花"几乎在同一时间找到了自己的恋人，也几乎都是在半年后，"四朵金花"中的"三朵"，被他们抛弃。她们的爱情梦碎。自此，这三个常在一起像喜鹊一样说笑的姑娘，把自己封闭在各自的闺房。我的姐姐，随之也就孤单了。

养蜂人住帐篷。他的帐篷就支在河对面的坡地，四野是一眼望不到边的油菜花。

某个清晨去上学，我看见刘杏花从养蜂人的帐篷里钻出来，我急忙闪身到一株柳树后，怕她看见我，怕她知道我知道她在帐篷里过夜，尽管这只是我的推测。她若知道我看见了，以后，他们的事在村子里传开，她会怀疑是我说出去的。

但是，我既然看见了，怎么能保守住这个秘密？一个人保守一个秘密，像心里装了一颗定时炸弹，不扔出去，会坐卧不安。

我把这个秘密告诉我的母亲，我早晨看见刘杏花从养蜂人的帐篷里出来了。我以为母亲会非常惊讶，事实上，她的确非常惊讶，但她惊讶的，不是刘杏花住进了养蜂人的帐篷，而是这话从我嘴里说出来。

晓得啦，哪个不晓得，要你放屁！母亲嫁的是父亲这样的知识分子，平时说话相对文明，生气的时候，说话也粗俗，泯然一般村妇。

我才知道，很多人知晓养蜂人与刘杏花的事，这早已不是秘密，只是我把它当成了一个秘密。

刘杏花，一个乡村的女子，胆子奇大，不久以后，她竟然跟着他到野外去养蜂。脸上被蜇了，红肿着脸也要跟着他。

德财老人对我说，瞧你姐给你找的姐夫，一个写鸟字的！那字能当饭吃？他还吃住在你家，这叫倒贴。你看杏花家，蜂蜜多得喝不了。杏花胖了。她老娘，以前黑瘦黑瘦的，现在白胖白胖的。

德财老人说，那个许言午，就知道写鸟字。

我说，他写的不是鸟字，是鸟体字。

石桥河的人，喜欢管闲事，迷恋猜测。好事喜欢锦上添花，坏事会去阻拦。这大都是老年人的做派。细奶对刘杏花说，你喜欢那个养蜂的什么，他哪点好？

我喜欢他那一身鼓嘟嘟的肉！刘杏花咬着牙说。她的语气充满火药味儿。她顶撞一位八十岁的妇人，这在石桥河人的生活经验里，是要遭报应的。养蜂人几个月后独自离去，村民说是她遭受报应的开始。此前，她获高人指点，要她盯住养蜂人，但养蜂人还是在一个月黑风高的夜晚，像一阵风一样消失了。

刘杏花竟然没有听见一点儿动静，清晨她发现养蜂人走了，她根据驴车车痕,追到上河湾,追上了他。她直问养蜂人离开为什么不提前说一声,为什么要半夜走。养蜂人说,蜜蜂怕露水,要在露水出来前出发。她要他将她带走,便跟着养蜂人。养蜂人说,外面风餐露宿,你受不了,我先走,你秋后再来。他说他家是河口的,那个集镇繁华,他家在镇郊。

深秋的时候,刘杏花去了河口。她真的找到了养蜂人,但他的帐篷里有了新的女人。她明白了,他让她等他,以及对她的那些山盟海誓,都是谎言。

帐篷里的女人是一个寡妇。刘杏花找到那个寡妇时,寡妇哭着告诉她,养蜂人不是河口镇人,他是河南新县的。

他不是河口镇口音,你听不出来?那个寡妇问刘杏花。

我也没来过河口,我不知道河口是什么样的口音。

那个寡妇望着她,她望着那个寡妇,她们彼此知道对方曾经扮演或正在扮演的角色。她们同时把愤怒的目光投向对方,并且寻找对方的缺点,企图在形象上打败对方。谁也没有战胜谁,刘杏花年轻,但略胖,脖子短。那个女人从身材到脸蛋儿,比刘杏花长得标致,但年龄明显比刘杏花长,眼角的鱼尾纹,向太阳穴铺开去。

你走吧。养蜂人对刘杏花说。

原来他走到一个地方,都会留下一段风流韵事。

你送我一下。刘杏花对养蜂人说。养蜂人跟着她,她走到一家金店前。那是河口镇唯一的金店,她来时就看见了。

在金店门口,她对养蜂人说,你给我买一条金项链。她的这句话,像是一个石头砸向养蜂人,他几乎是跳起来,大声问,什么?!

一条金项链。

他装作听不懂,其实他心里明白,她陪了他那么多个夜晚,她是在向他要青春损失费。

你脖子短，戴项链不好看！

这句话像一把锋利的刀，生生扎进刘杏花的心脏。她的脖子本能地往上一伸，但心的疼痛，使她的腰弯了一下，那身体便矮了下去。

她的脖子到底伸不长。她的眼泪奔涌而出。

她只是向他要她的青春损失费，而他，那么冷漠，看来他根本没有给她损失费的意思，没准儿在他看来，她是自愿的。

他说，你喝过我那么多的蜜，你全家人都喝。他这句话，把她推向绝望的深渊，好像她同他在一起，就是为了他的蜂蜜。

没看你长胖了，白胖白胖的。他的话继续刺伤她。她抹了一把泪，仰起头，推着自行车，沿着石桥河向南，朝着石桥村的方向行进。

刘杏花骑自行车回到石桥村，之后，她就成为一个沉默的女子。她在石桥河同人说起的唯一一句话是：我要去死。这句话，在刘杏花离开养蜂人时说过一次。养蜂人冷冷地说，那是你自己的事，与我无关。

我要去死。刘杏花反复说着这句话，见谁都说，我陪了他这么长时间，我让他给我买条金项链，他说我脖子短，戴项链不好看……

刘家人本来想瞒住这件事，然后就说刘杏花嫌养蜂人路途遥远，居无定所，甩了养蜂人，这虽然是一样的结果，但名声要好听许多。但刘杏花把金项链的事一说，村里人就明白了，是养蜂人抛弃了刘杏花。

当天夜里，刘杏花寻死。她娘知道她心情不好，一直盯着她。半夜里，她把自己的脖子挂在窗户上，她娘一声呼喊，她哥刘润春破门而入，把她救了下来。

刘杏花经历了一次死，她活过来算是重生。重生后的她自此不爱说话。历经深秋和寒冬，她脖子上始终围着一条围巾，冬天是毛线的，秋天是纱巾，据说是遮挡她脖子上那道伤痕。也有人说，原因并非如此，过去这长时间，那条勒痕还在？她只是为了掩盖她的短脖子，这种说法，同样禁不住推敲，长脖子才喜欢扎围巾，短脖子，扎上围脖儿，脖子不显得更短？

我猜想，她隐藏脖子，其实是想隐藏那段与脖子有关的往事。这自然是掩耳盗铃。

三

石桥村的人，先是听见自行车响，丁零零，丁零零……孩子跑过去，围着骑车的人。老人们不紧不慢，蹒跚而来。货郎的自行车龙头上插着一只小风车，也卖，但主要是装饰。小风车，我们乡村的儿童自己会做，一片纸，剪几个口子，卷起来，钉在一根高粱秆上。我们举在手中，河面的风吹过来，风车就转了。要想风车转动得快，就举着风车，在乡路上奔跑。

货郎的宝贝都在自行车后座处，那里有三个木头箱子，后座上搁一个，后座两边各挂一个，那是他的百宝箱。

百宝箱最吸引姑娘们，她们围着货郎，像一群百灵鸟。彩色头绳、蝴蝶结、手绢、针头线脑、雪花膏、花露水……

孩子们围过去，自然只是想得到一颗糖块。

自行车辙成一条线，石桥村的人，便管自行车叫线车，管骑线车的货郎叫线车货郎，以区别那些挑着担子行走在石拱桥上的货郎。那些挑担子行走的货郎年龄都大，五十开外，只有这个货郎，还是一个嫩小伙儿，用后来人的话说，是小鲜肉。

线车货郎除了年轻，性格开朗，还大气，能赊账。在那些挑担子的货郎面前，姑娘们看中一件什么东西，没钱，恋恋不舍地放下，怅然离去。姑娘们手里很少有现钱。线车货郎却总是对她们说，拿去吧，先拿去用。

姑娘们拿去了,钱待他下次来再给。下次来,还没有钱,就等下下次。线车货郎不计较,乡村姑娘也自觉,待有了,就给了。

陈梨花是最喜欢赊账的人,线车货郎好像特别乐意赊给她。以前是几个姑娘围着线车货郎。不知从哪一天开始,只要陈梨花出现在线车货郎跟前,她们几个就不拢身。或者她们原本是围着线车货郎的,见陈梨花从远处疾步走来,她们就喊喊笑着,悄然离开。

陈梨花家在村子最北头,她常舍近求远,到南边的河套边洗衣,她常翘首凝望石拱桥东面那条路,盼望线车货郎。

有一天,线车货郎变成了摩托车货郎,与许言午一样,他骑的也是一辆小型嘉陵牌摩托车。在那个年代,能有这样一辆摩托车,几乎算得上是富豪。他的摩托车后座上,带着他贩卖的货物。有一天,后座上没有货物,而是人,我们村子的陈梨花坐在他身后。

石桥河的"四朵金花",在我看来,数我姐姐最好看。她像我的父亲,大眼睛,双眼皮。眉如青黛,眼如秋水,就是用来形容我姐的。

李兰花单眼皮。我们石桥村的人,觉得单眼皮的女子性同狐狸,刁钻、狡猾。有了这印象,石桥村的人,便不认为李兰花美,但在那个照相师傅的镜头下,李兰花却是那么耐看,用一个词来形容,就是妩媚。那些照片让我悟出一个道理:女性的美,不仅是脸蛋儿,身材更为重要。李兰花的脸蛋儿并不漂亮,单眼皮不说,眼睛还略显狭长,但那张脸长在那样修长的脖子上,配上那瘦如杉木的身子,看着就让人怜爱。

照相师傅也给石桥村的其他人照相,也给李兰花之外的另外三朵金花照。谁给钱,他就给谁照,但他照得最多的是李兰花。李兰花不给钱他也照。照相前,他给李兰花配上粉红纱巾,或蓝色围脖儿。

在照相人的导演下,李兰花手扶着一枝翠竹,或者倚一面青砖墙,或站在石拱桥上,手搭石狮头,侧着身子,头半歪,与石狮对视;或半卧河滩绿草花丛间。我们没想到,农家的李兰花,竟然如此风情万种,分外妖娆。

那些粉红纱巾、蓝色围脖儿,我们起先以为是道具,不是的,照完相,照相师傅直接把它们送给了李兰花。有了那些色彩艳丽的纱巾、围脖儿,李兰花从"四朵金花"中脱颖而出。

某一天,照相师傅开了一辆小四轮,上面立着一张照片,那张照片差不多有真人大小,镶在一个木头框里。我们以为照片上的人是电影明星,以为是山口百惠,仔细看,才知是我们村的李兰花。

原来照片上的李兰花这么美。

那天中午,李兰花家请照相师傅吃饭,以示谢意。午饭后,照相师傅带着李兰花以石拱桥和石桥河畔的杨柳为背景,照了很多相。

这天黄昏,在李兰花家,照相师傅留下了李兰花这张巨幅照片,并带走了李兰花。用石桥河人说,他用一个假人,换走了真人。

照相师傅说,他带李兰花到镇上他的照相馆工作,李兰花是他的模特儿,他给李兰花开工资。

李兰花走了,她父亲觉得没面子。陈梨花三天两头儿跟着摩托货郎去一趟县城。这期间,养蜂人还没走,短脖子的刘杏花与养蜂人的恋情,正由"地下"转入"公开",石桥河人看见她每天往养蜂人的帐篷里送饭菜,帮他取蜂蜜。她拎起帐篷里一罐蜂蜜就走,比拎自家的油壶还随意。

我父亲很惆怅。我父亲的惆怅,从他的沉默里表现出来。许言午隔三岔五也来,每次来,也还在我家吃饭,也还在我家住。但他终于忍受不了我父亲没完没了的言说,跑到我的床上来。我竟然很享受与他同睡一床的感觉。他均匀的呼吸,驱走了我黑夜里的孤独。我很留恋那样的夜晚。那样的夜晚,对我有着不一样的吸引力。我渴望在他身边,一到他身边，我总是莫名地有些兴奋。一个少年的身体，竟然是由一个成年男人唤醒的，而这个男人却浑然不知。这太不可思议了，但这是事实。

许画匠睡在我的床上，我与许画匠睡一张床。我用炫耀的口气把这个消息告诉同伴。他们不认为我是在炫耀，他们认为我是在为我姐解释，而且觉得我这样的解释特别蹩脚，是"画蛇添足"。

许老师是男的，当然睡在你床上，他总不能睡到你姐姐床上吧？

我面如火烤。

许多天以来，姐姐与许言午的关系没有进展。他与我家的关系，似乎仅仅停留在他与我的师生关系上。

天入黄昏，许言午沐着夕阳坐在河畔。他更像一个诗人，一位远古的诗人。他喜欢穿亚麻立领衣服，迎风而立，风吹着他的衣襟，他看上去仙风道骨。

刘润春依然会帮我家干农活儿，都知道他喜欢我姐。许言午的到来，他突然沉默了，虽然每天在田间地头碰见，也打招呼，但脸总是阴沉的。

父亲对刘润春冷漠了。

刘润春就是个悲情人物。前些年有人给刘润春介绍对象，他暗恋我姐，拒绝了人家，这样拖了好几年，现在年龄偏大，好的不好找，差的他瞧不上。前一阵子，上河湾有一对兄妹，想与刘润春家换亲，那个人将妹妹嫁给刘润春，刘润春将妹妹刘杏花嫁那个人。刘润春不干，说名声不好听，他打八辈子光棍儿也不干这样的事。也有人说，他是惦念着我姐。我父亲对刘润春的态度遭到村里人的非议，他们说父亲过河拆桥。

刘润春给他家干了多少活儿？当牛做马的！他们背地里说。话传到我家，父亲不理他们。谁不想自己的女儿攀高枝。

我不知道姐姐与许言午若即若离的关系，是不是因为刘润春，她怕伤害刘润春？许言午是积极的，他总是主动与姐姐言谈，姐姐有时回应一句,有时不回应,只平淡地冲他笑一下。

我怀疑,就因姐姐那笑太朦胧,许言午才与她牵不断扯不断。

孤独像茧一样包裹着刘润春。我看着他,都有些不敢叫他哥,似乎那样称呼他,是对他的讥讽。我原本可以叫他姐夫的。

我有时觉得,石桥河就是一只巨大的忧伤的眼睛,流淌的河水,像泪水。

父亲显然着急了,有一天,他喝了一杯白酒,算是为自己壮胆,好让自己把心里不好意思说的话说出来。他问许言午,你是怎么想的?许言午知道父亲所指,说,这得看金菊花。

姐姐金菊花对许言午的态度仍旧不冷不热。父亲不便对姐姐说,就让母亲去探姐姐的口气。母亲问,许言午咋样?姐姐说,挺好的,就让他教利来吧,没准儿咱家也能出个画家。她闭口不提她与许言午的事。

我小名叫利来,大名金利来,这就是我那说没文化又有点儿文化,说有文化却只是个半瓢水的父亲给我取的名字。

时隔多年,市面上流行一款名为"金利来"的裤腰带,还是名品,我觉得父亲给我取名"金利来",还是有一定水准的。他这个"半瓢水",到底可以晃荡两下。

父亲是爱面子讲脸面的人,姐姐与许言午的恋情没有进展,父亲决定不再留他吃住。父亲开始有情绪了。许言午不像另外三个在我们石桥村游荡的男人给女孩儿家带来实惠。他每次来,一包点心都不带,坦然在我家吃住,似乎这是他的家。他带给我家的实惠,是教我画画儿,这让我愉悦,但在乡民们的眼里,这是没有用的东西,一个农家子弟,将来要么种地,运气好的话,到城里当工人。画画儿?那是吃饱了没事干,撑得难受才去折腾的事。

我们石桥河的乡民,特别现实,他们干什么事,都要考虑有没有用,是否能给自家带来实惠。

我后来成为一名画家，许言午的启蒙作用至关重要。他倒没教我什么绘画技巧，我也不喜欢他的鸟体字，但他培养了我的兴趣，让我爱上了画画儿。

金利来说他不想学画了。父亲那天对许言午说。

我没说过！我说。

父亲举手要扇我耳光。许言午自然知道是怎么回事，他说，我这就走，我不会再上你家了。他语气很轻，却是斩钉截铁，像是誓言。

他走出我家，走出我们石桥村。他目光决绝，神情淡定，背影像一堵坚硬的墙从容移动，脚步铿锵有力。

真是狼子野心，"升米恩，斗米仇。"养不熟。父亲的话，像风一样追赶着许言午的背影。

我们老金家，在自卑的情绪里度过了一个夏季，初秋是我们石桥河最好的时节，天高云淡，气候适宜。许言午重新出现在我们石桥河，比夏日来得更勤，但他不再走进我家，似乎是在恪守"我不会再上你家了"的誓言。

四

随着秋天的到来，出走的李兰花、陈梨花先后回家，加之去寻养蜂人受挫的刘杏花，"三朵金花"像约好似的，几乎同时回到石桥村。她们现身说法，用她们的现实经历告诉我们，许言午没带走姐姐，于我家是幸运，是上天最好的安排——她们三姐妹，都被各自痴恋的男人抛弃。她们从回到自己闺房那一刻起，就很少出屋。

石桥河两岸树叶纷纷飘落的时候，"三朵金花"的生命，也像树叶一样飘零。她们三人，将手指彼此捆绑在一起，跳下青石桥。青石桥下河水最深，又陡，她们跳下去，根本爬不上来。她们死的方式极端，足见她们死的决心。那天我冲向三个姑娘淹亡的河岸时，父亲吼住了我。他知道我胆小，他不希望那惨状出现在我眼前。但三个姑娘淹亡时的惨状，还是通过德财老人的描述，留在我的脑海里：她们的大拇指，每两个两个地连起来，用细麻绳紧紧地捆在一起，细麻绳系成死疙瘩。这样，即便一个人反悔了，有另两具肉身在水里的拉坠，她也必死无疑。

三个人死相惨烈。她们企图搂在一起，但大拇指的捆绑阻止了她们，每个人的双手成钩状立在她们胸前，大拇指用细麻绳系成死结，这很让人费解——她们是怎么做到的？

三个姑娘的死，轰动了周边村庄，不少人跋山涉水来看热闹，被德财老人一顿骂。他手持一根扁担，立在通往我们村的那个路口，大有关羽立刀守道之势。德财老人对那些汹涌而来的人喊道，滚！有人听他的，踅身而回，更多的人不理会他。他拿着一根扁担，幻想一夫当关，万夫莫开。但强烈的好奇心驱使那些外村人绕开他，钻进山坡上的树林，再从远处钻出来。更有年轻气盛者，抢下他的扁担，扔进路旁的水沟里。德财老人捡起扁担，再次站在路旁，杵着扁担而立。

他们冲破德财老人的防线，但他们什么都没看见，三个逝去的姑娘，早被各自的家人抬到家里去了。虽然成年，但未成家，在我们乡村，也算是未成人，不能入祖坟。她们三人，就都埋在石桥村北山坡的北山洼，三个坟并在一起，倒也有个伴儿，不至于成孤坟野鬼。

悲剧，三个悲剧。父亲恍然醒悟说，我算是看透了，离这些外来人远一些，招摇撞骗，没一个好东西。这事之后，喜欢许言午的父亲痛下决心，不让姐姐与许言午交往。事不过三，三个姑娘的命，足以证明这些外来的年轻人，没一个好东西！

三个姑娘淹亡之后，最受影响的是我的姐姐，她比三个姑娘的亲人受的刺激还大。她魂不守舍，好像得了什么病。她们四个是一起玩大的，她们在一起的时间，甚至比与自己的爹娘在一起的时间长，她有理由悲伤。

我的姐姐很多年以后跟我说，她知道她们想死，她们曾经邀约她一起死，她也答应了她们，她们是因为爱情，而我的姐姐，因为友情，她竟然鬼迷心窍，鬼使神差地被她们说动了心。她竟然愿意同她们一起去死。但姐姐临时退出了她们的"死亡团队"。她们最初是要把她们四个人的大拇指系在一起的，姐姐是最后一个。当她们来系姐姐的大拇指时，姐姐临阵脱逃。

我不跳，我怕冷！

姐姐说的是怕冷，而不是怕死。

姐姐奔跑到家，躺在床上，用被子把自己蒙起来。她的三个同伴寻死，没有告诉任何人，没有诉说，也没有喊叫。除了她，没人知道这个秘密。我当时在家，我以为她是被蛇或者什么别的东西吓坏了，没敢同她说话，只站在她闺房门口，站岗似的守候着她。

时光过去数年，我问姐姐，那年她为何不救她的姐妹，她应该在村子里叫喊，把她们自杀的信息传递出去。姐姐说，她临阵逃脱那一刻，刘杏花威胁她，说她可以不死，但她们死心已定，让她不要喊，不准告诉别人。否则她要在我家放火，烧我全家。姐姐说，刘杏花还说，不让她死，她早晚要死。如果姐姐阻拦她死，她就要对我下手。

我往你家水缸里下毒，毒死金利来，毒死你全家！刘杏花的这句话，把姐姐吓傻了，如同拿住了她的命门，她一声不吱，像偷着做错了事而怕被人发现一样，躲在自己闺房里，直到她们死亡的消息传来。

姐姐后来告诉我说，在与她们一同去死的那个时候，她想到了我。

我不怕死，可我死了，金利来就孤单了！这是姐姐向她们说出她不想死的理由。

"三朵金花"自杀的那个正午的情形，多次在我脑海里上演。那个正午，我在堂屋里，站在姐姐的闺房前守着她的门，我听见村子里一个老妇人的呼喊，我听出她是细奶。我无法想象一个八十岁的老妇人，会发出那么尖厉的喊声，像一道闪电在石桥村上空掠过。那时，很多人家正在吃午饭。他们放下碗筷，冲向河边。

我也往外冲，父亲喊我，等在屋里！父亲自然知道，村子里出现这样的呼喊不是什么好事。我也知道这样骇人的惊叫，怕是人命关天。我没有听父亲的，冲向河边。我是冲上石拱桥的，石拱桥顶端，是石桥村的最高处。我看见人群都往石拱桥南面的大青石旁奔涌。小孩子冲在最前面，接着是年轻人、中年人。老人拄着拐杖，蹒跚而行。

我向他们飞奔而去。我看见三姐妹的尸体，像一根藤上的三颗地瓜缠在一起——我只是扫了一眼，没敢细看。她们的头发湿淋淋地粘在脸上，看不清面容。我不知道是谁，很快就听人群里说，是李兰花、刘杏花、陈梨花。

接着听见妇人们的哭声号啕而起，是李兰花、陈梨花的母亲。刘杏花没有娘，她爸泣不成声。

我胆小，不敢多看。村子里以前死了一个老人，他把自己吊在自家的房梁上，大人没发现，我与同伴玩藏猫猫的游戏，撞见了。他那鼓胀的眼睛，伸出嘴的长舌头吓坏了我，我号叫着跑出他家，许多天都害怕。别说夜晚，白天走到他家附近，心都要狂跳，不是迅速跑过那条幽深的巷子，就是折返而回。

我不敢看，又忍不住好奇去看，那湿淋淋的身体都变得肥大了，她们喝了过多的石桥河水。她们曾经是姐姐的闺密，现在，她们去了另一个世界。

我听见一位老妇人哭诉说,可怜,一下子死了三个,马上要出阁的人。

那天,三个姑娘被抬进各自家门后,母亲好像突然想起什么,一路奔跑回家,撞开姐姐的房门,掀开她的蚊帐,喘着粗气对她说,菊花,你可别想不开!

姐姐说,我活得好好的,我为什么要去死!

村子里从来没人奢望女孩儿远嫁,没人奢望她们大富大贵,那不是这些山村人应该有的想法。嫁得近一些更实惠,逢年过节回来看看,父母有个冷热病痛,伺候几天,农忙时,带着女婿过来当免费的长工。

都是那几个外来的后生害的。石桥村的老人们说。

三个姑娘死了,以这种方式告别人世,却并未惊天地,泣鬼神。没登过报,没上过电视,四邻八村涌来的人,只不过是看热闹,对于她们的死,他们的眼神是漠然的,他们好奇的不是她们的死,是她们的死法。

她们不该死,再难也得活着。德财老人说。他可谓现身说法,他,一个七十多岁的鳏夫,从未尝过女人的滋味,不依然平静地活着?

三个姑娘的家人,安葬完三个姑娘,哭声持续了一夜。第二天,逝者家人累了,看热闹的也累了,整个村子静下来,村子里的人,该吃饭照常吃饭,想喝酒的,照样抿一口酒,该下地干活儿的下地干活儿。他们舍不得误了工夫,不敢冷落地里的庄稼。

死得不值。石桥村的人,背地里都这么说。

听说是四条命,听说刘杏花怀了那个养蜂人的伢……

五

三姐妹死后,姐姐成为沉默的乡村姑娘。姐姐的沉默,源于她内心的隐痛。其实我的心也痛,只是我的痛苦不那么深重,我更多的是遗憾,那么好看的三个女子。我有时觉得,她们只是嫁到了一个遥远的地方,总有一天会回来。

村子里的老人安慰姐姐,被鬼盯上了,这都是命,是她们的命短。那天是阴历七月十五,七月半,鬼下畈,鬼这天出来找替身,把她们招去了。

"七月半"那天,石桥村的人,只要独自走在林子里,或在河水边,总担心有鬼从林子里闪出来,从水里钻出来。一只鸟儿的鸣声,或者鱼在水里翻起一个浪,都会让人毛骨悚然。

姐姐一直在家躺着,母亲也不出门做事,她看着姐姐,怕姐姐学那三个姑娘寻短见。第四天清晨,姐姐走向遥远的畈田,中午也不回来吃饭,在菜园里摘些瓜果充饥,等到太阳落山而天还没完全黑下来,她才回家。那时候,母亲知道姐姐不会去死,她默无声息地做事。

姐姐逃避,但她无法逃避。姐姐回来时,眼睛红肿。

石桥村的父辈,很少管女儿的事,父亲也是,他会拿起锄把打我,却难得说姐姐一句重话。父亲可怜那三个姑娘的同时,更担心姐姐。父亲将他的担忧,埋在深重的沉默里,埋在深深的皱纹里。

像个死人!母亲骂着父亲。家里发生任何不愉快的事,母亲都会把罪责怪在父亲头上,包括最近姐姐经常哭。她不喜欢姐姐总是哭。她不知道,乡村女儿,都是要当娘的来管,当爹的,好些话不好说。

我没有近距离目睹这三姐妹的死相,这或许是我的幸运。有一段时间,细奶常说到她们的死:三张泡大的脸挤在一起,像三只瓷盆,煞白煞白的……

细奶的话,多少个静夜在我耳边回响,让我噩梦连生。姐姐自然也是受了刺激。

我要离开石桥河,除非你把这条河搬走。姐姐对刘润春说。刘润春不可能"愚公移山"。他也没能力没勇气带姐姐远走高飞。带姐姐远走高飞的,只能是许言午,但父亲对许言午死了心。三个姑娘的死,敲响了父亲心里的警钟,他不再有意怂恿许言午与姐姐交往。他赶走了许言午,话说得那么决绝。他说,你别再来了!

许言午的脸皮那么厚,他俨然一个地痞流氓,样子像,语气也像。他说,你家我可以不来,石桥河我还是要来的。石桥河你说了不算吧?父亲被他的样子和语气激怒了,很想反驳他,却无话可说。石桥河,他的确说了不算。

就是你家,你说了也不算。许言午说。他走过来,一只手搭在我的脖颈儿上说,我还要教金利来画画儿,他有天赋。

许言午的话挽救了我。父亲赶他走时,我心中那片天仿佛要塌下来,好像有什么宝贵的东西就要失去。许言午的话是一道光,冲破阴霾,在我眼前闪亮了一下,我看见那差点儿失去的宝贵的东西依然在那里,并没有远离。

嘴上说许言午不行,内心其实那么喜欢许言午的父亲,这次坚决不让姐姐与许言午交往,他反复说着这句话:这些外来人,没一个好东西。然而姐姐一反常态。以前,她与许言午保持距离,现在,她反而主动与许言午在一起。许言午在石拱桥上画河水,她打着一把伞给他遮阳,似乎故意把某种关系暴露在光天化日之下。许言午转战河岸,在树荫下画石拱桥时,她帮他放折叠椅,端茶杯,一副夫唱妇随的做派。

我不喜欢姐姐这个样子,不喜欢她像许言午的跟屁虫,我只想我和许言午在一起,那种纯粹的师徒关系,溢满父子般的情感,似乎还夹杂着别的难以言说的情愫,像一捧泉水里暗含的清香与甘甜,淡淡的,难以觉察,但它存在着。

父亲少有地朝姐姐吼,要她下地干活儿。姐姐不动身,父亲拿着锄头,要砸在她头上。姐姐不情愿地拿起农具,出了家门。

姐姐走向畈田,或者从畈田回来,常会站在河坝上,望着那块大青石发呆。

那天黄昏,姐姐从河西畈田锄草回来,再次站立在河坝,凝望着大青石。突然,她扔掉手中的锄铲,向村子里飞奔。她跑上石拱桥时,头发已散开,嘴里不停地说,我不跳水,我不跳水!她冲进家,钻进自己的闺房,扯上薄被就把自己蒙起来。她在被子里还在不断地喊,别拽我,我不跳!

乡村老人总是有经验的,细奶说,定是那三个姑娘找她来了,要她的命。她的声音和话语,让我脊背生凉。细奶朝我喊,还愣着干啥?赶紧喊你德财爷!

我找到德财老人时,他正在自己黑漆漆的屋里搓稻草绳。他问有什么事,我说我姐在家把自己蒙起来,说胡话。德财老人似乎明白了什么,抓起墙角立着的一根木条,跟着我走。

那是一根桃木条。德财老人让母亲揭开姐姐的薄被,一下一下抽打姐姐的后背,朝姐姐吼道,死鬼,你们走,滚远些……

我姐那天穿着薄衫,德财老人那么抽打,她身上竟然没有出血。我后来听说,他抽打的不是姐姐,是那死去的三朵金花,她们的鬼魂附在姐姐身上,要把姐姐带走。

大约抽打三十下后,德财老人让我盛来一碗凉水。他吸一口水,喷在姐姐身上,再吸一口,再喷。一共喷了三次。姐姐果然不闹了,不拽被子蒙自己的头,也不胡言乱语。她平静地沉睡,呼吸慢慢趋于平缓。

第二天清晨,刘润春将仇视的目光,投向那块青石板。他找来钢钎、撬杠,在某个黄昏,与几个乡邻一起,把那块青石板撬到了水底。

石拱桥是乾隆年间建造，这块巨大的青石板，与石拱桥上的那些大青石是一模一样，应该是当年建石拱桥时留下的，它是一件古物。石桥村的人，从菜园子摘菜回来，顺便在这青石板上，将菜洗净。

石桥河畔，是不能没有这青石板的。

刘润春从后山的石头窝弄来一种石头，我们那里叫它白玉石，白玉石不是玉，但硬度高。无数次试验之后，刘润春终于将白玉石凿成数块青砖大小的样子，在离大青石曾经躺卧的地方四五十步处，他用白玉石垒出一方漂板，供石桥村人洗菜用。他铲来无数块草皮，将坝上通往大青石的路覆盖，这条路就不再是路了。至于通向白玉石的路，他没刻意去修。走的人多了，自然就成了路。

白玉石表面光润，沾了水，像青苔一样滑。刘润春找来锤子和凿子，在上面凿出一些纹理，既好看也防滑。

刘润春虽然重建了村人洗菜的石头漂板，但还是受了一些人的埋怨，更多的人，怀念那块青石板，他们用得久了，习惯了，也有了感情。他们说着埋怨的话，刘润春不吱声。为了我姐姐，他承受着一切。他不愿我姐姐睹物思人，引她伤心。

德财老人说刘润春做得对，省得那三个女鬼在大青石上游荡，要么早晚会把我姐姐带走。

大青石板消失了，可姐姐的记忆还在。每次路过，姐姐依然会停下来，盯着那石头漂板，不同的只是漂板的颜色。姐姐沉默内向的状态持续了大半年时光，直到第二年春天，许言午来到石桥河，姐姐这才像换了一个人，慢慢地焕发了青春。然而，父亲的干涉，让姐姐依然在煎熬和苦痛中前行。

那些外来的男子，都不是什么好人，骗吃骗喝骗感情。不是凤凰鸟，别攀梧桐枝。不许再跟许言午来往，除非我死！父亲咬着牙，斩钉截铁地说。他很少与姐姐对话，平时在家，形同陌路。一旦开口，就涉及生死。

父亲没有死，姐姐却到底还是走了。姐姐在石桥村消失那天，父亲发现许言午也离开了石桥村。

金菊花跟人跑了！

石桥河两岸人家，说一个姑娘"跑了"，是指她私奔，但其蔑视程度，远在"私奔"二字之上。大多跑了的姑娘，是私通了某位男人，肚子大了，藏不住丑了，不跑不行。

姐姐倒没到这个程度，但在外人看来，姐姐显然已是"许言午的人"，否则她不会"跑了"。

她怀了许言午的孩子，多嘴多舌的细奶，背地里小声说，看她那肚子，怕是有三个月。细奶的话被我听见，我走上前，要掌她的嘴，她竟然不承认，她说她什么也没说，嘴巴子都是闭着的。然后她抿紧嘴，满嘴无牙，嘴唇皱在一起。

我当然不会扇一个老太太的嘴巴，何况平时我叫她奶。但她乱嚼舌根，的确让人生厌。她为老不尊，我朝着她的驼背，狠狠地呸了一口。

姐姐逃离石桥村后，把姐姐从县城叫回来，成为父亲的一桩心事。他隔两三天去一趟县城，但姐姐从未在他身后跟回来。他身后只有动荡的空气，和一股浓烈的汗酸味儿。

我猜想，就算没有画家许言午，姐姐也是要走的，她要远走高飞，她在石桥河受不了。她无法面对吞噬她三个姐妹生命的石桥河。

父亲到县城找姐姐，姐姐不见父亲，她只见我。她想我，我是她唯一的弟弟。她让人捎信来，让我去一趟县城。我们见面的地方，是城郊倒水河桥头，许言午没来。我其实挺想见他。

姐姐没带我上她家。我不知道姐姐的家安在哪里。

你为什么要跟他跑？我流着泪问姐姐。姐姐跟一个男人跑了，让我们一家在石桥村丢尽了脸面，甚至相邻村庄都知道。我们一家人，在石桥河抬不起头来。那段时间，我姐的名声比那"三朵金花"还臭。三朵金花的名声也臭，但她们用她们的死，挽回了她们的名声，她们甚至获得了为贞洁而死的美誉。

姐姐不看我，眼望桥下的河水。我心里酸酸的，不是姐姐的样子带给我的心酸，是自发于我内心的一种感觉。我喜欢许言午，但不知为何，我并不希望他成为我的姐夫。

你跑了，润春哥怎么办？我想起刘润春孤苦的样子。

姐姐落了泪。看来，她并非铁石心肠。她说，管不了那么多了，我在石桥村待不了，我见不了那条河，那条河堵在我心里，我透不过气来。

我懂姐姐的意思，她见不得这条河，却天天要面对，田和地都在河那边，就连菜园子都在河那边的坡地。这边的坡地，只有几块小石板，用于浣衣。石桥河水一年四季都是流动的，秋日水瘦，冬天不结冰，水面一片苍茫。

姐姐走后，刘润春沉默了。石桥河的人，习惯于沉默，似乎是为了把喧嚣让给流淌的河水。

高大的刘润春，沉默如石桥河岸边的那座山。都知道他沉默的原因，他惦记了好几年的姐姐，跟着画匠许言午走了。母亲觉得有愧于他，极力给他说亲。那是个独居女人，男人是国家工人，在武钢上班，他抛弃了她。

父亲训斥母亲，没的事做！

刘润春却很愿意，他说，离婚的可以，要是死了男人的，就算了。

母亲说，女人带个儿子。

刘润春说，我喜欢儿，当自己的儿养。

母亲说，六岁了。

刘润春说，六岁正好，明年就可以上学。

于是那天下午，母亲从外村领来一个女人和一个六岁的小男孩儿。因为娶的是过花嫂，二婚，按照我们石桥村的风俗，娶二婚女人，只能在下午。

这对母子，当天就住进了刘润春家。

一个比润春大的女人，还带着个儿子，润春竟然同意了。

他是在同金菊花赌气。

金利来的娘可真会算计，指使女儿跟人跑了，拿一个老女人堵润春的嘴。

嘴是堵住了，可那心里的缺口，哪能填平？

石桥村的人，七嘴八舌。这些话，虽然是背着我家人说的，但最终通过风的扩散，都传到我们老金家人的耳朵里了。

母亲为了减轻金家人心理上因愧疚造成的负担，给刘润春领来一个女人，却弄巧成拙。外姓人的闲话，使我们老金家人心理上背负道义上的谴责更多，压力更大。先前我们抬不起头，现在连腰都要弯下去了。

父亲用他的沉默告诉我们，沉住气！

刘润春对这个比他大的女人特别好，那个男孩儿嘴甜，见第一面，就管刘润春叫爸。

虽说年龄大了点儿，还是个过花嫂，但人家带来了个儿。这儿子多招人疼！

伢进了刘家的门，就得姓刘。

这才像个家。

村子里的老人，手头有好吃的，定然要给这个小男娃送一点儿，是疼爱，更是同情。

这个家，在那个女人的操持下，散发着热腾腾的气息。她成天忙碌，走路生风，有人叫她进屋坐一坐，她没时间。她到菜园子摘了菜，在河畔洗净，匆忙回家做饭，饭后扫地，晾晒衣被。她总是忙碌着。她逢人就笑，打招呼。她除了年龄大一点儿，长得老一点儿，相貌其实不差。她是一个贤德的女人。

半个月后，一个体面的穿着工装的男人出现在石桥村，他带走了刘润春的继子，那个六岁的小儿。刘润春站在桥上，目送那个体面男人牵着小儿的手，他的眼泪滴落在桥面的石板上。

一年以后，刘润春的女人生孩子，她死了，孩子也死了。

真是一个好女人啊，一点儿脾气也没有，可惜了。村子里的老人，像传声筒一样说着同样的话。

刘润春给她以前的男人捎了信，男人表示不回来送。刘润春问，他可不可以去把他儿子接回来，让他儿子送妈妈一程。那个男人说，我儿子还小，不能离开我，也不适合做下跪磕头的事。

刘润春族人家的孩子，充当了这个女人的后人，摔了瓦盆。那瓦盆摔得不响，只裂成两半，这增添了刘润春新的忧伤。

六

过去许多年之后，姐姐同那个叫许言午的人离婚了，父亲气得落了泪，说，我当年怎么说的，你不听。我认为父亲应该感到欣慰，是姐姐抛弃了许言午，不是许言午抛弃姐姐，但父亲不这么认为，在他眼里，不管谁提出离婚，名声都不好。

那年姐姐的离去，对我来说是一个灾难，我承受着这个深秋的灾难。这个深秋在我的整个人生中，是无法抹去的一笔。这个深秋，很多词语的真实感受，是我人生第一次体会，那么刻骨铭心，比如痛苦、失落、空虚、孤独，还有寒冷。

姐姐离开石桥河，母亲没落一滴泪。在乡村，女儿永远是别人家的，儿子才是自己的。母亲最大的损失，是姐姐不能再帮她干活儿，这对母亲来说，好像不算什么，她把姐姐平时干的那些活儿，都接了过来。母亲干活儿很有条理，她看上去似乎并不比往昔更忙碌。

我清晰地记得，姐姐离去前夜，父亲对我说，看着你姐，莫让她跟人跑了！我那时还小，但我懂父亲，他是害怕。三个姑娘，像朵花，就这么凋谢了，像烟一样在石桥村消散得没了踪影。父亲怕那三个姑娘的悲剧发生在姐姐身上。

但姐姐还是跟人跑了。姐姐离开后，父亲的伤心体现在脸上，他长时间面无表情，似乎眼皮都懒得眨一下。他像一尊青铜塑像。但谁都知道他内心的苦。他避免跟人走对面，看见有人来了，他装作看田里的水，或者看庄稼是否成熟。如果实在来不及躲，他干脆地、毅然地转身而去。我看着心疼。我要是有两个姐姐就好了。

记忆中，父亲没有抱我的习惯，我是母亲和姐姐带大的。

姐姐与许言午私奔那天晚上，父亲睡到我的床上来。我能感觉到父亲有意识地靠近我，贴着我。那时是盛夏，夜晚燠热难耐。父亲却不时用他的手或脚碰我，像是试探我在不在。我知道，他怕失去我，他要时刻感觉到我的存在。姐姐离去后，我是他唯一的指望。

姐姐很少回石桥村。她不敢回，父亲说要打断她的腿。每隔十天半月的某个清晨，我家外墙木楔子上，会有一条肉出现，或者是两盒点心。显然，是姐姐，或者那个叫许言午的偷偷来过。他们不敢面对父亲，不敢面对石桥村人。

跑了，跟一个写鸟字的画匠跑了。这极具侮辱性的话，让我家很难在石桥河抬起头来，即便我一次次解释，说不是鸟字，是鸟体字，也依然改变不了我们一家人被石桥村人瞧不起的现实。

信息其实是通的,没有具体人捎信,说话之间,两边的消息就有了。我们慢慢地知道,那个叫许言午的,只是跟县文化馆一个搞舞美的人学画,经常出入县文化馆,但他并不是县文化馆的员工。

父亲并不为许言午是个无业游民而气愤,相反,这个消息让他少了些担忧,他认为这样,我的姐姐,就不会像刘杏花、李兰花、陈梨花那样被抛弃。不过他依然不准姐姐和许言午进我家的门,他心里的那口气一直没消。

我后来去过许言午家,他家在城郊,是菜农,但他并不种菜。他家条件太一般了。虽然在城郊,那房屋低矮而陈旧,都不及我家。

身为菜农,许言午不种菜,用父亲的话说,不务正业,他就是个体面苔,好看不好吃。油滑,大事做不来,小事不愿做。

父亲把许言午说得一无是处。

随着时间推移,三姐妹和她们的死,在石桥村人的记忆中渐行渐远,他们把话题集中在我姐姐身上。他们,准确地说是她们,那些中年或老年妇人,说我姐姐的话语极其刻薄,就像她们当时说那三个姑娘一样。三个姑娘死去后,她们原谅了她们,语气由指责变为同情,这让我明白,三姐妹为什么要以极端的方式离开这个世界。活着让人唾弃,死了可以捞个好名声。姐姐就不一样了,她活着。她不但活着,还嫁了一个城里人。她们说她是妖精,利用刘润春。有那看过戏文的,说她是女陈世美。每逢撞见她们背后说我家,我总装作没听见。有那么两次,她们分明不是背后说,她们看见了我,声音反而高了,这简直就是骂人了。那我也没反驳,我觉得她们说得有道理,姐姐的确是欺骗了刘润春。

父亲在家说着姐姐,没那个命,非要去攀。

嫁都嫁了,还说那话有什么用?母亲白一眼父亲。父亲被母亲的白眼所伤，怒吼道，什么嫁，请过客了吗？她分明是跑到人家去的，不晓得羞耻！

母亲说，有你当爹的这样骂自个儿的女儿的？

姐姐和许言午的消息，总会转弯抹角传到我家，尽管父亲不愿意别人提及他们，但他们的近况，总像石桥河河面的风，无孔不入。他们说，我姐姐爱许言午，愿意养着他，日子过得也还滋润。不久，他们又说，许言午越来越堕落。他不做事。他不做事，姐姐能接受，可是，他也不画画儿了，连鸟字都不写了。

这些消息传回来，再传回去，姐姐就知道了。姐姐让人给我捎了一信，其实就是一张纸条。姐姐说，你姐夫不是什么也不干，我举外，他举内。我们是菜农，我种菜、卖菜，他在家做饭，洗衣洗碗。

但传话的人说，我的姐夫许言午什么也不干，姐姐清晨上早市，卖了菜已近中午，她赶回来做饭，下午和傍晚还要给菜浇水、修枝、上肥、种新的菜，要不菜园里的菜接不上茬。

你姐这哪里是当媳妇，你姐这是去给那个许言午当佣工去了。

我钻进树林，抱着一棵古松暗自落泪。我想姐姐，我可怜姐姐。第二年初冬，姐姐有了女儿敏敏。孩子都有了，她认为父亲心中这个坎儿应该被时间填平了。这年正月初二，按我们那里的习俗，是嫁出去的女儿回娘家拜年的日子。姐姐和许言午带着敏敏来到我家。母亲给他们做饭，饭吃得冷清无味，主要是父亲老是阴沉着脸。

饭后，许言午带着姐姐和敏敏往县城去，母亲想留姐姐多住几天。母亲说，言午要走，我不留，你和敏敏多住几天。

父亲就是在这一刻爆发了，他的话，像一声霹雳。父亲说，滚，都给我滚！父亲若是单单骂一句，倒也无妨，长辈骂晚辈，在石桥河是常有的事，父亲不该上前给许言午一耳光。

一家人都被这响亮的耳光震蒙了,都愣在那里。是母亲打破了我家房前屋后的宁静,母亲冲父亲喊,你为什么事打我女婿?你个遭雷打的!父亲不理她,拿起锄头,去了畈田。他的日子,更多地在田地间度过。

七

父亲是一个爱面子的人,姐姐"跟人跑了",让他在石桥村颜面丢尽。他情愿一个人坐在田间地头,等到太阳落山再回家。他不再像以前早早地收工,回家喝着老君眉茶。那淡绿色的茶水,那水里飘浮着的翠绿色的茶叶,让他辛苦的乡村生活,有别于别的村野匹夫,让他内心偶尔生出一丝惬意。

许言午看似是游手好闲的浪荡子弟,却是一个极其爱面子的人,受过父亲那一巴掌,他再也没有踏上石桥村的土地。

父亲不接受姐姐,姐姐来,他冷着脸不出去。姐姐给他买的补品,他看都不看一眼。姐姐给他买的衣服,他不穿,试都不试一件。敏敏两岁了,会说话了,喊他一声家公,他不应声,年幼的敏敏羞红了脸,直抹眼泪。姐姐伤了父亲的心,反过来,父亲也伤了姐姐。面对父亲的固执,母亲和我敢怒不敢言。

父亲将他的心,像茧一样包裹得严严实实。

我猜测父亲不原谅姐姐和许言午的原因,并非他多讨厌许言午,更主要的是姐姐违背了他的意愿,这触及他作为家长的权威,这是底线。这口气,堵在他的胸口,长时间没能消散。

敏敏三岁时,姐姐有了儿子平平。母亲让人捎信给姐姐,让姐姐一家人回来住几天。母亲的意思是,父亲喜欢儿,不喜欢女,姐姐有了平平,父亲一定会原谅她。她让许言午也来,一家人都来。父亲没有反对,以沉默应允。本来这是两家人和好的最好时机，然而，自尊心极强的许言午，拒绝了母亲的好意。他不原谅父亲抽在他脸上的那一巴掌。

姐姐把敏敏留给许言午，自己骑着自行车，带着平平来了。

平平长得很像姐姐，好看。父亲见了平平，喜欢得不得了，抱在怀里不松开。我看见他老泪纵横，泪水穿过他凌乱的胡茬儿，流进嘴角。

岁月再漫长，日子再艰难，无论是苦，还是怨，都挡不住孩子成长。平平一岁多，能走路会喊家公时，父亲亲自去姐姐家，把平平接到石桥村。平平在我家，一直待到上小学。我感觉父亲是把平平当姐姐的替身，我感觉没错，有一天，父亲当着全家人的面，喊平平"菊花"，一家人惊立在那里，随后各干各的事。都知道父亲是喊错了，他太想姐姐了，姐姐一直在他的心里。

后来父亲离世，那年他八十岁。父亲离世时，浑浊的眼泪挂在眼眶里。他喊了一声姐姐的名字，然后，他去了另一个世界。

姐姐离开石桥河第六年，我考入黄冈师范美术系。毕业后，我不愿围着三尺讲台转，申请分配到县文化馆当一名画师，也算是跳出了农门。我对绘画的兴趣，是许言午传递给我的，这一点毋庸置疑。我画山水，但我一直排斥写鸟体字，我从未忘记我们石桥村的人，把鸟体字叫鸟字。

敏敏和平平后来也都考上了黄冈师范。黄冈是我们地区一个美丽的城市。苏东坡及他有名的《赤壁赋》，让黄冈成为名城。黄冈是我们很多农家子弟改变命运的福地。

敏敏师范毕业后，在红安一中当老师。平平毕业后，去深圳创业，他像当年的我，不满足于当一名老师，他说他喜欢做生意。他不久在深圳创办了自己的公司。

这时节，我的姐姐与许言午离婚，回到石桥村。城郊的许言午，早已不再是菜农，动迁了，他搬上新楼，人过中年的许言午，在新楼里住着，却吃不上饭。他不喜欢做饭。他先是住到平平家，不受儿媳待见，投奔敏敏，还是女儿孝顺，能容下一个吃闲饭的人。

我不同意姐姐离婚。我说，当年老爸那样阻止你跟许言午，你寻死觅活要跟他。爸就是怕你们的婚姻长不了，怕你像杏花姐她们一样，被人甩了。

现在是我不要他。我不要他，与他甩了我，是不一样的，姐姐说。

你为什么非要这样？我表达着我的不满。

姐姐眼里噙着泪。她说，你不用知道。她眼里的泪花，让我心软。我想她离开许言午，一定有她的道理，我不去猜测。我转身离去，身后传来姐姐的声音，金利来！

我回转身，姐姐一只手捂着嘴，眼泪终于从她眼角流出来。她告诉我，许言午什么也不干，就知道打牌。我说，他不一直是这样吗？他一直游手好闲！

姐姐说，他什么也不干，我不在乎，我养着他。他打牌也没啥，小打小闹，没多大输赢，我供得起，可是，姐姐的眼泪，突然像泄洪似的奔涌，他外面有女人。他借口打牌，半夜不回，在外面与别的女人混……我说，你们女的就是多疑，喜欢胡乱猜测，他就是打个牌而已。姐姐说，我没瞎说，我抓了个正着。

我转过脸去，不看姐姐。我不愿面对她那张被泪水模糊的脸，像被雨水淋湿的窗玻璃，一片模糊。

他犯别的错误，我都能忍，我愿意养着他，给他钱花，可这个事，我接受不了，这是我的底线！

姐姐的声音高起来，冲我吼叫，好像我与许言午是一路货色，她要教训我一番。

金利来，你知道吗？那个女人比我还老，比我还丑。你看那个姓许的，堕落成啥样！要是找一个比我年轻的,比我好看的,我或许还能原谅他！

我想说,那可未必。出轨就是出轨,性质是一样的,与出轨的对象无关,许言午同谁厮混,她都会难受。但我没敢说出来,我怕她歇斯底里。我说,姐,你照顾好自己……

我转身离去。我脸上似有虫子爬行,我伸手摸,湿淋淋的。我哭了,只是我不知道。

回到石桥村的姐姐,与刘润春在一起,过着田园生活。她与许言午离婚,但并没同刘润春结婚。乡村人的观念也在改变,乡村人也变得文明,他们接受了这种"搭伙"的生活方式。姐姐与刘润春的"搭伙",在石桥村人眼里,既温暖也幸福。

平平给我姐姐拿钱,让她在石桥村盖一幢小楼,让我姐姐与刘润春住,姐姐不要。姐姐说,刘润春家的老屋,住着方便,接地气。他们俩成双成对,一起去畈田,一起去菜园,一起"夫妻双双把家还"。他们做饭都是"抬着锅"的,一个在灶下添柴火,一个在灶上掌锅铲。

村子里的人说姐姐重感情,可怜刘润春孤苦,来与他安度晚年。也有人责备姐姐,说早知今日,何必当初。当初要是嫁了刘润春,刘润春也能留下一男半女。这些人真是饭后没事做,无端生出话题。如果真是那样,姐姐就没了敏敏和平平。这都是命中注定。

我那时与我爱人闹矛盾,有点儿过不下去,想与她离婚。姐姐说,能过就一起过,为了孩子。实在不能过,也别勉强自己。姐姐说,爱不是那么简单,喜欢一个人,刻到骨子里,那才叫爱,如果不是这样,那只能是喜欢,不是爱。

你爱她到骨子里吗？姐姐问我。多年以后的姐姐,言语变得深奥,让我另眼相看。但我拒绝回答这个问题。我与我的妻子沈萍结婚,除了爱情,还掺杂了别的因素,这个我心里非常清楚。随着岁月流逝,这些因素不存在了，或者说不需要了，但我们的爱，并未因此而变得纯粹，反而像失去了黏合剂，很难捏到一起了。

沈萍挺好的，姐姐说，不过，鞋子合不合脚，只有自己知道，这事，你自己定。

姐姐真是越来越厉害，完全不是我记忆中的那个姐姐。

姐姐与母亲不一样，某种程度上，她的性格更像父亲。她不当人面哭，习惯沉默。姐姐的沉默，比父亲的沉默更令我难以忍受。如果说，父亲的沉默像山一样压着我，让我浑身难以动弹，那么，姐姐的沉默，则像一片水域将我淹没，我疲于呼吸。

姐姐一生，有她的痛，当然，姐姐也必定有姐姐的幸福。那个春天，我曾在石桥板上听见许言午对姐姐说，爱是生命的火焰，没有它，一切将变成黑夜。那一刻，我不知道姐姐是一种什么感受，一个乡村姑娘，有人当面同她说"爱"。姐姐的脸红了，我相信她听到这句话时是喜悦的，我看到了那脸上是幸福的红晕。

我喜欢许言午，多年来，他的言行举止，还有他的语言，留在我的记忆里，挥之不去，我甚至对他进行过拙劣的模仿。他总是说出乡村人嘴里说不出的俏皮话来。我后来读黄冈师范，在学校图书馆看一本书，才知道"爱是生命的火焰，没有它，一切将变成黑夜"这句震撼人心的话是罗曼·罗兰说的，并非许言午的原创。

我清楚地记得，许言午是那年深秋离开石桥村的，那时候，石桥村河畔和山里的野花都凋谢了，只有野菊花在秋风中顽强地盛开着。他走的时候，他的嘉陵牌摩托车筐里插着一大束金黄的野菊花。这情景，自然让我想起我的姐姐金菊花。我小时候就敏感、聪慧，我记得我当时心里涌出一阵感动，我想，他这个举动，莫不是要带走我的姐姐。那天黄昏，我的姐姐金菊花果然在石桥村消失。

我姐姐同许言午离婚后，不叫金菊花，叫金圣菊。我知道，成年人无特别情况，很难更改名字。我问姐姐，她竟然将身份证上的名也改过来了。

说实话，我有时挺佩服我姐姐的。

姐姐改名，应该是要与她的昔日告别。我不知道姐姐是要与许言午彻底告别，还是想从当年石桥村的"四朵金花"里脱离出来。这可能吗？一切都回不到从前，但从前的一切，还在那里：石桥河、石拱桥、桥头那株老柳树，还有吞噬三姐妹生命的青石板——青石板没了，但那白玉石做的石阶，更醒目地立在那里，诉说一个与三姐妹有关的悲伤故事。

我清楚地记得，许言午和姐姐离开石桥村的第二天清晨，我孤独地走过石拱桥，走向田野。我看见昨天还生机勃勃的野菊花，一夜之间都枯萎了，但没有凋谢，它们依然立在干瘦的茎上。悲伤从我心底涌上来。

姐姐当年怎样离开石桥村，后来就怎样回到石桥村，都是悄无声息的。

姐姐当年走出去了，多年以后再回来，改变的不只是容颜，她的身份也变了。当年县城建楼，占了菜农的土地，姐姐因此被安排了工作，叫"土地工"，尽管那个工作姐姐干的时间不长，但五十岁那年，姐姐退了休，一月拿两千八百多块钱的退休金。有了这份退休金，姐姐在乡村，过着一种还算体面的生活。

石桥河的水，多少年依然在那里流淌，春夏雨多水旺，秋日水瘦，冬季它不结冰，依然流淌着；石拱桥还挺立在那里，桥头那株歪脖老柳树也还在那里。不同的是，那里再没有系着一头老黄牛，更没有一个叫许言午的帅气的年轻人在那里画牛。当年他画的一幅卧牛，把整个村子里的人震惊了。我也就是从那一刻，对画画儿产生了兴趣，直至日后成为一名画家，虽然没什么名气，但也完成了从农村到城市的跳跃。

刘润春，以前沉默寡言的一个人，老了，话多起来，成天言语不断，说着我姐姐的好。当面表扬一个人，很多话是说不出口的，刘润春却说得那么平实自然。我的后姐夫刘润春，完全变了一个人。

喜欢一个人，一定要刻到骨子里，才能叫喜欢。姐姐对我说的话，再次在我耳畔响起。姐姐居住在县城多年，修炼得不错，说话有水平，但我相信，姐姐对刘润春的爱，肯定没有刻到骨子里。现在的刘润春，有着很深皱纹的脸，和布满老茧的手。他完全是一个乡村老头儿，姐姐真的会爱上这样一个人吗？她年轻时都没嫁他。她莫不是在赎罪。我猜想，他们的结合，一定掺杂着别的感情。而她昔日对许言午的喜欢，应该是刻到骨子里的，只是随着岁月的流逝变得浅了，就像我们眼前的那条石桥河。

姐姐当了多年菜农，她迷上了种菜，她在石桥村像绣花一样种着各种菜。种菜对她来说是一种享受。她和刘润春不种庄稼，只种蔬菜。姐姐种菜有经验，她摒弃母亲她们那种老式种菜方法。她带给石桥河一些新品种。她和刘润春，还有我的父亲、母亲，吃着她自己种的无公害的菜。每天，姐姐与刘润春一起，在朝阳中走向菜园，在霞光中从畈田走回他们的老屋。他们在这条河边走来走去。他们面对这条河。他们接受了这条河。

姐姐常在白玉石板上站立，自说自话，都知道她是说给那三姐妹听的，没人去打扰她。姐姐告诉我，她时常能看见三姐妹，她们沐在石板的晚霞中，露着洗得洁白的小腿肚子，冲她笑。刘润春站在石拱桥上，远远地看着她。

近日，姐姐迷上了抖音。她把她种的无公害蔬菜，在抖音里晒出来。她还同刘润春一起唱情歌。他们唱得并不好听，但粉丝好几万。有人说，是刘润春这个老头儿帮她涨的粉丝，他们说，抖音平台，和玩抖音的人，喜欢刘润春这样的人唱歌,他们喜欢草根文化。

看着刘润春与姐姐现在那么恩爱,石桥村的人说,他们唯一的遗憾,就是姐姐没能给刘润春留下一男半女。

可是,谁的人生,又没有遗憾呢?

我无数次听见一种鸟在石桥村的夜晚叫着,那声音很好听。我后来知道,那种鸟叫夜莺。

一到春天,我们石桥河畔的坡地、田埂、村林里,都有一种带刺的花,红的白的黄的都有,非常漂亮,我们乡村,居然没有给它取一个好听的名字,就叫它刺花,因为它身上有刺。这种花其实就是玫瑰,带刺的野玫瑰。

那年许言午到我们石桥村没多久,就对我姐姐有了好感。他总能像变魔术一样,从口袋里掏出各种东西,一个发卡、一根头绳、一条丝巾……他让我捎给姐姐。我像敌占区的一个地下通信员,拿到这些东西,把它交给姐姐:

他不见姐姐戴,问我,你真的给她了吗?

我说,给她了。你不相信我?你自己去给她。

就是在那个遥远的正午,许言午送给姐姐一束野玫瑰。他怕野玫瑰扎到姐姐的手,特地到河边采了芦苇叶,缠绕在花茎上。

许言午给姐姐礼物,姐姐多半是拒绝的,但那一天,她居然接受了,也许因为那是一束玫瑰吧。姐姐手捧一束野玫瑰,不但漂亮,浑身还散发着香味儿。我至今还记得,村子里八十岁的细奶,夸姐姐是花大姐,好看。姐姐不乐意,觉得这样的称呼俗气。但那束野玫瑰,她是喜欢的。

我们石桥村,几乎一年四季都有花,春天西山坡的油菜花,夏天河畔的槐花,水边栀子花,那种香是平和的,香而不烈,沁人心脾。

秋天,石桥河浅水湾有十里荷花。冬天,各家小院里,蜡梅也是有的。

但最鲜艳的，还是野玫瑰。

我一直想写许言午和我姐姐的故事，我想好了标题，叫"姐姐的爱情"，但似乎觉得不太准确。我想起普希金的诗《夜莺与玫瑰》。我姐姐年轻时，真的漂亮，在我眼里，貌美如花，像是乡村坡地上田埂上的野玫瑰——夏天最后的玫瑰，孤独地静悄悄地开。而围着她转的男人，像是夜莺，朝着她歌唱。他是许言午，也是刘润春。

夜莺对着玫瑰歌唱，花浑然不觉，但它照样鲜花怒放；诗人对着美人歌唱，她无动于衷，但她照样光彩照人。

姐姐却不能无动于衷。

流沙河

一

那年夏天,我在姨妈家小住。一个黄昏,我跟在海哥身后,越过野松岭,去往河边。野松岭并不高。穿越野松岭的山路遍布细石和沙粒,路的尽头是河滩。河水清澈,能看见河底的卵石和贝壳。河叫流沙河,河面宽阔。河水并不深,水流平缓。

河滩的沙子很白很干,像面粉般光滑柔软。水里的沙子粗糙。夕阳照进水里,有沙粒闪闪发光。海哥说,那是金沙,上游有人淘金,金沙就随着水流,漂到我们脚下。我用手去捞,它们调皮地滑走。它们太小,太细,像鱼卵。

海哥是我表哥,我大姨的儿子。

第一次见到金沙,我很兴奋。这就是传说中的金子吗?它们积攒成团,就是金疙瘩?海哥说,不是的,就算将它们捞上来,也炼不成金,它们太碎,容易化掉。

沙粒在水底闪着金色微光,翻滚着,随着水浪荡向远方。流沙河的名字,由此而来。

四野无人,我们脱光衣裤,下到水里。水真是神奇,许多事物在它之下，就有了神韵，比如海哥的身体。海哥将自己泡在水里，躺在金色的沙粒之上。金色的水波在他身上涤荡，他像一条自由自在的鱼。我曾看过不少乡村男人在野水沟里洗浴，那些赤裸是丑陋的，而海哥的身体，像传说中的河神，那么健美。

海哥不让我往中间去，他将脚下的沙子捞起，扔到远处，或者像淘米似的在水里荡漾着手掌，他手中的沙子便消散在水里，随着水流向南，河水并不浑浊。

我们的脚下就成了一个坑。海哥的腰部往下，没进水里了。我们像站在一个盆里洗浴。在黄昏浑昏的光里，海哥面朝宽阔的河面，吟诵道：在苍茫的大海上，狂风卷集着乌云。在乌云和大海之间，海燕像黑色的闪电，在高傲地飞翔……

流沙河是我们想象中的一片海。

海哥的样子，就铭刻在我的记忆里。他阳光、开朗、干净。他像那早晨八九点钟的太阳。他的名字也霸气——郑指海，他让我想起郑成功站在战舰甲板上，手指台湾岛的英雄气概。

有一片阴影，从坡地移到河岸，天渐暗。我们上岸，飞奔进野松林，套上衣裤。

夕阳将最后的余温撒播在大地，空气热腾腾的，而我们，已是浑身清爽。

翻过野松岭，能看见姨妈家的石头门洞。村子很美，一条溪沟绕村而流。溪沟边上长满柳树，柳树两旁是冲田。村子叫柳林冲。柳林冲风景好，是古村落，最早的房龄有三百六十年。柳林冲以前叫柳家大屋，住的是柳姓大户人家。解放后，大户人家的房屋充了公，分给老百姓。后来破四旧，柳家大屋改名柳林冲。那院落一层一层的，进到姨妈家，要过两条巷子。巷道幽深而寂静，我独自走进去，头皮会麻酥。

好在有海哥陪我。

海哥是姨妈家的独子,他原本有一个弟弟,十二岁时,得白血病死了。

姨父年轻时是一名海军士兵,服役六年,差点儿成为军官,因身体原因,提干未果,回到柳林冲。姨妈家的墙上,挂着姨父穿军装的照片。姨父站在舰艇甲板上,风吹拂着他的海魂衫,帽子后面的两根蓝色飘带在风中飘扬。他的帅气让我心生崇拜。每次看到这张照片,我总会想象自己登上了军舰,被它带到遥远的海上。

海哥长得像姨父,是一名高中生。海哥谈天说地,无所不知,他是我的偶像。很大程度上,我去姨妈家,是为了去见海哥。海哥比我大几岁,我们在一起时,我像是他的尾巴。

姨父当年在舰艇负责电路,是技术人才。他对收音机、电视机的电路板也熟悉。那时候,农村开始实行责任制,秋上收过粮食,姨父到县新华书店门口摆摊,修收音机、电视机,还摆了一台黑白游戏机,挣些钱贴补家用。

海哥常去姨父的摊点,我也去过几次。海哥对电路板感兴趣。

海哥很注意自己的形象,他总是穿着一套中山装,颜色接近海军服,这使海哥看上去特别干净,像五四时期的学生,气度非凡。

这年正月初三,我去姨妈家拜年,跟着海哥一直玩到正月初七。初八是海哥上学的日子,他要去石桥镇高中。姨妈家房子小,我与海哥睡过道里的一张窄床。过道阴冷潮湿,海哥几乎一夜没睡。他用火笼烘烤他那套深蓝色的中山装,那是他唯一体面的一套衣服,这几天他出去拜年、做客,没能换下来洗,明天开学,年节菜里油大,衣袖上有污渍。他下午从亲戚家回来后,急着把衣服洗了,现在,他身着绒衣,没穿外套,空荡荡的,使瘦削的他看上去更加瘦削而精干。

姨妈来过道里催促海哥睡觉。她说,别烘了,你不是还有一套灰色棉布外套吗，明天穿那一套。海哥说，妈，你去睡吧，很快就干了。我懂海哥，他大了，是男子汉了，高中生，说不定正暗恋着某个女生呢，太旧的衣服，他不愿穿。

天近黎明，海哥才挤到床上来。

吃过早饭，海哥去上学，我回家，我们一起出门。出门之前，海哥洗净一只瓷缸，装上开水当熨斗，将他那套中山装熨平，裤子熨出刀刃般的裤缝线。海哥穿上中山装，腰杆笔挺，干净帅气，配上那只双肩包，他像一名出征的战士。我们一同走了两里山路，来到一个岔路口，我继续西行，他向南，去往石桥镇。我踏上岔路口的那一刻，表哥喊住我。他从口袋里掏出一只贝壳，是一只失去肉身的海螺。海螺底色纯白，上面遍布深褐色斑点。它张着嘴，满嘴是锯齿一样的牙齿。

送给你，海哥说。他右手掌心托着海螺，像托着一件珠宝。我心刺痛了一下，好像被那海螺的牙齿噬咬。我的脸发烫，像被强光照射。我不敢伸手去接，因为我口袋里有一只，与海哥手中那只一模一样，那是我从他家拿来的，准确地说是偷。因为我拿它时，没有告诉海哥家任何人。

我低下头，不敢面对那只反射着太阳光的海螺，更不敢伸手去接。

拿着吧，海哥说，本来想送你一对，你只拿了一只。

我的脸像火烤。

海哥家这样失去肉身的海螺共有六枚，摆在姨妈五斗柜上的镜子前，镜子一照，就显出两排，像是十二枚，是姨父退役时，从青岛海边带回来的，是他出海或归航时的收获。那天下午我发现了它们，它们一个个像淘气的小生命静静地趴伏在那里，我轻轻抓起一只，那种光滑圆润攫住了我，它像有着魔力，我再也无法将它放下。我回头，此刻姨妈的房屋里空无一人，我将它悄悄地放进我的口袋，轻轻地将那剩下的五枚海螺，按等间隔重新排列，使这几枚海螺看上去并没见少。

跟你那只是一对，海哥说，喜欢就拿着吧，不过有一点要记住，拿了别人的东西，一定记得要告诉别人一声。

我恨不得寻个地缝钻进去。海哥看似无意，实则很用心地给我上了一堂德育课。

这年正月十五，我目睹了海哥的风采。这天早晨团圆饭后，同伴约我去石桥镇，说是去看龙灯，还有踩高跷的。我们到了石桥镇，围在镇文化站的院子里看龙灯和舞狮子，那场面真热闹。我沉浸在龙腾虎跃中，听见身后有人喊我，我回头。我身后的是那些踩高跷的人，他们手撑长竹竿，倚着围墙歇息。我顺着看过去，他们的打扮各异，有扮诸葛孔明的，他手持白色羽扇；有扮光头长须的鲁智深的；有扮黑脸灯笼眼的李逵的；有扮孙悟空、猪八戒、沙和尚的，这几个人物扮得最像；还有那个唐僧，扮得真漂亮，他脸上涂着白粉，嘴唇抹了红，他朝我笑，露出洁白的牙齿。

朝！红唇白齿间吐出一个字。朝是我的小名，就像海哥的小名叫海。我们山里人的小名，大都一个字，叫起来顺口，听起来亲切。

我仔细看他，他的大眼睛双眼皮暴露了他，原来是海哥。

海哥！我大声喊。他笑了，示意我到他身边。他从他戏服的大口袋里，一把一把往外掏零食：瓜子、花生、饼干、糖块。我口袋装不下，急忙喊来同伴。

那天的海哥可给我长了脸。同伴吃着零嘴，非常开心，夸海哥长得好看。我说，那当然，要不能让他演唐僧？他都没怎么化妆，你看，多像。

他可真像戏子。一个同伴说。

他本来就在演戏。另一同伴说。

我骄傲。

二

  石桥镇中学是县重点中学，名气仅次于红安一中。海哥能考到石桥镇，在我们表兄弟之间成为美谈，似乎他的一只脚已跨出"农门"。受其鼓舞，我也想考到石桥镇去。

  我那时成绩并不冒尖，在班级十名左右晃荡。我数学不好。这年春天，家里为我过十二岁生日。我们那里的孩子，有过十岁生日的风俗，亲戚们都来做客、送礼，家里要留客人吃生日宴。我十岁那年家里太穷，办不起酒席。我十二岁这年，农村实行责任田承包，家里日子好过一些，母亲张罗给我过十二岁的生日，算是对我十岁生日的弥补。

  姨妈送我一双她亲手纳的布鞋，一本初中入学数学试题集。姨妈说试题集是海哥送我的生日礼物，他知道我数学不好，让我把试题集上的题做一遍，不懂的问老师。他说，拿下这本试题集，我准能考上石桥镇中学。

  石桥镇中学包括初中和高中，他说的是初中。

  我们那时候说是九年义务教育，其实不是，还是要考试，普通中学按比例招收，能入重点初中的，凤毛麟角。

  试题有答案或提示。每天晚上，完成老师布置的作业，我就在灯下做入学试题。我先不看答案，有不会的，我再对照答案重做。到考试前几天，我把所有的题都做了一遍，只有一道题没搞明白。自学参考题，没有答案。我着急。我那时好像有强迫症。放学后，我去问我们的数学老师，我没想到他也不会。老师安慰我说，放心，这样的参考题一般不会考。我没吱声，心却静不下来。万一考呢？那天是星期六。海哥每周六下午回家，周日下午返校。父亲知道我急，连夜带着我去柳林冲。知道我是为了一道数学题，海哥很高兴，他说，朝有这种学习精神，将来错不了。

海哥审读了那道题，那是一道配图应用题，海哥拿出一支铅笔，在那道图上添了一条辅助线，然后再添一条辅助线，那道题迎刃而解。

那年我考上了石桥镇中学，是我们观音寨小学两个毕业班里，唯一考入石桥镇中学的人。海哥帮我解答的那道题赫然出现在数学试卷上，成为拉开我与同学们分值的关键。这年海哥读高二，我们成为校友。

到底是重点中学，教学方法就是不一样，既紧张，又活泼。国庆节前夕，学校举办全校学生作文大赛，初中高中同场竞技，现场作文，露天比赛。学生坐在大操场上，每班选三个代表，两男生一女生，坐在各班最前排。他们前面有办公桌，有话筒，有抢答器。

我入校后的第一篇作文，被语文老师当范文在班上朗读，这次竞赛，我在被选之列。我屏声静气，听校教导主任出题。寂静过后，我听见不远处有汽笛声，像有船行过。我们扭过头去张望，学校地势高，围墙没能阻挡我们的视线，但我们什么也没看见，流沙河上空荡荡的。流沙河水从县城向南，穿过柳林冲，来到石桥镇，在我们校园外静静地流淌。那轮船的汽笛，显然不是来自流沙河，它来自我们头顶。我正沉浸在这汽笛声中，有人就按响了抢答器。我听见一个好听的声音，在他的描述里，我眼前出现了蓝天、大海、海鸥、军舰，军舰上是整齐列队的海军，他们身着海魂衫，英姿飒爽。

原来那汽笛声是学校出的一道抢答题：根据喇叭里放的声音，进行一段描写，是考验我们的观察力、判断力。令我更加惊讶的是，那个抢答者竟然是海哥。他的声音略带普通话的味道，那么特别，通过话筒传出来，浑厚且带着磁性。我们那里只说方言，老师教学也是方言。我姨父回乡后，话语间一直有着普通话的韵味。海哥受其影响，言语中夹杂着普通话。父子俩的腔调，遭到柳林冲人嘲讽，说他们是"陕西的骡子做马叫"。事实上，他俩的语声，听起来让人舒坦。而我们流沙河两岸的方言，粗粝、干硬，像沙尘扑面。

海哥那天抢答三次，每次描述，都如同一幅风景画。

那天我也按响了抢答器，获得答题的机会。受海哥影响，我展开想象，大胆描述。我打手势、跺脚，像说评书。同学们都笑，送我一片掌声。

那次现场作文比赛，海哥第一，我获优秀奖。校长亲自给我们颁奖。自那天起，海哥成为我的偶像。

那时还是穷。那个晚上的记忆温暖而略带感伤。那个冬日的星期天，我住在姨妈家，夜晚的时候，海哥又在烤他那件深蓝色中山装，烤了半个晚上，这是我第二次见他烘烤中山装，我心里有一种说不出的滋味。床头的火笼，将热烘烘的气息传到我的脸上，我心里却带着寒意，带着伤感，这说明海哥冬天依然只有这一件像样的外套。海哥现在是独子，他家应该不至于这么困难，还是被姨父的病所拖累。那时候，没实行农村合作医疗，住院、吃药，都得自己掏钱。

亲戚之间都传海哥能考上大学，能跳出"农门"，然而，不幸的事发生了，姨父的胃病恶化，诊断为癌。

要化疗，农村人没有医保，到医院待了几天，一天几百块钱的费用，住不起。姨父回到家。那段时间，柳林冲夜的宁静，时常被姨父痛苦的呻吟打破。姨父从确诊到离开人世，拖了一年。而这一年，正是海哥从高二到高三的关键时期。

海哥曾经发愤图强，但残酷的现实让他不能静心学习，有时候，五块钱的资料费，都会把他推向尴尬的境地。

海哥家的条件，原本是很好的，姨父在县城摆修理摊那阵，能挣到现钱，姨妈在家种田，农忙时，姨父回来帮忙。海哥吃食堂，不像我们吃大蒸锅的饭。海哥偶尔给我送两个蒸馍，整个宿舍的人都羡慕我。谁知胃癌找上姨父，他们家，便像风雨中的残垣断壁，坍塌了。

真正打败海哥的，是自尊。我们农村孩子读书，自己带米带咸菜，每天上课前，将半牙缸米放入蒸罐，到河边淘净，留些清亮的河水，将瓦罐送到大灶堂，由师傅放入蒸锅。待开饭铃声一响，去取自己的瓦罐。

穿戴干净、一直吃食堂的海哥，无法做到像我们一样到大灶堂蒸饭、找饭罐，他最后离开学校，选择在家自学。那段时间，在石桥镇中学见不到海哥的身影，我惆怅了很长时间。

海哥最终参加了高考，但以六分之差败下阵来。我想，如果海哥一直在学校跟着老师上课、复习，他肯定能考上大学，最次也能考上黄冈师专。然而，他没有。

高考失利，海哥似乎并不特别伤心，他说他还有一条路，那就是当兵，走进军营，到部队考军校，当军官。

这年年底，海哥去验兵，一名野战部队的接兵干部相中了他，但他只盯着海军。他体检合格，但海军名额紧，他没选上，而这个时候，他再回头想进野战部队，名额已满。

当兵未果，现实把海哥推向另一种人生。

三

海哥会修收音机，这技术是向姨父瞟学的。姨父怕耽误他学习，从未正式教过他。考大学失败，当兵未果，海哥不愿当农民，就去了县城，将姨父的修理摊摆起来。海哥对电视机的维修还不太精通，有些电视图像不清晰，他弄好了图像，声音不行，滋啦滋啦，像外国人在说话。有的电视声音弄好了，那图像给捅咕模糊了，屏幕上飘着雪花。

某一天，海哥收摊，东拼西凑五百块钱，按收音机播报的地址，来到武汉某个家电培训班。初见那几间废弃的厂房，海哥很失望，觉得自己被骗，转身要走，一个女孩儿留住了他。女孩儿让他先交款，三天后，等学员满一百就开班。海哥说，那我三天后再交钱。女孩儿说，收音机里说得很清楚，前三天优惠，三天后就是六百了。女孩儿说，我们只有两间教室，每次最多招一百人，额满开课，后来的就得等下一批了。海哥没有准备那多出来的一百块，且想早点儿学成回家，就要报名，但那钱攥在手里，迟迟不肯递过去，他到底还是担心打水漂儿。陆续有一些背着背包的人来到，他们观望，像海哥那样脸上带着疑惑。这时进来几个年轻人，争抢着交报名费，海哥被卷入那股热浪之中，攥在手心的钱，就鬼使神差到了那女孩儿手中。

开班之前，培训班不提供住宿，海哥就在解放公园游荡。那几天惨的，就差乞讨。

三天后，培训班报名处人去楼空。回想报名那天的情景，那几个抢着交钱的年轻人，未必不是骗子雇来的托儿。家电培训班成为海哥心中的痛。海哥回到红安，他不再相信什么函授面授学习，开始自学。他到废品收购站买来几台废旧的电视，把这些电视拆开，再装上。对照电视机维修教材，反复试验。不少报废的电视机在他手下重获生机。他租下一间逼仄的平房。他终于有了自己的修理铺。

这年中考后，我去姨妈家。我特别想见海哥，他一直关心我的学习，我急着想让他知道我考试的情况。我自我感觉良好，不出意外，我上红安一中应该没问题。海哥是孝子，他白天到县城修理铺，晚上回家。他每天都要回来陪姨妈。

我到姨妈家时，天已黄昏，不见海哥。姨妈说，你海哥到野松岭那边去了,应该在流沙河边。姨妈说,最近他回来,只要天还没完全黑下来,他就会到流沙河边坐一坐。

我拔腿往对面山上跑,翻过野松岭。我站在坡地,远远看见了海哥,黄昏的光烂漫地照耀着,那不是一个人的背影,还有一个人,一个女性,夕阳洒在她的长发上散发着黑亮的光。

海哥恋爱了,他们坐在河边沙滩上沐着晚霞的背影,永远留在我的脑海里,让我羡慕了很长时间。傍晚河风轻拂,那头秀发随风而动。那一定是个漂亮的姑娘。

天黑下来,月亮钻出云朵,海哥回到家,他一脸幸福。姨妈告诉我,那姑娘是海哥的同学。那时候姨父虽然没了,但姨妈看上去还是很满足很幸福,毕竟海哥在县城站住了脚,算是出息了。

县城便成为我的期盼,我希望考到县城。但我没能够,我差了九分,主要是数学吃了点儿亏。我考上了二程高中。据我们班主任说,是看中我的文科成绩。二程高中文科是强项,文科班升学率并不次于红安一中。红安一中,是靠理科支撑。

你喜欢文科?你打算学文科的话,二程高中适合你。海哥说,二程高中在二程湖畔,有深厚的文化底蕴,宋朝的程颢、程颐曾在二程湖边讲学。那时候的二程湖比现在还美,叫白鹭湖,后来改名为二程湖,就是为了纪念程颢、程颐。海哥的话,让我失落的心涌起些许豪迈,我便对二程高中充满向往。

在二程高中住校后,我很少见到海哥。再次见到他,他已为人夫人父了。他与那个与他坐在一起看流沙河的叫金志英的女人,奉子成婚。

海哥家的日子算不上富有。我的目光在柳家冲这胡同深处的两间房里巡视,海哥看出我的内心所想,他说,我没有新房,你表嫂没有嫁妆,但我们有爱。生活中只要有爱,一切都会好起来。海哥的话在我心里掀起一阵波浪。这是幸福的一家人。海哥到底是知识分子,又在县城做事,见过世面。他当着我的面,在金志英的脸上嘬起一个响亮的吻。他们秀着恩爱。我望着他俩,心生羡慕,我渴望将来成为海哥那样的人。

四

金志英的预产期到了。面对巨额的住院费、手术费,金志英选择在家顺产。顺产并不顺利,金志英血流不止,吓坏了乡村医生,他说,赶紧送医院。海哥找来拖拉机,将金志英送到县医院。进到手术室,医生检查后问海哥,来晚了,保大人还是保孩子?海哥说,都保。医生说,只能保一个。金志英此前在镇卫生院做过B超,怀的是男孩儿,他是海哥的希望和未来。海哥说,我要儿子!语气肯定,不容置疑。

孩子生下来,大人竟也奇迹般活着,一家人欢天喜地。可惜这种欢喜没持续多久,便烟消云散——金志英从医院回来后,就没起过床,身体垮下来,成了绝症。医生保孩子而忽略了大人,她流了太多的血。

姨妈叮嘱海哥说,你保孩子的事,千万别告诉志英,她当时痛昏迷了,未必听到了。海哥点头应允。但"我要儿子"这句话,如同夏日晴空里的阵雷,一次次在他耳边轰响,这是一个灼人的秘密,灼痛着他,折磨着他。他决定向她道歉,说出实情,否则他内心无法安宁。他相信金志英不会怪他,她知书达礼,会理解他。那天傍晚,他给金志英端上一碗鸡汤。金志英半卧在床,他喂她。看着金志英羸弱的身体,憔悴得脱了人形,他心痛。他说,志英,我对不起你。医生问我保大人还是保孩子,我说保孩子。海哥说着,忍不住落泪。他说,我真该抽自己的嘴巴。他说着,真的举手去抽自己。金志英伸手去拽他。她的手绵软无力。它的绵软击中了他,攥住了他,他知道那样的手意味着什么。她说,你保儿子是对的。她声音轻细如丝，带着寒凉，如同一条蛇芯子触及他。海哥打了个寒战，他知道她心里有想法，知道她并没有原谅他。而他，是多么渴望得到她的原谅。他引诱着她，他说，志英，如果让你选择，你也会选择保儿子对吗？

金志英没回答他。她侧过身去，背朝着海哥，悄然落泪。她说，我其实该死，我死了更好，我不该活着拖累你。说到死，她伤心到极点，忍不住放声抽泣。

那碗鸡汤，她一口未喝。

海哥给儿子起名海军，这个名字流行于20世纪六七十年代，80年代时已不时兴，何况90年代，快进入21世纪了。我对海哥说，这个名字不洋气，况且你的名字里有一个海，叫亮亮、晨晨或东东，多好听。海哥说，像我爸那样成为一名海军，是我这辈子的梦想。我的梦想破灭了，但我有儿子，我将来让儿子替我圆梦。

郑海军刚过完满月，金志英就死了。

那是个雨夜，那天海哥去了县城修理铺。一夜的暴雨，将海哥隔在了县城。那个晚上，金志英死了。我的表嫂金志英，在这个雨夜故意让自己滚下床。她爬过野松岭，爬到流沙河，自溺而亡。

第二天清晨，姨妈发现金志英不在床上，吓得丢魂落魄。她无法想象一个瘫子怎么能突然失踪。那时天已放晴，海哥回到柳林冲。他疯了一般，到处寻找金志英。他翻遍自家每个角落，水缸里、橱柜间、床底下、板楼上，他不放过哪怕只能钻进一只猫的墙窟窿。屋子里除了这个瘫痪女人留下的气味，并无她的踪影，海哥想到了水，他找来捕鱼的网，在门前的水塘里打捞，可捞上来的除了鱼还是鱼。

那个清晨，柳林冲乱作一团，所有人都在寻找金志英。不知谁说了句：莫非去了流沙河？海哥愣了一下，突然扔下渔网，向着流沙河的方向飞奔。他顾不得走那条山间沙石路,那弯曲的路让他觉得距离遥远,时间漫长。他的身影在树丛间飞奔,衣服被树枝刮破,脸上、手上出现伤痕,渗出血滴,他全然不顾。他穿过野松岭,直奔流沙河畔。在沙滩,他看见有人爬行过的痕迹,形成一道人体宽的浅槽。他放眼流沙河,河面除了水还是水。水与水一起,静静地流淌。

海哥在沙滩上沿着下游奔走。河畔那些在水稻田劳作的人,看着这个泥巴狗一样的年轻人在河岸飞奔,他们不知道发生了什么,但他们知道一定是出事了。有熟识的人跟着海哥,直到他们在下游七八里远的一个河湾发现一具湿淋淋的女尸。金志英死了,她的身体被水泡得不像她。

瘫痪在床的金志英为什么要爬行这么远去自杀?柳林冲的人像清晨聒噪的鸟,叽叽喳喳说出他们的猜测。他们说金志英可能是怕在家附近寻死被人发现,就趁着雨夜,趁着自己的男人不在家,爬到流沙河。她是铁了心要死。

我去参加金志英的葬礼,我想送表嫂一程,更想安慰海哥。

海哥比我想象中还糟糕,他头发凌乱,目光痴呆,坐在栗树下的一个石凳上,似乎没了灵魂,似乎只有一具躯壳留在那里。他耷拉着脑袋,看上去像一只瘟鸡。他嘴里小声念叨:我不该保孩子,我应该保大人。孩子没了,只要大人在,还可以生。就算我保孩子,也不该告诉她。我不该告诉她我要保孩子……

他反复说着这两句话,这让我想起鲁迅笔下那个喋喋不休的祥林嫂。

追悼会开始,人群静下来,海哥停止了自说自话。他起身,同我们一起站在人群中,听葬礼主持人致悼词。乡村没有专业主持人,喜事丧事,大都由村书记主持。从村书记嘴里念出来的悼词干瘪空洞,全是公文式话语,比如"苍天落泪,大地含悲","未享儿孙福,游魂已千里"等。

海哥冲上前,打断村书记的话。海哥说,书记,你歇下,我来说两句。

海哥没用喇叭,年轻人都外出打工,学生上学,乡村送葬的人并不多,书记手中那个喇叭,更像是道具。

海哥说,志英,我对不起你。我不该让医生保孩子,我应该保大人的。孩子没了,可以再要,可你没了,我就永远失去了你,我的志英!志英,原谅我,志英,我最爱的人,你到那边一定要保佑我和孩子。

那个壮实的男人就是这个时候冲到海哥面前的,他举手朝海哥扇过去,他不是扇耳光,是正面拍在海哥的脸上,相伴的是骂声:你还有脸让我家志英保佑你们,志英就死在你的手上。保小的,不保大人,你咋想的?儿子生下来没吃没喝没有妈,能有好?知道你是这么个自私的人,打死也不该让她嫁你。瞧你这个穷样,我们当时不同意她嫁你,你这个臭流氓,让她怀上了你的孩子!

这个壮实的男人是金志英的大哥。

海哥像被人抽了筋骨,他软下去。他蹲在地上,双手捂脸,鲜血从他的指缝里钻出来。他仰起头,把一张血淋淋的脸朝向那个壮实的男人。他说,你打吧,你打死我。不是为了我儿子,我也不想活。

壮实男人一脚踹在海哥肩上,海哥仰倒在地。

这是外垸人打到家门口了,柳林冲的人怎能忍受这样的欺辱,他们围上来,无奈都是老人孩子。除了金志英的大哥,她二哥、三哥都在,而且各个身强体壮。金志英的大哥说,来呀,谁不服来呀,来一个打一个,就你们这个倒霉湾子,死了算他享福。

叫嚣着往前上的人停止了他们的脚步。我本想上去阻止他责骂,但我的腿酸软无力,不听我的使唤。我的心哆嗦得厉害。

壮实男人的目光在人群里搜寻,继续他的吼叫,儿子呢,志英的儿子呢?

有人就说，孩子太小，没抱出来，在屋里。

亲妈死了，儿子咋能不送葬，把他抱出来！壮实男人说着，就往大姨家去。知道他要去抱孩子，李耀眼拦住了他。李耀眼，我的干爹，那天他也来参加葬礼，我是纽带，从我这儿论，他与我的海哥也算得上亲戚。李耀眼说，后生呀，别吓着孩子，让你妹妹安静地上山。

我不是闹，但这个程序必须走！

别折腾孩子，他刚满月，他可是你亲外甥。

我妹子那么年轻，嫁到他家不到一年就这么死了。孩子必须给他妈妈戴孝。孩子小，不是有大人吗？让大人抱着！

壮实男人态度坚决。

海哥伸出手臂，用衣袖擦净鼻子上的血。海哥说，不用他，我替我儿子，我给志英披麻戴孝。

我们那里风俗，同辈人不给同辈人披麻戴孝。

壮实的男人说，你是你，你儿子是你儿子，他得出来。可以不让他送上山，但他得出来给他妈下跪，磕头。他妈是因为生他而死的。若不照办，我妹妹就不发丧。让她的尸体继续停在你家！

姨妈抱着郑海军缓慢走出屋子。郑海军被包裹在小棉被里，姨妈在孩子头顶搭块白布，小棉被中间系根麻绳，也算是披麻戴孝了。

孩子太小，不会下跪，姨妈想帮他做一个下跪动作，无奈他被小棉被包裹得像一截木头，身体无法弯曲，姨妈转动小棉被，让他脸朝下，将他那稚嫩的额头，轻轻磕在金志英棺材前那片地上。孩子在我姨妈怀里哇哇大哭，我姨妈也哭。

我们后来都埋怨海哥，说保孩子的事都过去了，志英的娘家人并不知道，他完全没有必要旧事重提。海哥说他那天特别难受、自责，觉得对不起金志英，他必须说出实情，那是他的忏悔。他知道金志英的兄弟会揍他,他情愿挨揍,这样他心里会好受些,但他没想到他们竟然不放过一个才满月的孩子。

那天孩子被吓着了,一整夜不能入睡,只是哭,先是大声哭,后来偶尔嗡一声,气息微弱,很是骇人。

两家自此由亲戚变成仇人,老死不相往来。我们小时候,孩子上外公外婆家,是最快乐的事。外公外婆疼起外孙,含在嘴里怕化,捧在手心怕摔。但郑海军没有享受这份特别的爱。

海哥没有将金志英埋入他家祖坟,而是把她葬在野松岭半坡上,坟朝向流沙河。

我们那里的风俗,把亡故的人(成人)送上山后,要吃"大肉饭"。饭时不见海哥,姨妈让我去找,他竟然还跪在坟头。我拽起海哥。他神情茫然,眼神无光,像一位盲人跟着我,深一脚浅一脚。海哥回来后,还在哭诉金志英,声音低沉、嘶哑。姨妈抹着眼泪说,志英走了,你能把她哭回来?这些人都来送她,花了钱,让他们吃饭吧。海哥朝众人喊了句:吃饭吧。声音冷硬。他应该给来送葬的客人敬个酒,他却抱起郑海军哭起来:我的儿啊,我可怜的儿,你这么小就没了娘啊,如果不是你,我也要跟你娘一起去啊,我可怜的没了娘的儿啊……

表哥的哭声撕心裂肺。

有客人受不了,不上饭桌吃饭,抹着眼泪独自离去。有人跟着抹起眼泪,虽然已围坐饭桌前,却不伸手动筷。

李耀眼说话了。李耀眼说,指海,你不能这样,你得让大伙儿吃饭。志英走了,大伙儿痛心,可人死如灯灭,你心得亮堂起来。海军还小,你不能让他生活在暗处,你得照亮他,也照亮你自个儿,你得带着他慢慢往前走。

我干爹李耀眼到底是国家工人,见过世面,会说话。他的话同时让我产生一股力量。我中考没考到红安一中，自卑时常像一团幽暗的光，在我心壁萦绕。李耀眼的话警醒了我，我也得让我的心亮堂起来，努力带着我自个儿往前走。

海哥果然安静下来。他把郑海军交给姨妈，他说，妈，你冲点儿奶粉喂他，我张罗他们吃饭。

海哥第一个敬酒的人是我的干爹李耀眼，这让我觉得自己很有面子。

李耀眼与我同住一村，他家在村北头。他是一名矿工，吃国家饭，在我们红安县萤石矿上班。有时一周，有时半月回来一次。他老婆在家务农。像他这样的"半边户"特别令村人羡慕，外面不缺钱，家里不缺粮。那时候，我们竹林湾只有他是吃外饭的。他家的日子在我们竹林湾过得最滋润。

葬礼结束，我们返回，李耀眼骑摩托车带我。一路上，李耀眼对我说了很多话，鼓励我好好学习。他说，双喜学习不中，我只有一个名额，将来我退休，我得让双喜去接班。你好好学习吧，考个好大学。双喜是李耀眼的小儿子，他的大儿子已经在矿上上班，前年跟着中国开矿的援非队伍远赴安哥拉。我想起海哥的高考失利，觉得自己的未来并不乐观。我说，如果我考不上，我就去当兵。李耀眼说，当兵也是一条出路。你当兵，就得考军校，当军官。当不上军官，将来回乡我找我们矿长，把你弄到我们萤石矿去。退伍军人有政策，安置起来容易一些。

我坐在李耀眼身后，望着他厚实的脊背，内心涌起一股温热。我往前靠了靠，贴着他，我觉得那是我累了，他是我可以倚着歇息的一堵墙。

小学时，有几次开学，我的学费没凑齐，母亲向李耀眼借。多就还了，三块五钱的，他不要，说资助我上学。不知谁说了句：你喜欢朝，就认他当个干儿子。本来是一句玩笑话，说着就当了真。我在旁人的怂恿下，叫李耀眼一声干爹，他很痛快地答应了，当场赏我一百块钱。

后来每年初一,我都上李耀眼家拜年,都会得到红包。李耀眼不缺儿,收干儿子是我们这里的风俗。一个人混得好,才有资格收干儿子。干儿子得长相体面,灵性,可爱。

金志英死了很长时间,柳林冲的人还在议论她的死,说那个雨夜,我姨妈看见金志英往外爬,故意没吱声,任她而去。

我不相信柳林冲人的说法,我认为姨妈不是这么狠心的人。虽然一家人遭金志英拖累,但毕竟她是郑海军的妈,大姨应该不会希望自己的孙子没有娘。金志英葬礼那天,我姨妈那么伤心地哭,流下的未必都是鳄鱼的眼泪。

五

高考失利,我在家怅然半年,之后我踏入军营。我去当兵那天,海哥送我,他说,朝,你知道我当年是多么想穿上军装吗?但是我没能够,你要珍惜。他送给我一个蓝色日记本,我翻开,首页上写着一行字:做一只大别山的雄鹰,在广阔的军营展翅飞翔!

红安县地处大别山南麓。

我喜欢这个赠言,多年以后,有了微信,我给我的微信起名"大别山之鹰"。

我了解我,我到部队,就是奔考军校去的,成为一名军官,是我高考失利后唯一的愿望。两年后,我考取南方一所炮兵院校,纵身一跃,跳出"农门"。

我从军后,三四年才回一次家,来去匆匆。我很久没见海哥,关于他的消息都是从母亲嘴里听来的。那次母亲告诉我,我去军营第三年,姨妈病逝。海哥把郑海军带到县城,他白天在修理铺,早晚接送郑海军上学。

那年探亲，我特地到海哥的铺子看他。那天我见到了郑海军，长那么高。时光流逝，我对表嫂金志英的印象并不深，她的儿子郑海军把她的样子还原到我面前，她是一个漂亮的女人。

海哥说，你很少回来，我请你吃餐饭，我请你吃热干面吧。我知道，海哥没钱，但好面子，赶到饭时我来了，他请我吃热干面，也算是请我吃过饭。

我问他个人问题，他摇头一笑，面露苦涩，我就知道他依然单身着。

找一个吧。我说。

一个壮年的男人怎么能没有女人呢？郑海军刚上初中时，海哥认识了一个女人，那个女人对他好，是对面沙河村的，长相清秀，算得上乡村上等女人，她上海哥家来过几次。海哥摇摇头，说，就我这条件，好一点儿的女人看不上我，一般女人呢，我又看不上她，算了。

海哥依然那么孤傲。

一个周末，郑海军在家。郑海军看见他们有情有意。郑海军懂事，悄悄对海哥说，爸，你把这阿姨娶过来吧，你太孤单太苦了。郑海军能说出这样的话，海哥感到欣慰。他走到天井里，忍不住落下泪来。他几乎要抽泣。他克制自己。为了孩子，他吃了很多苦，但显然孩子现在懂事了，知道心疼爸爸。他点燃一支烟，仰望头顶那方天。天空灰蓝，有乌云还未散去。那飘浮的乌云提醒他，现在还不是他娶女人的时候。那个女人死了男人，留下两个孩子，他背负不起她的那个家。他在天井里吸完那支烟。烟雾散尽，他对女人的渴望也随之散去。他走回屋，儿子已经在他的那张单人床上睡着了。他个子长得高，脚掌已顶到床尾的挡板。他睡得很香甜，嘴角挂着微笑，像是正在做着一个甜美的梦。

海哥躺到自己的床上，很快就幸福地睡去。他希望那个女人等他，等孩子上了大学，他再娶她。然而，她没有等他。她不久嫁给了另一个男人，一个从未娶过女人的寡汉。她，一个弱女子，得给自己的孩子找个爹，给自己找个力工，帮她养家。

这样挺好，当时要是娶了她，说不定负担更重，更挣扎，更纠结，海哥说。他的讲述有细节，也诗意，比如天空、乌云、烟雾。他让我想起我们那次作文竞赛。

进入 21 世纪，海哥在县城待不下去了。电视普及，家家都有，数字电视不容易坏，坏了，都换新的，旧的三五十块钱就卖掉，没有抱到修理铺去维修的。收音机用户越来越少。海哥生意惨淡，只得回家种田。这期间海哥一直没再婚。一次我到武汉出差，匆匆回老屋看父母，海哥知道后，特地去看我。他给我拿了十二个土鸡蛋，说是自家鸡下的，绿色环保。我让他留给郑海军，郑海军正长身体，需要营养。他说，有，鸡蛋还有。

海哥黑了，瘦了，背也开始有些驼，完全不是以前留在我脑子里的样子。我很有些心疼他，坚持留他在我家吃饭。我一瓶啤酒，他三酒盅白酒。我说，海哥，你还得找个女人。海哥说，不找了，先前在县城里，有几个想跟我的，我怕她们对郑海军不好，没同意。现在没人种田，都到外打工了。我这身体，重活儿做不来，轻巧的活儿不好找，在家种田自在些。回到农村后，城里女人不可能跟过来，乡村女人，很少有谈得来的，还是算了吧，不受那个拖累。我问，仅凭种田能供得起郑海军上学？他说，有流沙河呢。我白天种田，早晚去流沙河打鱼，能有点儿收入。海哥说郑海军很争气，考上了县实验中学。你知道的，进入实验初中，等于一条腿迈进了红安一中，进了红安一中，等于一只脚踏进了大学校门。海哥满面红光地说着郑海军。他说郑海军学习不错，不用补课，这样他的负担就轻了许多。

我把海哥送到后山坡，在岔路口，海哥说，他这几年在流沙河打鱼，冬天凄风冷雨的，问我能否弄件部队的军用羊皮大衣。他说，那可真是个好东西。他说，服务社有，但他不想买，那都不是正品。他就想要一件正品军用羊皮大衣。多少钱，他给。我说不是钱的事，那是战备物资，不在个人手中，只有冬天站岗时，每人领一件，开春后回收入库。

海哥脸上掠过一丝阴影。军用羊皮大衣似乎是他这次来看我的真正目的，他失望了。我说，我试试看，这自然是安慰他的一句话。

我们军营有军人服务社，那里有军用羊皮大衣卖，但那同样是挂羊头卖狗肉。我要是给海哥弄回来，让他发现质量不好，欺骗了他，那他会怎么看我？我们以后没法再见面。

像是约好了的，那次回家，李耀眼也跟我要军用羊皮大衣。他是我干爹，少时读书用过他的钱，我拒绝亲爹，也不能拒绝他。

多少钱，我给，李耀眼说。我说，弄回来再说。

回部队后，我找司务长，我说，一定要是纯正军品。司务长说，你一定要的话，可以搞到，按丢失处理，照价赔偿，但千万别说是你瞒下这件大衣，更不能说是我给你出的主意。我记住了司务长的话。冬去春来，上交军用羊皮大衣时，我说丢了。事后，我将它寄给了李耀眼。

那件军用羊皮大衣扣了我二百八十块钱。第二年清明节，我回家给爷爷奶奶上坟，李耀眼请我到他家吃饭。饭后，他把军用羊皮大衣狠狠地夸了一通，说它比火笼还管用，他从未感到这么温暖的冬天。雪花沾上它就化，雪花都躲着它。李耀眼说。他问我军用羊皮大衣多少钱，我不说。他说，你在外面不容易，你不说钱，你就拿回去。我说，不是买的，买不到。我说丢了，连队司务长扣了我二百八十块。李耀眼掏出三百块钱塞进我衣兜，我往外掏，他按住我的手。

李耀眼接着夸这件军用羊皮大衣，讲它的保暖作用，接着说他的品相。他从衣柜里拿出这件大衣,穿在身上让我看。鄂地清明,已经穿薄衫了,他也不嫌热。他歪着脑袋,敞开大衣,指着右侧衣领下一个金黄色花纹说,这个图案真好,像个豹子头,正好是个记号,我就不用在大衣上写名,我的字不好看,歪歪斜斜。这么好的大衣,我也舍不得在上面乱写乱画。他说的那个图案在我看来,更像个握紧的拳头。我让他脱下军大衣,套在我身上。我敞着衣领,仿照那个图案,把右手握成拳头状。我举拳头,做宣誓状。我说,为国尽忠,为干爹尽孝,做一个合格的好军人、好儿子。

李耀眼低下头,他转过脸的那一刻,我看见他眼里闪着光。他被我的玩笑感动了。

那件军用羊皮大衣成为李耀眼的宝贝,一入冬,他急迫地披在身上,开春了,他早晚也披着它。他从不将大衣扣严实,显得那么悠闲。他要的就是这样的效果,他努力地把自己与乡村种田人区分开。

六

这年夏天,我去襄阳出差,绕道回家看父母。我想顺便去看海哥,让他带我到流沙河。站在河边坡地的松林里看河水流淌,到干净的浅水湾游上一会儿,像儿时那样,多么惬意。

母亲告诉我,海哥不在柳林冲。我以为他回到了县城,我说,那我去县里找他。母亲说,他也不在县城。他出事了,带着郑海军躲到汉口去了,具体在哪里,没人晓得。我问怎么回事,母亲说,他也是性子直,爱管闲事。流沙湾一个叫柳红华的,在流沙河里采沙卖,他去制止,说人家破坏环境,浅浅的流沙河,被挖出一个深井似的大深坑,河边的沙滩,也是大坑小洼的,看不得,是气人。可公家都不管,你郑指海去管个什么事？

母亲说，柳红华是搞建筑的老板，有钱，本来就瞧不上你海哥，骂他算个什么东西。你海哥哪受得了这个，就动起手来。

那场打斗，没人说得清，有人说海哥受了辱，被身高马大的柳红华抓住衣领，扇了数个耳光之后，按在流沙河浅水里，差点儿闷死。那天回到柳林冲的海哥，像一只泥巴狗。但也有人说，真正吃亏的是柳红华，海哥把柳红华告了。

平时，周边没人动得了柳红华。正好赶上打黑除恶，海哥举报，上面来人查，罚款十万元，收缴挖沙机，不准再卖河沙。柳红华态度强硬，七不服八不忿，打伤执法人员，最后被塞进警车，带走劳改半年。被抓之时，他放出狠话说，要海哥独卵子的命。他所言海哥的独卵子，是指海哥的独生子郑海军。

海哥害怕。倘若柳红华说收拾他，他会迎过去，哪怕以卵击石，他不会退却，这是他的性格。可柳红华要把手伸向他的儿子，他胆怯了。他想到逃离，他觉得必须逃离。那天晚上，海哥带着郑海军到我家，把家里的几只鸡送给我母亲，其中有一只打鸣的公鸡。他把他家钥匙留给我母亲，让我母亲隔三岔五去看看他的房子。海哥依然住在幽深巷道往里那两间旧房，他没能像别的人家那样在水塘边盖二层洋楼，这让海哥在柳林冲无法挺直自己的腰杆。海哥说，他现在顾不上，等郑海军大学毕业，他就着手建房，一定要建柳林冲最漂亮的楼房。

海哥和郑海军在黑夜离去的身影，永远留在我母亲的脑海里。他们像一对参加革命的父子，走得那么匆忙决绝。母亲流着泪冲那两个离去的背影说，唉，惹谁不好，偏要惹柳红华，他外号叫大猫，你不知道？

我们那里说的大猫，指老虎。

海哥没有回应母亲。母亲后来对我说，你海哥显然是听见了，他在

067

黑夜里走动的身子突然停顿了一下，然后，他们接着往前走。

母亲向我描述这个夜晚时，抹着眼泪。她说她怎么也没想到，这是她与郑海军的最后一面。

多体面的一个伢啊，我这心，像有刀子在剜。母亲说。

海哥走后，有人说他在汉阳，也有人说在汉口，还有人说在武昌火车站碰见过他。郑海军在一家私立高中读书，海哥在周边打工，供孩子上学。据说他从事的是高危职业——高空粉刷楼房外墙，掉下来就得粉身碎骨。

海哥到武汉后，不跟任何人联系，连我母亲都没他的音信，他自然是怕柳红华找到他，报复到郑海军头上。事实上，柳红华从牢里出来后，像变了个人，蔫儿巴了，不爱说话，整个人没了生气，也不知他在牢里经历了什么。看那样子，要海哥的"独卵子"郑海军的命，只怕是一句空话。他完全就是个病秧子，但这一切，海哥浑然不知。

时间过得快，一晃我也多年没回老家，其间几次准备回，临起程，部队突然有事，我回家的行程一拖再拖，直到我父亲突发脑出血离世。

忠孝难两全。

在父亲的葬礼上，我没看到海哥，这样的关系，他应该来的，我认为海哥应该送我父亲最后一程。母亲说，你海哥他哪儿也不去，一个人在家，可怜得很。

我问，怎么一个人？郑海军呢？郑海军该上大学了吧？他不回来看他？母亲说，郑海军死了，死了两年。母亲的话，像一个霹雳在我脑袋里炸响。郑海军的死，比我父亲的死，带给我的悲伤更深，毕竟我父亲年已八十。我对于父亲的死，更多的是愧疚。郑海军的死亡，却戳心扎肺，他才十八岁，我无法接受。

我从母亲的话里，难以还原郑海军死亡的过程，不是母亲说不清，而是那本身是一件没人能说清的事。

母亲说，两年前的那个夏天，海哥一家人突然从武汉回来。郑海军考上了浙江大学，同时考上了一所海军舰艇学院。军校有优先录取权，郑海军想从军，只要身体复检没问题，他就能顺利当上海军。听说复检那天，郑海军含一口清水，咧开嘴唇，那一口清水，被他那整齐洁白的牙齿包裹，滴水不漏。军医说，就凭这口牙，他天生就是当海军的料。

入军校报到前，海哥退了武汉的租房，回到柳林冲。郑海军要去军校，他也算是苦出了头，他不打算再去武汉打拼，而是回乡种田、养鸡、打鱼。

我们那里考上大学的，时兴请客。郑海军考得这么好，海哥自然要请。请客的电话一一打过去，数年没来往的亲戚，都邀请，连我干爹李耀眼，他都通知到了。

请客时间定在8月28日。27日是郑海军十八岁生日，海哥忘不了这一天，十八年前的这一天，儿子差点儿要了他妈妈的命。自这天起，他妈妈身体受创，卧床不起，直至离世。

年轻人的散生，没有客人庆生。海哥清晨起来，给郑海军煮了面，煨了三个荷包蛋。郑海军把那碗面条吃了，鸡蛋只吃了一个，把那两个荷包蛋夹进海哥的碗里。他们后来听海哥说，海哥望着这两枚荷包蛋，他没有吃，久久凝望。想起他先前受过的苦，想到儿子出息、懂事，他百感交集，竟然失声痛哭。

然而，郑海军在当天下午淹亡。

有人说是海哥那个清晨哭泣，招来了鬼魂；有人说那是郑海军的命，我表哥郑指海清晨的哭泣，只不过是这个悲剧的预兆。

母亲说，头天接客时，你海哥特别高兴，电话里的声音大得把我拿话筒的手都震麻了。谁知那天下午，郑海军就淹死了。他死在流沙河。

海哥悔青了肠子。那次回乡,他想起与柳红华家结下的仇,海哥心里提防着,郑海军到哪儿他都跟着。他想起那并不十分遥远的往事,他们头天到家,第二天,四周那些个村子的人就都知道了。他的儿子考上了浙大,这是一个典型穷苦单亲家庭孩子的励志故事,传播速度惊人。

当柳红华的儿子柳小川,与他另外两个同学来到海哥家时,柳林冲的人说,海哥的脸一下子苍白如纸,是吓的。他一定是想起柳小川的爸爸柳红华,他肯定是记起他说的那句"要你独卵子的命"。当四个孩子一人骑一辆自行车准备去石桥镇时,海哥坚决不让。海哥说,就在家老实待着,就在门前玩。为了控制住郑海军,他让郑海军交出手机。郑海军懂事,知道他爸的疾苦,对于父亲,他给足面子。他当着同学的面,乖巧地把手机递给他爸。海哥以为,拿了儿子的手机,就是拽了根绳拴住了他。

四个精力旺盛的孩子,怎么可能在表哥家那老房子里待住,他们说到门口去玩,在门前的古槐下聊天。海哥在他那光线发暗的屋子打了个盹儿,醒来,冲出门看,儿子不见了,他儿子的几个同学都不在门口了。

七

海哥后来说,那天他第一眼见到柳小川,心就哆嗦了一下,有一种不祥之兆。他在柳小川的脸上看到了柳红华的模样,但柳小川冲他自然纯真地一笑,让他心里的担心浅了。看到他身后还有两个男孩儿,一个叫刘献召,一个叫王小亮,他绷紧的神经松懈下来。他们四个是小学最要好的同学,海哥都见过。他知道他们读初中、高中时一直有联系,微信或电话。从他们开心快乐的脸上,他看不出他们之间有什么隔阂。海哥自己宽慰自己说,这事情过去了好几年,仇恨早就淡了。再说,仇是大人结下去的，与孩子无关。于是，他放松了警惕。海哥后来说，要知道这样，说什么也要把孩子留在家。实在留不住，手机给他，不至于联系不上。

那天孩子们离去后，海哥首先想到的是流沙河。尽管孩子们说要去石桥镇，他认为那是他们的谎言。天热得像下火，孩子们爱玩水，他们莫不是到流沙河玩水去了。想到流沙河，海哥一刻也不敢停留。他拔腿飞奔，穿越野松岭，向着流沙河疾驰而去。

流沙河河面空荡荡的，海哥绷紧的心略有松弛，但并未落地，他总感觉有什么事会发生。他回家，骑上自行车，直奔石桥镇。

那天的海哥，骑着自行车穿行在石桥镇那些狭窄的巷道里。他想到孩子们嘴馋，会上饭店吃饭。数家饭店，他都找过，但他没有看到他们的影子。

那天像一只无头苍蝇在石桥镇奔突的海哥，并不知道郑海军与他的三个同学就在石桥镇的一家酒吧里，酒吧名为"小镇故事"。柳小川得知郑海军过生日，一定要庆贺。"小镇故事"里放着摇滚乐，声音嘈杂。海哥在寻找郑海军时，曾站在"小镇故事"门口茫然四顾。他没进过酒吧，他不知道酒吧营业时间也是关着门的，他更不知道，此时那四个孩子，在酒吧玩得正高兴，他们手拿啤酒瓶，听着歌，喝着酒，摇头晃脑，陶醉在年轻人的世界里。

海哥就这么与自己的儿子在"小镇故事"擦肩而过。

很多事，就是这么阴差阳错，错过了，就成了永别，自此阴阳两隔。

石桥镇没找着，郑海军的手机没带，海哥又没其他几个孩子的电话，四个孩子像四条鱼消失在茫茫大海，他找不到他们。他神情沮丧，他心思重重地回了家。他猜测他们去了红安城。红安城可不像石桥镇，他不可能找到他们。

海哥胸闷，心针扎般的疼。他安慰自己说，没有事，不会有事的。他想象明天那场即将来临的喜宴，心中的阵痛慢慢消失。谁知喜宴成了葬礼。海哥在家里等郑海军，直等到太阳偏西，骄阳变成了夕阳。黄昏的光线漫过来，那些光线好像也落进海哥的心里，随着光线变淡，变暗，他心里越来越焦躁。他对自己说，不行，还得去找他们。

海哥骑上自行车，准备出门时，就见刘献召从野松岭飞奔而来。他在塘埂上边跑边喊：郑海军掉进流沙河里了，郑海军掉进河里不见了……

流沙河大部分地方，水只淹及成人的膝盖。尽管郑海军不会水，可这样的浅水河，要淹没一米八的郑海军，并非易事。海哥瞬间想到柳红华，想起他卖河沙时，在流沙河水岸相接的地方挖出的那个大深坑。

就是那大深坑要了他儿子的命。他听见刘献召带着哭腔说，我们在浅水处游得好好的，不知怎么郑海军和柳小川就游到深坑里去了。

柳小川，柳红华的儿子！海哥脚下一软，像一堆泥瘫坐在地，但他很快让自己站了起来。他跌跌撞撞，向着流沙河的方向奔去。

有传言说郑海军是被害的，是柳小川替父报仇，把他拽进了那个深坑。河畔一位放鸭的老者说，他亲眼看见两个人在水里打斗，看见一个人跷起脚踹另一个人。刘献召说，他看见柳小川在水里踹郑海军，他看见柳小川一脚踹在郑海军的脸上，然后，郑海军就消失在水里了。柳小川后来说，在水里，他的确踹过郑海军，推搡过他，但他坚持说他是去救郑海军。他说他们在浅水区玩狗刨，那水很浅，他们浮在水面，双手都能触着河底的沙粒。他不知郑海军怎么就游到了深水坑。他听见郑海军在水里扑腾，喊救命，他起身，在浅水区往那个深水坑飞奔。水与水相连，深水坑与浅水区没有明显界限，那个深坑，就是流沙河里一个巨大的陷阱。柳小川狂奔中突然跌入深水坑，整个人没进水里。他呛了口水。他挣扎着钻出来，急剧喘息。他游向郑海军，但他发现他救不了他。他被郑海军死死地缠住，寸步难移。他被郑海军拽进水里。他努力地钻出来，刚喘口气，再次被他拽进水里。他知道他不但救不了郑海军，还会被他拽到水底，郑海军会被淹死，他也会死，他就推搡开郑海军，往浅水区游，郑海军拽着他的脚不放，他就踹他。

我原本是去救他！柳小川说。

海哥问王小亮，王小亮说他什么也没看见。他说他当时在浅水区狗刨，等他听到惊叫声扑腾过去时，郑海军已沉入水底，他看不见他了。

海哥报了警，派出所来人。派出所人一来，他们都闭了嘴，放鸭的老者说他什么也没看到，王小亮说他什么也没看到。刘献召不再说他看见柳小川在水里踹郑海军的话，他说，我什么都不知道，你们问柳小川吧，他心里最清楚。柳小川说，我真的是去救他，但我没能成功。

海哥说，我从小管得严，不让郑海军玩水。他水性不好，只会狗刨，他绝对不敢到那么深的坑里玩水，他一定是被人拽进深水坑的，这是谋杀！

关于郑海军的死，没人说得清。官方认定没有证据证明郑海军是被谋杀，那是个事故，但四个孩子邀约去喝酒，去游泳，都是当事者、参与者，每个孩子都有责任，且年满十八，责任得承担。法院最后判定，每家赔偿死者家属六万块钱。

海哥说，我不要钱，我只要真相！

虽说钱不能买回郑海军的命，但赔偿还是要的，儿子的命没了，海哥孤苦，没依靠，这些钱存起来，给他将来养老。万一有病有灾，也能救个急。

海哥没要现金，他说，我儿子的命不只这几个钱。这几个钱就想买下我儿子的命？我不要钱，我要欠条，我要你们每家给我写一张欠条。我要你们欠着我的，尤其是他柳红华。

欠条就是证据，永远的证据！海哥说。

郑海军的命就这么变成了三张薄薄的纸，三张"欠款陆万"的欠条。海哥把三张欠条折叠齐整，放在贴身口袋里，似乎那就是他儿子的命，是他儿子的魂。

母亲说，这几年你没见郑海军，很体面的一个伢。母亲说着，抹着眼泪。母亲真的是痛心了。父亲离去，她都没流泪。

郑海军的坟地朝向流沙河，他就躺在野松岭他母亲旁边，脚抵青山，头向河水，风景倒也秀丽。郑海军离世后，海哥恋上抽烟，母亲说，他抽烟的样子看着吓人，哑巴似的一句话不说，一根接一根地抽。他这样下去，早晚把自己的身体抽垮了。

所有的人都埋怨海哥不该回到柳林冲，孩子上大学，直接从武汉走不是更近？海哥后来在他忏悔录般的自言自语里说，那几天，他也不知怎的，就是想回老家看看，鬼使神差地想回。他悔青了肠子。他说着懊悔的话。他用拳头擂着自己的脑袋，把额头、面颊捶得铁青。

埋葬完郑海军，海哥依然会去打鱼，他常去他儿子淹亡的那个大坑。那渔网的网眼很大，流沙河没有这么大的鱼，他总是空手而归。他似乎不是去打鱼，好像是在打捞他的儿子。然后，他会到郑海军的坟头静坐片刻，抽支烟再回家。好像这样，他就把他的儿子带回了家。

他每日这么出去、回家，让柳林冲的人害怕，老人见他出去或回来，说上一两句暖心的宽慰的话：这都是命，想开些，莫搞垮了身体。小孩儿都躲着他，似乎他像他的老婆和儿子一样，俨然成了一个鬼。

郑海军离世一年之后，海哥不再打鱼。但他每天依然去流沙河边，坐在河边的沙地上，冬天他会在那儿摆上一个破旧凳子。他望着流沙河水，望着那个隐藏在河水之下的大坑，那是吞噬他儿子生命的一张巨型大嘴。

八

我想去看海哥。我骑上摩托车,拎着两瓶酒出发。我不希望海哥喝酒,可不给他带两瓶酒,我过意不去。路过李耀眼家门口。他问我,朝,你上哪儿?我说,去看我海哥。他说,看他?你海哥不容易,应该去看看他。他说,我也去。我说,天冷。他说,没事。待着也是待着,无聊,出去走走。

李耀眼把抽了一半的烟扔在地上,一脚踩上去,旋着脚掌,那半截儿烟粉身碎骨。他坐上我的摩托车,抱着我的腰,就像我小时候抱着他的腰一样。

李耀眼穿着那件半大的棉袄。天冷,摩托车旋转起刺骨的风,我问,干爹,我给你的那件羊皮大衣呢?这时候穿正好。他说,唉,别提了,早丢了,丢了三年了。我说,怎么回事,没听你说过。李耀眼说,三年前,也是这个时节,我哮喘得厉害,到县中医院住了十天院。天冷,白天还好说,夜里凉冷。多亏你这件羊皮大衣夜里盖腿,像火笼一样。谁知快出院时,羊皮大衣被人拿走了。说起来那次住院,我还与你海哥在一起哩。那些天他胃不好。我们病房一共四个人。你海哥人好,对我没少照顾。买饭买菜,都是他帮我带。

李耀眼在我身后接着说着他的军大衣。他说,那件大衣,我怀疑是老宋偷走了。我问,老宋是谁?李耀眼说,七里坪镇一个叫宋世贫的人,就是那次住院,我们四个病友中的一个,老光棍儿,五十多岁,说话没个正形。那人穷的,不是实行农村合作医疗,他哪住得起院。出院后,我留了他的地址,有一天,我搞他个措手不及,杀到他家,假装说是到七里坪旅游,顺便看他。他家徒四壁,我没找到我的军大衣。我脑子也是简单,他偷了,未必不藏起来。

到了柳林冲,海哥家的大门没锁,虚掩着。李耀眼说,进去看看吧,他一个人自由得很,也许在里屋睡觉。

我们往天井里走,有些暗。李耀眼说了句,你海哥不容易,很多人家都到县城买房。不说到县城买房,在柳林冲选片地,盖几间平房也行啊。多少年了,他还住这胡同里,太暗,太压抑。干儿,我跟你说,这几年你海哥运气不好,与住处有关,这黑漆漆的胡同里,阴气太重。

李耀眼说得我脊背发冷。说话间,我们已走过幽深的巷道,踏入天井,就见一道阳光,透过天井打在一个人身上。那人吊在绳子上一动不动。我一个激灵,头皮差点儿爹裂。莫不是海哥想不开。李耀眼可能也有这种感觉,因为他也突然间停下脚步。我是走在他身后的,我撞着他的后背。我们停下来,定眼一看,是天井里晾晒的一件军大衣。

军大衣的羊毛很长,从袖口和衣襟里探出来,洁白如雪。

好熟悉的军用羊皮大衣。我走过去轻轻抻开它。我看到它右侧衣领下那个熟悉的图案,像豹子头,也像一只握紧的拳头。我惊叹道,干爹,这不是你那件羊皮大衣吗?怎么到这里来了?

李耀眼打了个冷战,好像针扎了一下他。他说,怎么可能?我指着那个图案说,你看,就是那件,这右侧衣领下有一图案,你说像豹子头,我说像一只握紧的拳头。

羊皮大衣很新,看来它的主人很珍惜他,没怎么穿过。

李耀眼凑近来看了一眼,怔了一下,那微弯的腰突然直了。他抓住我的手,将它拽下来。羊皮大衣在房梁悬下来的晾衣架上,恢复了它的垂吊。

李耀眼说,朝,你记错了,我那件大衣的图案在左边。我记得很清楚。我是左撇子。我当时很自然地就抬起左手摸到了它。

我当然没记错，我当时还将右手紧握成拳，做了一个发誓的动作，说将来好好伺候他。但我没有辩解。我看见李耀眼脸上的神情，有轻微的苦痛、不解、疑惑，但很快，那一切随着他额上铺展开的皱纹而释放开。我心里的疑惑像一团雾：羊皮大衣是怎么来到海哥家的？我想起李耀眼在路上说的话，想起他和海哥曾住同一个病房，心里突然像被什么东西堵住了。

李耀眼说，人没在家，门没锁，应该没走远，我们找找看。我们走出幽深的巷道，在水塘边碰见一个饮牛的老人，他张着黑洞洞的大嘴说，你们找海？他在流沙河边。三年了，整三年，自从他儿子淹死在流沙河，他每天都到流沙河边坐，哪像个过日子的人。老人一脸不屑。

我们锁好摩托车，踏步走向流沙河。村村通公路并不宽，但都是水泥浇灌，很结实，平坦、干净。我们上坡，穿过野松岭，流沙河就在眼前，河水清澈，西天一片金灿灿的光落在流沙河上。

我远远地看见海哥坐在流沙河边。他坐在椅子上，像那些垂钓的人。我们走近他时，他都没同我们打招呼，脸依然朝向流沙河。

他正在抽烟。他抽烟的样子让人觉得他孤独。他的脸被浓密的烟雾包裹着，一团一团的烟雾。河风轻吹，那烟雾终于散了，我看到的，不只是他脸上的落寞，还有他内心的苦楚。

他的头发完全秃了，头皮是青白色。我与李耀眼一左一右站在他两侧。我喊了一声海哥，他没应，我又喊了一声，他这才转过脸，却并不应我。我吓了一跳，如果我事先不知道是他，我真的认不出他来。他以前浓黑的眉毛变得焦黄，像两截朽木横在他的眼睛上方，昔日那双有神的大眼睛，现在全然没了光泽。鼻孔里充塞着乌黑的细毛。他脸上的各部分都显得有气无力，只有那胡子看上去像野草般零乱、充满生机，应该是多少天没有刮了。他脸很瘦，像一幅木刻画，原本那口干净洁白的玉一样闪着光泽的牙,现在也黄黑相间了。他老了,过早地老了,我无法相信他就是我的表哥郑指海。更刺痛我的是他的目光,漠然而空洞,我们多年未见,他眼里竟然没有一点儿反应。

海哥穿一件旧蓝布棉袄,没套外套,袖口有黑色的油渍。那一瞬间,他穿着干净的海军蓝布衣服,行走在石桥镇高中时的样子飘至我眼前。他那时那么年轻,浑身散发着知识分子的气质。姨父给他起名"指海",是多么大气、豪迈。再看他现在的样子,我心里酸酸的,我都不敢同他说话,我怕我一张嘴就流出泪来。我一直控制着自己。

河风凉,河边的空气凝重得仿佛能拧出水。

海哥长时间吹着河风,身体轻微抖动。李耀眼将一只手搭在他的肩上,海哥没有动,他的目光依然朝向河面。长时间沉默之后,李耀眼说,指海,振作起来,你还不到五十岁。李耀眼说。我给你讲个故事吧。你们都知道,我的大儿子桑,我告诉你们他援非去了,其实他死了,死于一次小型矿难。这几年我没告诉任何人。那时我老娘还在,我让工友们统一口径,说桑是援助非洲开矿去了,恰好那两年,我们矿上有技术工人支援非洲,这个谎言,就传了下来。我这么说了这几年,谎言便如同真事,我竟然觉得我的儿子他就在非洲,非洲就有我的一个儿子,我时常想起他,黑夜里有时还与他对话。时间长了,我妈都相信他在非洲,直到老人离世,她也相信她的孙子就在非洲。就像你的儿子,明明已经被打捞起来,埋葬了,你却一直认为他就在这河水里。

我记得有一句话说,劝慰别人最好的办法,就是诉说自己的不幸,李耀眼诉说着自己的不幸。他的不幸,我也是第一次听说。

海哥终于开口说话,他一张嘴,满嘴酒味儿。尽管河面吹来的风不小,我还是能闻到。

李耀眼说,有些事,该让它过去就让它过去,早做了结早解脱。李耀眼站到海哥身后，把另一只手也搭在他的肩上。

海哥茫然的眼里突然有了内容。

我们三个人，姿态各异，他坐着，李耀眼站在他身后，我在李耀眼身旁，他像犯人，我们像他的两个看守。其实他更像一位病者，我们像是伺候他的两个人。天很冷，不远处的水塘结了冰，河水是流动的，河面没结冰。河水缓缓地流动。海哥没看我们，一直盯着水面，盯着那个隐形的大水坑。因河水冲洗，河沙沉积，水面下大深坑四周隐形的沙坝并不明显，若隐若现。

海哥一直没站起来。他就那么坐着，沉默着。薄雾笼罩着山川，大地柔和静谧。我们望着水里的落霞。

许久，海哥站起身。不知他想起什么，他满脸泪痕。他说了句：你们来了。他的声音冲破喉咙的压制，轻轻震颤着，像寒冰下水的幽咽。海哥将手伸进棉袄里，从衬衣口袋里掏出一个带拉锁的塑料袋，手机大小。他从塑料袋里取出三张纸条。我们都知道，那是三个孩子家的欠条。我们知道，这欠条在他贴身口袋里装了三年。

他们还没赔你钱？我问。

他们说没钱。随他们，我先不要钱。我留着这欠条，这是证据。我要真相，然后再谈钱。海哥说。

我说，这是个意外，你不要老陷在过去的泥沼里，生活还应该往前走。海哥没回应我，目光依然漠然地望着河水。

我看见海哥将三张欠条叠在一起，抻平，然后叠成四折，轻轻放进塑料袋，拉好拉锁，再次塞进他衬衣口袋。

落霞像风中燃着的炭火，突然亮了一下，将最后的绚丽，留在流沙河。

海哥起身，说，走吧，回家。我做饭，我们爷仨喝一杯。

我们走向柳林冲。进入野松林的那一刻，我回望流沙河，河滩上那个破旧的椅子在暗下去的光中，孤独地立在那里，像一幅灰色调的令人感伤的油画。

我们一起走到海哥家门口，正要一起进那门洞时，李耀眼说，朝，我要去撒尿，你也去。我说，我没有。他说，这半天怎么没有，走。他说着，拉起我的胳膊，向村头的旱厕走去。

我理解李耀眼的良苦用心，他是故意留出时间，让海哥把那件羊皮大衣收起来。然而，我们回到巷子里时，那件军用羊皮大衣依然挂在天井里，它让我和李耀眼同时愣了一下。

军大衣到底是怎么来到海哥手中的？我如鲠在喉，几次想问海哥，李耀眼总是挑起别的话题，不给我机会。

天井里出现一只公鸡，金红色的毛闪着光亮，是一只漂亮的公鸡。它的出现带给我一丝惊喜，让我觉得海哥的生活多少有些生机。我问，海哥，你养鸡？我以为自己是明知故问。他说，是邻居家的。他说话时，他从天井角落的一个缸里抓了一把谷子，扔在脚下，那只公鸡上前啄食。我内心生出一丝温暖。海哥到底善良，这可是邻居家的鸡。然而我心里那丝温暖，瞬间被海哥一脚踢飞，那只正啄食的公鸡，顺着海哥的脚背划出一条金红色的抛物线，直抵那面古老的砖墙，嘭的一声响，那只漂亮的公鸡跌落在石板上，它挣扎着。就在我和李耀眼惊诧之时，海哥已进屋拿出一把刀，手起刀落，剁下了那只公鸡的脑袋。失去鸡头的公鸡在地上挣扎。

我心惊肉跳。李耀眼惊呼道，不是说是邻居家的鸡吗？海哥说，我早就想宰了它，每天早晨我还没睡醒，它就叫。今晚你们在这里吃夜饭，炖鸡吃。我那儿还有散酒。

我望着地上那摊血，那渐渐软下去的鸡的尸体，还有那只滚到墙角的鸡头，胃里已是翻江倒海。

李耀眼自然也不想吃这只可怜的鸡，他说，天马上黑了，路不好走，我们这就回。他显然还担心海哥，问了句：邻居找你怎么办？

吃到肚子里了，他能怎么找？找到它也化成了粪。他扯着嘴角，轻淡一笑。他让我想起小镇上那些二流子的笑容。

我的心痛了一下，好像那里暗藏了一根针。

我们要走，海哥送我们。他取下那件大衣。我以为他会把那件大衣递给李耀眼，物归原主。他没有，他披在自己身上。

我们走出天井，来到巷外。我发动摩托车，李耀眼从我身后坐上来。海哥站在门口目送我们。行至拐角处，我停下摩托回头望，我多么希望海哥追上来，把大衣披在李耀眼的身上，但我们身后空荡荡的，我并未见他披着军用羊皮大衣的草绿色身影，他已回了他那个幽深的巷子。

行到岔路口，多年前海哥将一只海螺送给我的情景出现在我脑海。他当年就是在这个岔路口用夹杂着普通话的声音告诫我：拿了别人的东西，一定要记得告诉别人。这岔路口同时是我人生的岔路口，我自此没拿过别人一针一线。可现在的他，坦然地穿着别人的军大衣；他宰杀邻居家的鸡，招呼都不打。他的样子刺中了我某根敏感神经，我的眼泪流出来，模糊了我的视线，我无法骑行。我停下摩托，让李耀眼驾驶。我们交换了位置。摩托车行得很慢，我将额头顶在李耀眼的背上，轻轻抽泣，他可能感觉到了，问我，朝，你怎么啦？我说，我部队还有一件军用羊皮大衣，这次回东北，我就快递给你。

李耀眼没有吱声。

岔路上没有车，没有行人，天地寂寥。

太平桥

一

　　一个秋日正午，母亲让我去把太平舅牵来。母亲说"牵"，而不是"接"，因为太平舅眼盲。太平舅以说书为生。

　　母亲让我早点儿去，说去晚了，怕被别垮接走了。太平舅每到一个垮子，都得三五天。逢好年景，一个小垮子，会留他十天半月，把整部书说完。

　　我喜欢太平舅，他一来，整个竹林湾都热闹了。

　　太平舅不是我的亲舅。

　　这年我六岁。人生第一次独自到外垮去。是去我外公家，跟母亲和哥哥们去过，路我熟悉。外公家在王家田。

　　路上有水塘，有河，要上桥，有山和树，有很深的巴茅草，我一个人去，有些害怕。母亲说，去吧，别玩水，哪怕一个小水凼，都不要下。我就往门口走。母亲追上我说，莫怕，路过坟地，要是害怕，就往手心吐口痰，双手把掌心搓热，再用手把头发从前往后抹，使劲儿抹刷七下，什么妖魔鬼怪就都不敢碰你了。母亲不这么说，我倒忘记路上要过坟地。我头皮紧了一下，像勒了一道橡皮筋。我立在那里不动。母亲说，去吧。

她的语气那么坚定。

母亲和父亲要下地干活儿,哥哥们上学去了。若带上三岁的大弟,也能壮个胆。大弟没空儿,小弟还在摇篮里,小弟哭时,他要摇摇篮。因此,牵太平舅,只能是我去。

我踏上石拱桥,过了石桥河。畈田里寂静无人。过了畈田,就是山路。路在松树间向前延伸。每座山,都有一片坟地,那些坟地离路都很近,就一两丈远。头顶一阵扑腾,我惊出一身冷汗,是一只斑鸠飞腾而去。行了数十步,坟里突然钻出一个毛茸茸的东西,我的心突地一下,差点儿从嗓子眼儿蹦出来。是一只野兔。我想起电影里那些孤胆英雄,我不让自己害怕。

走过一片水田。稻谷都割了,田里只剩下稻茬儿支棱巴翘,指向天空。过了那片水田,就是旱地,田地边都有巴茅草,这使得路像是一条深沟。巴茅草在头顶弯成弧形,我走在路上,像走在阴森森的洞里。

王家田的后山浮现在我眼前,我只需走过一片畈田,就能到那个山脚。山脚有一汪水塘,水塘里有荷,荷花已谢,荷叶繁茂,装点着水塘,也带给我恐惧。我怀疑那荷叶后面,藏着一个女人的魂。

一年前,这个水塘里淹死一个女人,是王家田王福来的女人。王福来娶进的这个女人,三年了,肚子没有动静,这让王福来在垮子里抬不起头,那天,他干了半天活儿,回家,女人的饭还没做好。他饿急了眼,骂了女人,还打了女人。女人跑了出去,他没管她。他从来不惯着女人。他说,跑吧,女人就那么三招儿:一哭,二闹,三往娘家跑。他想他的女人是到娘家去了,谁知她跳了水。就是这汪水塘。

我走在塘埂上,心里虚。

我管王福来也叫舅,转了好几个弯儿的舅。王福来的女人死后,他精神受到刺激,疯了一段时间,不做饭,不洗脸,不下地干活儿,他的惊人之举,是抓地上的牛粪往嘴里塞。但我二哥说他是装的,他逼死了女人,怕他的两个舅哥收拾他。他的两个舅哥说,他是哪只手动了他们的姐姐,他们就要剁掉他的哪只手。当他们发现他用打他姐姐的那只手抓牛粪吃时,他们决定把那只手给他留下。

王福来后来就好了,但毕竟是吃过牛粪的人,王家田人嫌弃他,不让他串门。他往别人家进,人家往外出,他一气之下,反过来抛弃全垮人。他搬到村子东南角。他在那片坡地搭了个茅棚,住了进去。他说,全垮没个好东西,就他的女人是个好女人,他要跟他的女人在一起。他的女人在水塘里。他的女人在坟里。他女人的坟,就在水塘边的坡地接近山林的地方。他的女人因为是野死,垮里人不让她入祖坟,他就将她埋在这水塘边的坡地。他说他守着她,她就不是孤魂野鬼。

垮子里的人,对他这种做法嗤之以鼻:早这么痴情,他女人就不会死!

王福来是有名的懒汉,但每天到底还是会做些事。突然有一天,王家田的人看见后山的东南角辟出了一块地,还挖了一口窑。那片荒地上的废土,都被他利用上了。他做砖坯瓦坯,自烧砖瓦。一年时间,他在那里盖起两间红砖瓦房,外加一间小屋。他本想盖青砖瓦屋,那砖没烧好,成了红面黑心。

满垮人都嫌他,巴不得他离得远些,他占用的这块地,就轻松批给他了。

王福来的事,我是听我二哥说的。二哥说,王福来是能人,将来能成大事。你想想,能把牛屎往自己嘴里塞,那得多狠的心。二哥是当笑话讲的,那语气也是嫌弃的。我跟母亲或哥哥到王家田,常会遇到王福来。尽管他是吃过牛粪的人,我们依然管他叫舅,他笑着回应我们。有时让我们进屋坐,喝口茶。哪个敢端他家的茶碗,想起他吞牛粪的样子,肝都得吐出来。

我是嫌恶他的，但此刻，我是那么渴望他出现。我担心他那个女人就躲在那些荷叶后面。微风轻拂，荷叶发出窸窣之声，像一个女人正在荷叶后抚弄裙纱。

福来舅！我大声喊。没有回音。

那个女人的孤坟，就在王福来房屋的东侧。如果不是那座孤坟，且没人知道这个水塘里淹死过妇人呢，这里入眼的，倒是一处好的所在。

经过孤坟那一刻，一阵恐惧袭来。我想起母亲的话，往手心吐口痰，把额前的头发往后脑勺儿抹去。我这么做了，绷紧的头皮松下来，恐惧感减轻了，但它依然存在。

我走过了那座孤坟，进入林子，把整个山甩在身后。下了坡就是王家田，房屋依山而建，一家挨着一家。

外公的家在前排，挨着水塘。太平舅家在外公家的屋后，两家隔着一条幽深的巷道，宽不足十步。我走过去，一股阴凉穿透脊背。

太平舅坐在阴影里。这时候应该有西晒的阳光，但他家门口被我外公的房子挡着，没有阳光。在他家门前，能看见我外公的后门，但那后门长年不开。老人说，有后门的屋，是有钱人的屋。外公有没有钱，我看不出来。他睡着的时候比醒着的时候多，我来接太平舅，不想去见他。外婆早年死了，我都没与她打个照面。外公的两个女儿出嫁后，他就一个人过日子，把日子过得一团糟。人家都盼着上外公家好吃好喝，我们可怜，到外公家，锅凉灶冷。春天的时候，二哥带我到外公家来过。我们坐在外公家堂屋里，太平舅的娘在门前水塘洗菜，同我们打招呼，外公听见她的声音，骂起来，老女人了，年轻时是怎么惦记我的，现在嫌我了，不给我送吃的送喝的咧。我不懂外公的话，太平舅的娘说，你家公老糊涂了，瞎骂人呢，他这是要死呢。

然而，外公硬是又挺了十年才过世。

二

我扫了一眼外公家那个后门，外公酣睡的样子在我脑子里出现，我不去打搅他。我走过那扇后门，往阴影处走去。我喊了一声，太平舅。太平舅听出了我的声音，说，见亮来了。他穿戴整齐，坐在门前的木头椅上，阴影里的太平舅额头饱满，方脸。若不是眼盲，他是一个排场人呢。

那只不离手的竹竿靠在他身上，腿旁是一把二胡。一面红身黄皮的鼓，紫红的夹板，都在他脚旁的那个大帆布包里，帆布包的拉链没有拉上，像是让它们透气。一个黄挂包张着嘴，里面有他换洗的衣服。

我扑到太平舅怀里哭。他说，吓着了吧？他说着，抽出一只手送到嘴前，往手心哈了口气，手掌顺着我的额头往后捋，说，好了，不怕。我知道你们要来接我，我都准备好了。

荷香姐也真是的，怎么让一个细伢来接我。

太平舅的娘听见我们说话，从屋里往外走。她说，外孙来了。我急忙伸袖抹了眼泪，抹了眼泪又抹脸，装作是擦汗。我不想让她知道我被吓哭了。太平舅的娘说，外孙，进屋喝口水。我说，家婆，我不渴。

太平舅的娘穿着一身黑，站在黑洞洞的门口，只有头发是白的。若不是太平舅在这儿，我会骇一跳。

太平舅一个人行走时，要借助竹竿，敲敲打打地探路。与我一起走时，他把竹竿递给我。我抓着竹竿一端，他抓着另一端，我牵着他走。虽然有我牵着，太平舅好像还是不放心。他看不见的双眼不断地翻动，好像在看路。他的头略歪着，一只耳朵前探，在认真听动静。和着他的节奏，我也深一脚浅一脚,像踏在棉花上,总也不实沉。

王福来站在家门口,露着两颗大门牙朝我们笑。他说,见亮一个人来接你太平舅?我说,嗯。他说,挺能耐呀。我本不想理他,被他表扬,话就多了。我说,福来舅,刚才我从这儿走,没见到你咧。他说,我刚才到青草坡捡牛粪去了,那东西晒干,火才旺呢。

又是牛粪,莫非他这辈子离不开牛粪!

我们走过他家门口,朝向塘埂。王福来说,见亮慢走啊,我回屋睡觉去了。他说着,打了个很响的哈欠。我说,大白天睡觉?太平舅笑道,他一个老光棍儿,不睡觉干什么。王福来说,笑我呢,你不也是光棍儿?

我扭过头去,看见太平舅的笑僵在脸上,像是有一道阴影遮住了他脸上的光。而王福来的两只大板牙,亮得刺眼。他笑得真开心。

王福来的大板牙并不难看,反倒使他面部更有层次感,饱满、棱角分明。当然,这个感觉是我多年以后回想起来的,我当时不知怎么形容他。

晚饭后,乡邻涌到我家,太平舅受到像明星到来般的欢迎。他准备说书,二哥把他的三脚架支开,把他那只鼓架上。

太平舅此时并不敲鼓,他拉二胡,《东方红》和《二泉映月》。《东方红》曲调简单,我们小孩子都会哼。《二泉映月》听起来很忧伤,很美妙,好几个人闭了眼,陶醉在这乐声里,光棍儿麻球会跟着节奏摇头晃脑。有两位妇人,竟然陪着落了几滴眼泪。这样的人,常遭哥哥们的耻笑,说那些人不懂装懂。太平舅的二胡曾影响过二哥,二哥向太平舅学拉二胡。他起先拉出的动静像驴叫,学了数次,那动静还是像驴叫,二哥的二胡梦断了。二哥认为敲鼓简单,他说他干脆当一名鼓手,把鼓敲成疾风骤雨。母亲说,莫敲咧,吵死了!二哥后来多次埋怨母亲,说他的鼓手梦是母亲给毁灭的,但二哥没有白练,向太平舅学习敲鼓之后,他与人打斗,他出拳速度快了许多,以至他在报纸上看到拳王阿里

089

的故事后,他又想当一个拳击手,但现实让他最终成为一个乡村木匠。

两曲二胡独奏完毕,太平舅背向我家中堂,面朝大门,敲鼓,打夹板。太平舅左手拇指挑着夹板,右手拿鼓槌。左手腕翻转,右手腕扬起,落下。咚咚嗒,咚咚嗒,咚咚咚咚咚嗒,咚嗒咚嗒咚咚嗒……

打上好半天,这是让人注意,他马上就要开始说书。那鼓和紫檀夹板敲得特别响,整个竹林湾都能听到。越来越多的人挤到我家来,坐不下的,站着,一直站到门外。

　　天怕乌云地怕荒,
　　人怕老弱树怕伤。
　　忠臣就怕君不正,
　　子孝最怕父不良。
　　草怕严霜霜怕日,
　　恶人自有恶人挡。
　　……

这是引子。喘口气,喝口茶,太平舅用手背擦一下嘴,接着唱:

　　居家一本教儿经,
　　万古长流到如今。
　　若是人家有一本,
　　兴家创业人上人。
　　桩桩事儿说得好,
　　句句言语句句真。
　　有用儿孙听此教,

无用儿孙莫留心。

……

他是在唱。他嗓音沙哑、低沉。多年以后,我那么爱听刀郎的歌,就因为他的歌声,让我回想起太平舅的唱腔,声音透着生命的沧桑。太平舅还有一绝,那就是唱悲歌,书说到悲伤之处,他会哭,像哭丧一样,那场景震撼我们。有一回,戏里的主角死了爹,太平舅说着,唱着,就流下了眼泪。大伙儿这才想起,他很小的时候就死了爹,他是借戏文,哭自己的爹呢。那唱声凄凉婉转,让人伤心欲绝。

三

太平舅开始说书。这天晚上,他说的是《红绸铁骨兰天鹏》,讲的是一个叫兰天鹏的大侠,力大无比,性格豪爽,好杀富济贫,因为这样,常惹些麻烦。当母亲的很是着急,趁他熟睡时,与孩儿他爹一起,将他捆起来。什么样的绳索,他吸口气,一用力,就挣脱开了。当娘的找来习武高人,用铁丝将他捆了,他照样挣开。当娘的成天提心吊胆。一日,他娘在村外的溪沟边浣衣,想到儿子这么大了,还恁不成器,于是唉声叹气。这时来了两位女子,富有人家装扮,一个像是小姐,另一个像是丫头。那小姐问老人,为何浣衣心不在焉,是不是有什么难处。老人就说她的儿子,管不了呢,用铁丝都捆不住,一挣就开。那个小姐,生在官宦人家,喜读诗书,书中很多奇谈怪事,像老人儿子这等奇事,在现实中倒是不多见。她就想去见见这个怪人。或许小女子有办法呢。那个小姐说。

那个小姐叫颜如玉。

当娘的也是"有病乱投医",就想让这位小姐试试。她们约定几月几日,当娘的故意把浣洗过的衣服忘记在溪沟边,让儿子到溪沟边取。这女子按老太太吩咐,到溪沟边游玩,制造一场偶遇。颜如玉幼时跟随父亲征战,学过一些拳脚,也是好斗之人。

见了兰天鹏,女子拿话逗他,惹他生气,两人在溪边坡地打斗起来。兰天鹏果然力大无穷,他不忍心伤害女子,一掌拍在溪沟的沟壁上,顿时飞沙走石。女子手握一铁棍,学着烧火丫头杨排风,舞将起来。她用铁棒去敲他的脊背,兰天鹏也不躲让,任她夯下去。如玉震得手麻腕痛。硬的不行,来软的。如玉抽出腰间缠的红绸带,扬手甩开,红绸带在空中飞舞,像一绺红色的霞,从兰天鹏头顶飘落,将他的两只手缚在腰间,他动弹不得。

一段姻缘就这么成了。

太平舅虽然是个盲人,动作却很夸张,在讲两人打斗时,声音忽高忽低,情绪一会儿饱满,一会儿低落,那手的伸展,脚的飞踢,都特别像模像样。倘是在夏日的夜晚,在月光下的碾场,他会跳将起来。太平舅的声音能男能女,或掩鼻哭泣,或仰天而歌。他哭时热泪双流,笑时声如响雷。

太平舅带给我们的快乐是真实的,持续的。他好像就是为说书而生的。不说书时,他喜欢独坐屋子一角,像一尊雕像,可一旦说书,他整个人就活了,甚至有些疯癫。

太平舅书说完了,余音难散,那书里的人物,在很长一段时间里与我们相伴着。他不少书里的语气和说词,成为我们现实中模仿的对象,比如我的小伙伴红船,说了句不受听的话,我会喷他:"呀呀呀呀呀呀呀呀——呸!"或曰:"气死老夫也!"

太平舅住在我家的那几天,我父亲面无表情。他嫌太闹,他喜欢静。

母亲说他是小气。在我家说书,不但要供太平舅吃喝,还要招待听书人,开销大。要烧水沏茶,要散烟。那么多人,一圈下来,一包烟不够,整个晚上,烟得散几圈,那都是钱哩。

太平舅接着说《水浒传》,原来《红绸铁骨兰天鹏》依然只是个引子。

《水浒传》太长,一两晚讲不完,他将书本里的人物撇出来,单独讲。那天话武松,那场书说得好,只是略去了西门庆与潘金莲偷情的细节,光棍儿麻球大概看过《金瓶梅》,直喊:"王师傅,讲讲西门庆怎么勾引潘金莲的,讲细些哈。"有女人就骂他:"嚼舌!不要脸。"却是满脸期待。

太平舅窘迫地立在那里,他不讲,或许是不愿讲,或许他师父就没教他这一段,他根本讲不了。总之,他是尴尬了。

那天晚上,留给我印象最深的戏文,还是《红绸铁骨兰天鹏》,我喜欢听这样才子佳人的故事。

那时候的太平舅,能抬高我家在塆子里的地位,母亲可以靠太平舅说书,笼络一些人,也挤对少数人,比如那个叫金花的女人,同母亲吵了架,两人多日不搭腔,在路上碰见了,必定有一人绕道或踅身而返。这次太平舅来我家说书,一塆子的人都可以上我家,她男人可以来,她儿子、女儿可以来,唯独她不能来。我甚至想,母亲那次叫太平舅来唱戏,似乎仅仅是为了气金花。

红船嫁到镇上的姑来竹林湾,给红船带了软糖。红船拿了软糖,不给我吃,馋我。我生气了,威胁他,我太平舅再来说书,不让你听。他说,太平不是你亲舅,你管不着。我说,太平舅在我家说书,我不让你进我家的屋。红船想听说书,就给了我一颗软糖。

四

　　太平舅说书,影响着哥哥们,他们那些十几岁的孩子,会在第二天,把太平舅说的书,在山林里,在河水畔,演绎一遍,特别是那些杀富济贫的戏。他们有时入戏太深,弄得头破血流。太平舅也影响着我,多年以后,我成为一名讲故事的人,潜心写小说,与太平舅不无关系。

　　天晚了,大伙儿还不离开。有人给些零钱,都是三角五角的。有人没给,没给也没人说啥,总得有人捧场。如果没给钱的都不让听,那书场就没氛围,怕是说不成。

　　太平舅一连在我家住了三天,跟我睡一张大床,哥哥们到他们各自的同伴家借住。三天后的那个下午,太平舅要走,同我母亲告别时,欲言又止,像是恋恋不舍。母亲以为他不想走,说,那就再待一天。他转着头,用耳朵听了听,知道身边人不多。他说,姐啊,这三天都是见亮照顾我,见亮这孩子好,可爱。我也想要个儿呢。我的母亲后来告诉我,说她当时心哆嗦了一下,怕他是要把我过继给他当儿。母亲说,那我可不干,他的眼睛那样。幸而他说的是另一件事。他说,姐,你给我说个媳妇吧。母亲吁了口气,说,可不,你二十五六了吧?太平舅说,二十八呢。母亲说话直接,她说,全乎人怕是找不着。太平舅说,全乎人我倒没想呢。母亲说,过花嫂怕也不好找。太平舅说,过花嫂我也没想呢。母亲就明白了,他是要找有缺陷的,他也只能找有缺陷的。母亲心里倒是有个人,她曾想过,也在家说过,但到底没忍心介绍给他。那是我姨家那边的,在沙河,有十五六里地,那是个哑女,与我姨一个墟子。母亲曾动过这个心思,我姨不让她多管闲事。我姨说,一个瞎子,一个哑巴,那日子怎么过,还不得憋出病来。母亲就放下了。现在,太平舅自己提出来了，母亲说，我说说看。

我按太平舅的意思，送他到下河景去。下河景建垱历史不长，先前是一片河边滩地，后来，镇上把我们整个石桥河大队的地主富农迁到那里，垦荒盖房。有几家是从王家田迁过去的，是太平舅的本家。他们到那儿定居不久，地主富农的帽子就被摘了。他们当时每家轮流请皮影戏的演员上演皮影戏，庆贺过后，他们请太平舅过去说书。太平舅连续去了好几年，都是这时节。

下河景路好走，站在石拱桥上，朝着石桥河放眼望，下河景就在远处。我们出发时，红船要一起去。他这几天一直跟着我，当然是因为太平舅。红船他妈是一个知识分子，只因成分不好，才嫁到我们竹林湾当农民。他妈嫁到我们竹林湾后，不爱跟人说话，与乡村的妇人格格不入，我们都管母亲叫娘，她非让儿子管她叫妈。红船每次出来玩，都得他妈同意。我们两家住得近，我却很少上他家去。他家有个院子，院子里有天井，进了天井，转个弯才是他们的住处。他们的屋子总是幽暗的，而他妈又很少出来，无论外面怎么热闹，似乎都与她无关。她家的门长年关着，红船出来玩，喊妈，她就开门，站在天井里迎红船。天井里射入的阳光不明不暗，她站在那道光里，有着特殊的韵味，如果是别的女人站在那样的光里，我会被吓着的。她是一个美丽的女人，穿戴总是那么整洁，头发绾起，脖子修长，白净的脸庞像一轮明月。只有这样的女人，才可以不下地干活儿，她的男人是县城的建筑工人，养活着一家人。她最多也只是上菜园，弄些干净的菜回来。她把她家的菜园弄得像花园一样。她在我们竹林湾，是一个神秘的存在。

几年后，红船的爸死了，仅三个月后，他妈就嫁给了县城一个干部，红船跟了过去，还改姓后爸的姓，吃商品粮。我特别羡慕，为他的离去伤心了好长时间。母亲安慰我说，莫眼馋人家，亲老子死了，日子再好，心里也不快活。这个女人，我早看出她在我们这山沟野畈待不住。这不，一个寡妇，嫁了个城里人，还是个干部，家里睡席梦思，坐沙发，红船长大了还能接他后爸的班。母亲自说自话，不羡慕人家。母亲说一次也就罢了，常说，就让人觉得，她还是羡慕人家。

红船走后，我再没见过红船。红船走了，太平舅就这么失去了一个粉丝。

我喜欢太平舅。太平舅如果不是眼盲，我们两家会走得更近，他也会像毛刺的舅舅一样，当毛刺一家在垮子里遭人欺负时，就会过来帮他们撑腰。

那天我和红船送太平舅，走到半道儿，太平舅停下来想撒尿，问我们周边有人没有，我说没有，他就叫我们转过身去，他解裤子撒尿。我和红船都转过身，红船转过身去后，悄然回头。太平舅朝他说，回过头去，看什么东西？我头皮一紧，吓着了。红船脸红了。我们等了很长时间，等太平舅说走吧，我们才转过身去。回来的路上，我们还在说这件事。红船说，他不是瞎子吗，怎么看得到？我说，我听我二哥说，瞎子的眼睛虽然看不见，但耳朵特别灵，有一点儿动静，就能听见。红船说，可我没动静呀，我又没挪脚，我只是转动了一下脖子。他真是太厉害了。

五

送太平舅去下河景那天下午，母亲去了我姨家，第二天午饭后，她带回一个姑娘。那个姑娘，我们一看就不正常，母亲说，她是哑巴，是你太平舅的媳妇，你们得管她叫舅娘。

我们一看，她不但是哑巴，还有些苕（方言"苕货"的简称，指不聪明）。

她就坐在我家靠鸡窝那张椅子上，朝着我们傻笑。她的脖子很粗。

母亲的意思是，让哑女在我家住一晚，第二天让人去把太平舅牵来，她给哑女头上缠上红头绳，再让人牵着太平舅，让她跟太平舅走，这样，好像我家是哑女的娘家，把哑女就这么嫁过去。好像这样，太平舅就是明媒正娶。母亲话一出口，一家人都像一锅黄豆炸开了，父亲责怪她，你没得事做。大哥一贯是走为上策，以示不满。二哥虽然年少，却一直是家庭"正义"的捍卫者，他让母亲必须把她送走。那时候，我十二岁的二哥知道很多事，他说，他们的下一代，也许同样会是哑巴，或苕货，将来也是麻烦。二哥好像有先见之明，多年以后，他成为我们石桥村的书记，这些人，果真都需要花大量精力照顾。

母亲骂二哥不讲良心，你太平舅说书，你听得多开心。二哥说，既然她是太平舅的媳妇，你就直接把她送到太平舅家，不要在咱家过夜。这是我们最起码的要求。

二哥把他的想法强加于我们，事实上，我也是这么想的。母亲无奈。她倒了一杯凉茶递给哑女，二哥手快，一下子抢了过来。母亲骂二哥心狠。

母亲带着哑女继续前行。母亲走到门口，说，我劳苦功高，我帮了两家人呢，哑女的一家人，不晓得多高兴，非要请我在她家吃顿饭。这个女儿，终于嫁出去了。我听说母亲在她家吃饭，刚轻松下来的心情又紧张了。二哥的心情跟我一样，他问，你在她家吃饭了？你也张得开嘴。母亲说，没呢，我在你姨家吃的。我们同时长吁一口气。

母亲作为媒人，得到了一块蓝的确良布，六尺，她想给我大哥、二哥一人做一件上衣，大哥、二哥不要，好像那布是从哑女身上扒下来的。母亲骂了两句，就说要给三哥和我做，我见大哥、二哥他们不要，我和三哥也不要。我说，给小弟做衣服吧。整块的布，要剪碎了，可惜了，母亲就给她自己做了一身蓝的确良的衣服，她成套穿着，像石桥镇汽水厂的女工。这套衣服,让我们排斥了母亲很长时间。

许多年过去,我们还忘不了那个哑女坐在椅子上,朝着我们傻笑的情形。很长时间,哑女坐过的凳子,除了母亲,我们没人去坐。那段时间,二哥面对那个空荡荡的椅子,用手一指,我们就会意,哄堂大笑。二哥那个指椅子的动作,在很长时间里成了我们家的一个哑剧。直到有一天,二哥不知什么原因,生了很大的气。他拿起斧头,把那个椅子砍得稀烂。

母亲把哑女送到太平舅家后,整日沉浸在喜悦之中,似乎她做了一件惊天动地的大事。她时常自我表扬:你那个太平舅家,是个什么人家,一个老娘,带着瞎子儿。不给他找个媳妇行吗?虽说是个哑巴,可也能传个后。哑巴家也是高兴呢,他们想甩包袱呢。在人家那里是包袱,可在太平舅那里,就是个宝呢,一家好两家好,大家都好。父亲和我们,对母亲的话嗤之以鼻。母亲不管我们咋想,自顾自喜悦着。然而,她这种喜悦只持续了三天,第四天早饭后,太平舅的娘来到我家,她前面是哑女,哑女不知咋走,她用两只手架着,像赶一只鸡。她满脸愁苦。母亲正在灶屋烧火,她熄了火迎出来。太平娘说,荷香啊,不行呀,她死也不跟太平同房呀。可怜的太平,脸上深一道浅一道,红一道白一道,都是这个女人挠的。解铃还须系铃人,你把她送回去吧。

二哥当着太平娘的面,念叨,活该!母亲拿起笤帚就要去揩他的嘴,说他的嘴像屁股,二哥逃出屋去。母亲朝太平娘说,婶儿啊,我以为多大个事儿,这点儿事儿,犯得着把她送回去?你把她送回去,你们轻松了,她怎么办?她再回去,就是嫁过一次的人了,就不是黄花闺女了。母亲突然看我一眼,对我说,你出去。我就走出屋,在门口,我回望,我见母亲凑到太平娘跟前,咬着她的耳朵说着什么。我看见太平娘的嘴突然咧开,露出残缺不全的牙。那牙都黑了。我才想起太平娘是抽烟的。我有一次问她，家婆，你为什么抽烟？太平娘说，你还小，不晓得做人的难，你家婆抽的是愁咧。这次，她脸上的愁云瞬间没了。她当即带着哑女回去了。她不再像赶鸡一样，而是牵着哑女的手。

二哥在我家南边的碾场看见这一幕，冲过来问我，不是说把她送回去的吗？娘跟太平舅的娘说啥了？我说，娘把我赶出来了，我没听清。二哥突然笑了，说，一定是告诉太平舅，夜里把这个哑巴捆起来。可是，他一个瞎子，怎么捆得了她。说着，他做了个鄙夷的表情。我问，为什么要把她捆起来？二哥朝我笑，说等你长大了就懂了。

四年时间，哑女为太平舅生了两个女儿。生第一个女儿时，按我二哥的说法，他脸上是笑的，他毕竟有了孩子。生第二胎还是女儿，太平舅脸上的笑容就有些勉强。他想要个儿呢，他娶哑女，就是想留个后呢。

那时候，计划生育政策正严格，村干部要太平舅去结扎，太平娘求着说好话，说你们看，一个瞎子，一个哑巴，还是个苕，得照顾一下，让再生一胎。我们家这样的人，娶个媳妇，不就是想留下后吗？村干部没松口，说，各家有各家的理由。

六

我读小学三年级时的那个暑假，太平舅来了。这次，是他娘把他送过来的。这时候，双抢也快完事了，农活儿不是特别紧。待了两三天，他要走。他想去山里，老君山。老君山好远，一百多里地。以前每年天正热时，他会到山里，山里有人来接他。山里凉快，他像是去避暑，一待就是一个月。今年接他那人有事，没来。太平舅想让我陪他去。我都满十岁了，暑假结束，就是四年级的学生了。我可以牵着他走，可以帮太平舅买车票，扶他上车。太平舅以前给我讲过老君山，那里有野猪，有鹿，我特别想去。母亲不放心，说我还是小。太平舅说，没事儿，山里的人，可实在呢。母亲点头说，行。一张嘴带出去了，母亲挺高兴。母亲让我把书包里的书拿出来，装上我的换洗衣服，还有一个牙刷。母亲没给我牙膏，说，山里人家有呢。

坐在车上，我吓出一身冷汗。那山道弯弯转转，弯的前面，必定是悬崖。我第一次坐汽车，颠簸得几次要吐，我怕司机说我，努力地忍住了。

山里人没有牙膏，他们竟然很少刷牙，牙都是那么白，说是吃山泉水，水质好。我用盐水漱口，嘴里倒也清爽。

我与太平舅搭腿睡，山里的夜晚阴凉，一点儿也不热。山里的村庄不像我们那儿那么紧密，好远才有一户人家，每次说书，三两户人家凑在一起，十来个人。他们喜欢听书。我们在山里，很容易就把时间打发了。

太平舅肚子里的戏多，每晚说的书都不一样。山里人实在，用炒花生、炒地瓜片、炒黄豆招待我们。

在山里，我认识了一个叫翟天明的人，他欣赏太平舅，说太平舅上知天文，下知地理。往年就是他到王家田接太平舅进山。近两年，他不想在山里待了，想往外走，又怕外面不好干，人财两空，说太平舅会说书，书中有大道理，想太平舅给他指出一条道。太平舅告诉翟天明，他出外闯荡，可能成功，但也存在风险，不如在家，在山里。翟天明有些不信，这山里怎么会发财？日子永远过得紧巴巴的，太平舅说，书里说得好，靠山吃山，靠水吃水。

也就在这年，改革开放之风吹到这深山老林。很多人到山里搞山货，到汉口去卖。很多人来旅游，再后来，翟天明在门前的对天河搞漂流，坐在家里就把钱挣了。翟天明就特别信太平舅，器重他。投资新项目，哪天开业，他都会来问太平舅，先前是坐长途汽车，转三轮车，后来骑摩托，风尘仆仆。

翟天明还养黑猪。黑猪几乎没有肥肉，只有精肉，黑猪肉人吃了不发胖，深得汉口人喜欢。汉口有钱人，周末就开车到山里采购。

十几天眨眼就过去了，而我还没待够，要回去上学。太平舅知道我不想回，说，明年再来。第二年暑假，我再次跟太平舅进山。这次进山，太平舅格外高兴，因为此时他有了一个儿子，两个多月了。虽说因为计划生育，罚了五千块钱。但他还是非常高兴。

太平舅说是我带给他的好运，孩子是他去年与我一起，从老君山回去后怀上的。他说去年在山里的那些天，他特别开心。他说，那些日子，你是我的眼睛呢。我觉得太平舅说话有水平，像作诗一样。

第二年那个暑假之后，我再也没去老君山。我大了，快十二岁了，该下水田帮家里干活儿了。

太平舅眼睛看不见，他要想知道别人长得啥样，就用手摸。当然，这仅限于孩子。他每次到我家，都要摸我的脸，而且是当着别人的面摸。然后他说，瞧这额，宽宽的，光光的，前途远大呢；这鼻子高，好看；再看这牙，没有一颗龅牙，很整齐地排着呢。这孩子俊啦！这孩子顽气！太平舅总是这么说。他的话，让我喜悦，谁不喜欢听好话。我十二岁那年，是太平舅最后一次摸我的脸，他说，长这么高了，来，让舅看看。然后，他的手就在我脸上摸。那次摸我的脸，他没夸我俊，他突然惊讶道，哎呀，见亮的脸是受风了吧？父亲、母亲还有哥哥们说，不知道呢。太平舅说，一边脸松软，一边脸僵硬呢。他们就让我笑，我就笑了。二哥说，果然呢，嘴巴歪了。母亲就让二哥带我去见乡村医生，医生给我开了三服药，虽然后来没有彻底好，但也算是及时制止了嘴继续歪下去。因此，嘴歪不太明显，并没影响我多年以后走进军营。

我初中是住读，见太平舅就少了。有个周末我回家，太平舅也在，他还把他的儿子带来了。他的儿子叫王长根，两岁多了，能满地跑了，很可爱的孩子,眼睛黑亮黑亮的,有两颗大板牙,但并不难看,反倒使他看上去多了几分淘气。这么好的孩子,可惜太平舅看不见。我想让太平舅好好"看看"他的儿子。我抱起王长根,让太平舅摸。太平舅就一手扶着孩子,一手在他脸上摸着。他满脸堆笑,荡漾着幸福的喜悦。我说,太平舅,你看,像不像你?他说,像呢,像呢。我说,你摸摸他的嘴,两颗门牙,有那么一点点龅,可好玩呢。我说着,就抓住太平舅的那只手,往王长根嘴上送。太平舅的手碰到王长根的那两颗门牙时,像遭了蛇咬,倏地抽回来。我笑了,说,这孩子,咋还咬人呢。

孩子第一次到我家来,母亲给他一双新布鞋,略大一点儿,明年还能穿。这是母亲亲手纳的鞋,想来她是早有准备。

七

风吹拂着我的记忆,像吹开一层薄雾,我看到我的少年时光重现。那是我家最困难的时候。大哥去了部队,还是个兵,没开始挣工资;二哥在别人家当学徒,不拿工钱,还要带一日三餐的口粮;三哥比我才大两岁,就去深圳打工,杳无音信。春节已过,乡村静下来,我该去上学了,我却并不走向校园。我整日不出屋,坐在床头,等待父亲的脚步声。我常常是从清晨等到深夜,在风吹松枝的瑟瑟声里,慢慢睡去。

父亲每天都出门,与其说是给我借学费,不如说是逃避。他心里清楚,正月里,山里人讲禁忌,不愿拿钱借人。

先到学校去吧,我借到了,就给你送去。那天早晨,父亲说,是一种商量的语气。他目光躲闪,一直不敢面对我。偶尔我们目光相撞,我捕捉到的,是他满眼的愧疚。

我眼前浮现出开学时教室里的情景:交了学费领到书的同学,满脸喜悦，有的拿着新书，在课桌间追逐嬉闹，或坐在座位上，把书翻得哗哗直响。而我，独在教室一角，鸵鸟一样将头埋在手臂间，不敢看别人，却分明能感知同学们的目光射了过来，尤其是女同学，目光如针，将我那点儿可怜的自尊，一点点刺破。从小学到初中，开学时的状况大都如此，我挺过来了。但现在，我突然对教室充满着惶惑与恐惧。我已经是一名初中二年级的学生了，人大了，自尊心强。拿不着学费，我选择逃避。

我没有回应父亲，他就又出去了。他的脚迈过门槛那一刻，回过头，目光却并没看我，而是盯着堂屋的墙角，仿佛是在同墙说话。他说，你等着，今天应该能借得到。父亲的声音很小，不像说给我听，像是在安慰他自己。

那天晚上，父亲依然空手而归。

十五的月亮十六圆，父亲说。我明白父亲为什么说这句话，他是在暗示我，明天一切都会好起来，但是，我已经不相信明天了。父亲每次空手而归时，那副可怜的样子刺痛了我，我要走了，打工去。

夜在黎明中醒来。我像村子里别的打工仔一样，一个蛇皮袋，塞着我的铺盖，我向镇上走。在那里，我将坐上去汉口的车。

父亲送我，他在前面走。出了村口，他没走大路，选择了一条田间小道。我懂父亲的心思，他怕碰见熟人，怕熟人看见我上不起学。

过了田埂，是山，山间是细石子马路。踏上马路，我看到了太平舅。他正在山道上。竹竿敲打路面，发出清脆的声音。他的大女儿翠花牵着他，六七岁的样子，与我最初牵着太平舅时差不多大。不同的是，我那时是牵着太平舅的竹竿，而她，是牵着太平舅的手。

父亲本来不想与太平舅打招呼的，反正他又看不见，而他的女儿，对我们印象也不深。但我忍不住还是喊了声，太平舅。他听出我的声音了。他说，是见亮啊。他显然感觉到了我身边还有一个人，他问，你们到哪里去？父亲再不吱声就说不过去了。父亲说，去上学。我不喜欢父亲这一点，他虚荣心太强，怕别人说我家上不起学，他就撒谎。我说，太平舅，我不上学了。我跟你学说书吧？他说，哪有全乎人学说书的，说书有个什么出息。他问，你为什么不读书？你这么灵性。我和父亲都沉默不语。他问，是不是没筹到学费？他的话触到我的痛处，我抽泣起来。

太平舅就明白了。他说，这样吧，大志哥，你带见亮到我家，让我娘给你们拿钱。我那儿还有点儿钱，是准备这几天抓两头猪养着，我家就先不抓了。春天的猪太能吃，过阵子再抓。你们去吧，就说是我说的。我就不跟你们一起回去了。我这一路走去，得走到何年何月，再说，人家定好的日子。

我心里一阵狂喜。父亲急忙说，多谢。太平舅说，谢个什么，是借给见亮，又不是给他。照说，当舅的替外甥交学费，也交得。父亲说，你有你的难处，这就很好了。

我们先把行李送回家，再去王家田，太平娘有些舍不得，犹豫着，但她最终还是把钱给我了，可能看我儿时多次接送太平舅吧。

那年过后，我就再没有为学费发愁，大哥这年提了干，拿工资了，每年的学费，都是他提前给我准备。

回来的路上，父亲说，其实他想到过向太平舅借钱，但想到他瞎着一双眼，走村串巷，像要饭似的，觉得他的钱来得太辛苦，就打消了这个念头。我问父亲，太平舅眼睛看不见，别人为何总让他去看风水。父亲说，他眼睛看不见，心里明亮。父亲说，太平舅了不起，借看风水之名，阻止了周边几家污染企业建厂，也让不少人家，打消了乱建住房的念头。有些人信这个，其实哪里是看风水，按我说，他就是一个乡村心理医生。既然有人信风水，他就利用别人这种心理，做些造福后人的善事。

我听着心里暖暖的，觉得太平舅了不起。

八

我重回石桥镇中学后,认识了王胜利,他是插班生,以前在觅儿镇上初中,嫌觅儿镇太远,来到我们学校。我返校晚,自然只剩下后排的座位。王胜利来了,只有我身边有空座,我们成了邻座,就此成了朋友。听说他是王家田的,我觉得特别亲。我说我家公是王家田的呢。我告诉他我家公的名字。他太高兴了,给了我一个拥抱。

为什么从没见过你?我问。

我从小跟着我姐在觅儿读书。我姐长得好看,嫁给觅儿镇邮电所一个邮电员。他不无自豪地说。我直着脖子看他一眼,他长得白,脸白,牙也白,就是有些瘦,像白面书生。他姐长得好看,应该不是吹牛。

我特别佩服王胜利,他天南地北,好像什么都知道。他后来考上了邮电系统中专,找了个城里女孩儿当老婆,让人羡慕,只可惜天妒英才,他三十五岁得了喉癌,死了。

王胜利嘴大,特别能白话。他牙白,嘴唇略厚。他笑的时候,白牙露出来,那略显厚的嘴唇铺展开,这个时候,他是最好看的。他可能知道这一点,总爱说笑话,把别人逗乐,自己也乐。

每周六下午放学,我与王胜利一起回家。我们在白虎山分手,他往西北,去王家田,我沿着石桥河继续北上,回我的竹林湾。在此之前,我们一路同行。王胜利滔滔不绝,向我讲着故事。他不像太平舅,说的都是书里的人物,是历史故事,他说的是他们塆子里的真人真事,有趣得很。有儿打老子,老子把自己的儿媳妇"爬了灰"的;有嫁出去的女儿离婚的,退回到娘家的;有跳河跳井寻死,没死却淹傻了的。我那时还小,没有怜悯之心,只当趣闻逸事,在王胜利的讲说中,我忘却了在山地和田埂上行走的疲惫。

但有一天,他的话题让我不快。他说,见亮,我告诉你,王长根不是太平的儿。我说,王长根是哑巴生的,哑巴是我太平舅的媳妇。哑巴生的儿子,当然是他的儿子。他说,错,王长根是王福来的儿。

我说,莫瞎说。

王胜利说,你听我讲。他说话前,喜欢说"你听我讲",好像要开始长篇大论。事实上,他常常是长篇大论,而且是带着情绪。他说,太平不是结扎了吗,可太平的娘想要个儿,把香火延续下去。瞎子是后天瞎的,不会遗传。哑巴生的孩子,也不会是哑巴,两个女儿就是证明。太平娘就趁太平到老君山讲书那些天,把村南头的王福来找到他家,跟太平的哑巴女人睡觉,太平这才有了儿子王长根。

我说,你莫放屁!

王胜利说,儿骗你!

我还是不信。我说,你怎么知道?王长根说,没有不透风的墙,太平不在家时,我们塆有人半夜撞见王福来去他家。从王长根长出牙开始,就有人断定,王长根是王福来的种。

我回想王福来的模样,回想无数次路过他的窑场,他除了两颗门牙有些突出,模样倒也过得去。他怎么会看上哑女,怎么就睡得下。王胜利说,这叫饥不择食。

王胜利说,王福来不但饥不择食,还吃个没够,完成了传宗接代的任务,还去,三天两日地去。王胜利说,太平娘以王福来帮他家水稻田看水为由,请他吃饭,喝酒,算是酬谢,这事儿也就过去了。可他不,还要,不让他,他就要把这事说出去。可怜太平娘也没办法。好在太平常在外,好应对。

我想起我让太平舅摸王长根脸的情形,心里像塞了一块铅,有些沉重。

九

那天我们走在路上，王胜利说，还有个秘密要告诉你。我说，说吧。王胜利说，你要有思想准备，不是我说的，是别人说的。我说，你说。他说，都在传呢，传你家公跟太平的娘。我说，跟太平的娘怎么了？他说，你是真不懂还是装不懂？一个老光棍儿，一个老寡妇，还能怎么了？我脸一红，他说我亲外公呢。我说，你别瞎说。他说，你知道你家公的那个后门吗？我们这里的人家，谁家会有个后门呢，只有你家公的家有，这是为了太平娘去他那儿方便呢。黑夜里，他门一开，太平娘三步五步就迈进去了。他们相好好多年呢。

我上去踢他一脚，那一脚踢得重，踢在他屁股上。他急忙往路旁的树林里钻，拽下裤子就拉屎。然后，他用石头和树叶处理了，提起裤子回到路上。他说，见亮，你下手真狠。我说，你骂人。他说，我没骂你呀。我说，我用的是脚，不是用的手。他说，你出脚真狠，一脚踢出我的屎来了。我说，你早就憋一泡屎，一路臭屁连环，以为我不知道？我嫌他屁股没揩净，嫌他身上有臭味儿，离他远远的。走了百十来米，他追上我，我也就不再逃，都是怕孤单的人。

不觉就到了白虎山下，该分手了。王胜利说，要不，你跟我一起回，到我们村的过路塘处，你就能看到王福来，你看吧，别看别的，就看那两颗门牙，王长根的门牙，跟他的一模一样。

我说，不去。我想，王福来的样子，在我心里装着哩。

我回到家时，太阳偏西，阳光洒在我家坐东朝西的房子里。母亲正在清扫堂屋。地上有鸡屎，她将河沙往鸡屎上撒，然后用笤帚去扫。我说，娘，王胜利说王长根不是太平舅的儿，是王福来的。母亲像被什么东西击中了，突然跳起来骂我，你的臭嘴巴再乱说，我把它撕到你屁股门前去吊着。母亲骂人狠，刻骨铭心，我们都怕她。

母亲的尖刻刺激了我。我说，我没乱说，他还说家公跟太平舅的娘好呢。母亲这次没饶我，她举起笤帚就向我的嘴扫过来。她骂道，你这张臭嘴巴，我要给你揩一下。那笤帚上还挂着鸡屎，我脖子一歪，躲过了。母亲揩不着我的嘴，就打我的后背，狠劲儿地打，打了两三下，我逃开去。母亲的声音追过来，你再说，我就找根针，把你的嘴巴缝上。

那天晚上，母亲没给我们做饭，她径直去了王家田，去了王胜利家，他去告状，把王胜利说的话倒给胜利的娘听，王胜利的娘拿起笤帚，抽了王胜利好几下，还咒他，再瞎说烂喉咙。二十年后，王胜利喉癌离世，母亲还去送过他，母亲流了好多泪。母亲跟我说，那天她不该去告王胜利的状，满垮子人都在说王福来和王长根是父子，传你家公与太平娘好，堵住他王胜利一张嘴，能管什么用！

我以为王胜利会生我的气，不再理我，他却像没事似的，照样说笑，不过他不再说我家的亲戚，而是说别人，常把我弄得哈哈大笑，有时也让我沉默不语——那必定是一个悲伤的故事。

我家弟兄多，总是没有钱，一到要用大钱，就得东挪西借。我目睹无数次父亲因借钱而碰壁，这让我对未来很悲观，我最怕的不是穷，是穷导致的结果——打光棍儿。光棍儿的生活，王福来就是参照，我害怕成为他那样的人。这种害怕，让我对未来的担忧，甚至有一丝恐惧。那年我十五岁。有一天，我倚着石拱桥上的石头狮子，凝望石桥河水缓缓而流，一种惆怅的情绪缠绕着我，我突然想到了太平舅，就去了王家田。那是一个寂静的午后。穿过了太平舅家的后山坡，我听见悠扬的胡琴声，是太平舅呢。他拉的二胡曲调我熟悉。

下了坡，循着琴声，踏上外公家门前的塘埂，我看到了太平舅，他在塘埂的另一端。我走到他身边，不想打断他拉二胡。他可能是听见了脚步声，停止拉二胡，说了句，坐。他身旁有一个小凳，是专门给听众准备的。我喊了一声，太平舅。太平舅听出我的声音，满脸高兴。他伸出手来，拉了一下我的手。我坐下。他问我，看你家公来了？我嗯了一声。

太平舅与我唠起家常，问我父亲怎样，母亲好吗。这都是礼节而已，两家相隔三五里地，信息是通的，我回答得心不在焉。他就问我的学习，我说，不像小学时那么拔尖。太平舅说，莫急，慢慢来。然后就无话。我们在沉默中听到了溪水声，还有水塘里鱼翻着浪的声音。静默中，我闻到了一股香味儿。我说，好香呢。太平舅说，是的，过了这个石板桥，就是油茶岭。我抬眼望，溪边一棵油茶花正艳，粉的、红的。那种纯白中间带着暗红的道道，像极了一个有着抓痕的美女脸庞，让人怜爱。

太平舅说，油茶岭是周围一带最好的坟地。有水塘，有溪流，有茶树。还有松树、柞木、橡树。我问，太平舅，你咋都知道呢？他说，知道，我小时候见过。我才想起，太平舅是后天失明的，但他失明时，也就五六岁，记忆应该不会深刻，可能有想象的成分。

太平舅说，我的爹就埋在那片坟地，将来我娘也会埋在那里，我们王家田的人死了之后，都埋在油茶岭，包括我。

太平舅坐的位置，在一个石桥的尽头，石桥与塘埂的连接处。他说，见亮，你知道这个桥叫啥名吗？我说，知道，叫太平桥。他说，是的，我们王家田的人死了，八人抬着棺材，从这塘埂走，过这太平桥上山。人啊，过了这太平桥，就太平了。

我不知道太平舅那天为什么那么伤感，活着多好。他说，是的，活着好，但总有那么一天。我后来才知道，可能是预感吧。一年后的夏天，太平舅的娘就去世了，埋在了油茶岭。

太平舅起身,让我牵着他的手,站到太平桥上。他用竹竿敲着太平桥。那是一整块石桥,长约一丈,宽足可以过一辆牛车。太平桥在阳光下闪着青幽幽的光,像是诉说古老的岁月。我说,太平舅,这桥应该很老了吧?太平舅说,比茶树古老,比山年轻。他的话有哲学味道。他肚子里有货,只是不能写。我说,应该有好多年了,那时没有吊车,这么大一块石头,怎么就弄来架上的呢。太平舅说,旧时人的智慧,不可低估。

既然垮子里死去的人都要从这桥上过,而这桥又叫太平桥,他这名字,应该是不吉利的。我问,太平舅,你为何叫太平呢?他显然明白我的疑惑,他说,这个太平与那个太平,意思是不一样的。我爹给我起这个名,是希望我的人生没有波折,可你看我这命。

我本想安慰太平舅一句说,你挺好的,有个王长根,香火没断,多幸福,可我想起王胜利的话,就把这话咽回去了。

清风吹来,柳枝轻拂,这里的确是一个美丽的所在,太平舅虽然看不见,但他能感知得到,所以他常到这里坐。他今天谈的话题是死亡,这增加了我的惆怅。太平舅好像猜测出我的心思,他说,见亮机灵,心眼儿也好。这么多外甥,就你像亲外甥那么待我,牵着我到这儿到那儿。我说,只是我现在在镇上上学,帮不了太平舅呢。太平舅说,上学是主要的,你将来错不了。太平舅这么说,我的胆子就大了,鼓起勇气说,我家这么穷,弟兄多,我将来怕是很孤独吧?我会不会孤孤单单一个人?太平舅笑了,他让我把他牵回椅子上坐着。他笑着说,你这么聪明,心地善良,将来肯定能讨个好媳妇。

我内心窃喜,垮子里那些光棍儿不像日子的日子,让我不寒而栗。

太平舅拉起二胡,是一曲《梁祝》,那优美的旋律,和着溪流、水浪、细微的风声,真是天籁之音。我陶醉在这美妙的世界。可惜我没有音乐细胞，总是学不会一门乐器。

我记得那天我落泪了。太平舅的哑巴女人，只是他为了延续香火娶来的，那一定不是他的爱情，他内心深处，是否也渴望属于他自己的爱情？我不知道。太平舅的《梁祝》，让我想起我们班上的某个女生，我与她在校园的槐树下，捧着一本小说。随后，我与她化作两只蝴蝶，翩翩起舞。

这自然是我脑子里的幻影。

数年后，我穿上军装，去了东北，后来考入军校。军校毕业第三年，我带回一个东北女子，她是我的妻子。我特地去看太平舅，这时候，他的身体已经很不好，在卧房里躺着，听见我的声音，硬要支撑着起来。媳妇把礼物塞到他手里，叫了一声舅，他乐得合不拢嘴，露出满嘴的黑牙。他说，见亮有福啊，这媳妇俊。我知道，太平舅"看"人是要用手摸的，我很想让他摸一下我的漂亮媳妇，但那似乎不合情理。

十

关于太平舅的悲苦，我听母亲说过。太平舅六岁时得了一场病，高烧不退。那时家里穷，也没钱送医院，吃了江湖医生的药，昏睡了三天，再醒来，烧是退了，眼睛却失明了，但没全盲，有一只眼还能看见些光亮。小孩子淘气，好玩耍，又因眼神不好，容易摔跤。有一次摔倒了，那只能见微光的眼，碰巧磕在石子上，流了很多血，那只眼，也完全盲了。

六岁的孩子是有记忆的，他比先天性眼盲者要痛苦，因为他曾经见过的世间美好，突然失去了。不像先天性盲眼人，他从未见过，不可能把世间的色彩，想象得那么美丽。

我听着母亲的讲述，一阵战栗，感到有冷风扑来，我不敢想象那种情形。母亲说，你太平舅，也不知招了什么东西，总是不顺。有风水先生说，他家的屋下面是古坟。太平舅的爹，就想着新选个地儿，重新盖房。你太平舅八岁那年，他爹去山上砍树，被树砸断了腰，瘫了，在家躺了半个月，死了。你太平舅的爹，不晓得多好的个人，长得排场，还没脾气，就知道闷头做事。你太平舅眼瞎了，他一点儿没嫌他是拖累，对他更好，只要他不做事，走到哪儿，都把你太平舅牵着，可惜了这么好一个人。可怜你太平舅家，从此孤儿寡母，你太平舅的娘不知流了多少眼泪。为了让你太平舅将来有口饭吃，就给他找了个师父，也是盲眼。那师父教他说书、算命。那师父心狠，下手也狠，打起你太平舅来，一只手死死地抓着他，另一只手扇他耳刮子。把你太平舅脸打肿了，鼻子打出血了，也不撒开，你太平舅去掰他的手，怎么也掰不开，他像老鹰抓小鸡一样，死死地抓住。可怜你太平舅就不想活了。他说娘身体不好，想回来看娘，师父隔了好多天才给了他假。他回来与娘见了面，说了话，趁娘在厨房给他煮鸡蛋的工夫，就往水塘边摸。当娘的看他脸上有伤，有愁苦，就盯上了他。当娘的看他到了水塘边，一把把他薅住。当娘的说，儿啊，你要死，娘就跟你一块儿死吧。

你太平舅扑在娘的怀里，号啕大哭。他说，娘，你就不该把我生下来。当娘的说，儿啊，你莫要这么说，你这么说，是拿刀捅娘的心。娘也不知道你会眼盲，儿啊，这都是命。儿啊，你要是不想去学，就不学，咱要饭也能活个命。

第二天，太平舅回了师父家。

我打断母亲的讲述。我说，娘，你别说了，我受不了。母亲就不再说了，只顾坐在椅子上抹眼泪。她也曾想帮帮太平舅，可我们自己有难处，何况"隔层纱，隔重山"。不是亲舅，自己家的事又多。我们兄弟当兵的、做工的、读书的，都奔自己的前程。父亲、母亲成天在田里，用光棍儿王福来的话说，两个人搞得像泥巴狗似的，成天在水田里忙，也就够个吃喝。真是顾不上他。

太平舅好歹学会了说书，但他没学会算命。有人说他学不会，也有人说，他不信算命，不愿忽悠人。

太平舅靠说书，好歹能挣几个零钱花，还把自己的一张嘴带出去了。

军校时的第一个暑假，我是去看过太平舅的，太平舅的身体，大不如前。太平舅的那个哑巴女人，身体也很虚弱，见谁都没有表情，喉咙里像有一台风箱在拉拽。

我本想与太平舅长谈，但他那黑漆漆无声的世界，我一刻也待不了。我走出他们的土墙瓦屋。

我刚到家，王长根就来了，他满十一岁了。四表哥，他喊我，露着两颗大板牙笑。他算得上一个可爱的孩子。他说，他刚才跟同伴玩去了，听说我去了，就撵了过来。那几天，他像我的影子。他的嘴，像蜜蜂一样嗡嗡的，总有话说。我倒乐意。我离家这么多年，家乡对于我来说已经很陌生了，小孩儿嘴里吐真言，他的话，让我知道一个真实的故乡。

母亲说，吵死了，吵死了，见亮，你带长根出去玩吧。我就带着长根，上石拱桥，上观音寨，到处走。王长根在我后身，不断地说着话，说他们村子里的事、学校的事。他让我想起王胜利，我暗自笑了，觉得他们王家田，出这种能说会道的人。我问，你们塆的王胜利呢？他说，他读黄冈师范。他笑道，他倒挺适合教书。王长根说，他上次回来说你们是初中同学呢。他下次回来，我让他来看你。我说，他下次回来，我就回军校了。他说，那就下下次，你们总会碰到一起的。我说，是的。但后来，我们真的没碰着，直到他离世。

王长根在我家住着不走。我二哥那时在县建筑队当合同工，隔三岔五回来。他看见王长根，有些不喜欢，背着王长根说，瞧他那双骨碌碌转着的眼睛，还有那两颗大板牙，一看就滑，将来怕不会是个好东西。母亲骂二哥，你莫放屁！

母亲心里，到底还是有娘家人的。

住了几天，太平舅可能想儿子了，也可能是觉得王长根在我家待的时间太长，不好意思，托人捎口信，让他回。走前，王长根向我要军用水壶，还有军用挂包。我说，我还要用两天，回军校前我给你。我的军用水壶我没带回来，我怕他失望，到县城军人服务社买了一个给他，也不知是不是正宗军品。

十一

我入军校后，喜欢写小说。但我写作仅出于爱好，写出的东西，平淡无味。我写小说的兴趣，应该是受太平舅的影响，我希望像他那样会编故事。小时候，是无意识地听，现在，我想重听他说书，带着目的去听，看能否学到他的精髓。那是军校的最后一个假期，我对母亲说，想去把太平舅接到家住几天。母亲说，接他做什么？我说，我想听他说书。母亲说，现在都猫在家看电视，哪个还听说书。你太平舅，不说书已有两年了。我说，我想听，两年，他应该不会忘了吧。母亲说，那倒没有。去年老君山里还有人接他去，今年听说山里也有了电视，就没人来接了。

我说，我想听。母亲说，那你就去接吧，只怕会不成。我说，我试试。

我把话放出去了，希望我们竹林湾的人，晚上都到我家听太平舅说书，就像我小时候那样。

那天晚上,家里来了十几个人,都是年龄大一些的,而且好像都是给我面子,毕竟我回来了。家里备了好烟好茶。

太平舅果然不在状态,这不仅仅是他的说唱生疏了,他竟然有些害羞。一个说书人害羞,怎么能说好书。我知道他是觉得人少,没有氛围。我说,太平舅,你就想象有很多人在听。他就打了一阵鼓和夹板,说了一段《水浒传》,而此时,《水浒传》的电视连续剧已经在几个电视台翻来覆去播过,众人对那些故事烂熟于心,孩子们扯着嗓子,满村满巷唱"大河向东流啊,天上的星星参北斗啊……"那个晚上,无人喝彩。我也没有听出小时候的味道。没那个气势,也没那个氛围。

太平舅讲了一会儿,就停下来,阴影在他脸上铺陈开,越来越重。他喝了口茶,拉了一段二胡。家里来的那十几个人,抽了烟,喝了茶,慢慢地走了。

军校毕业,我回了东北,路途遥远,加之军营工作忙,我很少回老家,偶尔回去,太匆忙,一晃七八年,除了那次带媳妇回家,我没再见到太平舅。关于太平舅的消息,主要是从电话里得来的。很长一段时间,我问太平舅怎么样,母亲说,能怎么样?还那样。母亲似乎不耐烦说太平舅家的事,我后来也就不再问。突然有一天,母亲给我来电话,专门说太平舅,她说,你太平舅太可怜了,好像老天派他到世上,就是让他来受罪的。周围十里八乡,也有苦人,怕没得哪个像他那么苦。我问,出了什么事?她说,杏花死了。我只觉得浑身血涌上心房,脑瓜子也感到血之冲撞。杏花是太平舅的小女儿,才十六七吧。我说,怎么死了?得了什么病?母亲说,不是病,淹死了。

杏花小时候,我对她印象极好。她学习好,自尊心强。母亲说,坏就坏在她这争强好胜上。你太平舅的娘死后,她姐翠花就不再读书,在家烧火做饭种田地,供弟弟妹妹们读书。这杏花也真是争气,考到县城读高中。这孩子,自从到县城读高中,星期天就没在家住过,回家拿点儿米和菜,就匆忙返回学校学习。那天上午下了一场暴雨,到下午,虽说雨停了,但到处是泥,满塘满堰都是水,溪沟里的流水声像雷轰。杏花非要回学校,你太平舅留不住,杏花硬是背着米和菜走了。

杏花到了堰家塘塆,发现石桥桥面被淹,水在石桥上流,齐膝深的水。一个看水的老人对她说,孩子,过不去,回去吧,明天再来。杏花挽起裤腿非要过,结果被水冲到河沟里,第二天,在十里外的下水处才找到人,死了。

我能想象杏花的样子,也能揣摩她的心理。她周六、周日不休息,是努力学习,也是在逃避这个家。

我长时间沉默。母亲问,见亮,你在听吗?我说,在听。她说,翠花还成了"神经"(抑郁症)。我的心,被母亲的话刺痛。我说,这又是怎么搞的?母亲说,翠花总得有自己的生活吧,她总不能一辈子在屋里烧火。她将来是要嫁人的。她到广州打工,谈了个对象。过年时,对象非要到家里来看看,拦不住,见到这样的家庭,就不同意这门亲。翠花受了刺激,就不再出去打工,成天闷在屋里不愿见人,谁到她家,她就往里屋躲。妹子杏花一死,她抱着妹子的身体不让下葬。众人拽开她,强行把杏花入了棺,翠花就"神经"了。

我听见母亲在抽泣。我安慰她,我说,太平舅好歹有个王长根。母亲说,不提他还好一些,一提他就来气。长根成天在外面游荡、打架、借钱。那伢子,废了咧。

我叹口气。我说,再回去,我去看看太平舅。母亲说,你干你的工作,莫操心家里的事,破事烂事太多,你操心不过来。

这年年底,我请假回了家。

回想十五岁那年,我害怕自己将来打光棍儿,找太平舅聊天。他说我能找个好媳妇。现在想来,太平舅那时的话,是一个美好的祝愿,那祝愿,在当时驱走了我对未来的担忧,点燃了我内心的希望。我想到太平舅对我的好,想把他接来住几天,享几天福。看他那阴暗的房子,成日不见太阳。

光阴流转,再让我像小时那样与他同床共榻,已是不可能了。我家门前有个小屋,是父亲建来用于烤烟叶的,几年前,父亲身体差下来,不再烤烟叶,小屋空闲下来。小屋是土筑的墙,冬暖夏凉。我把小屋清扫干净,在里面架了一张单人床。太平舅眼盲,上厕所不方便,我怕他摔着,给他准备了个马桶。太平舅不好意思,说,怎么能让一个大军官给我倒马桶。我说,没事的,让我老父亲倒。我已跟父亲说好了,白天太平舅上厕所,我牵着他去,晚上,就让他用马桶,清晨父亲负责倒。父亲平时种菜,常担着马桶给菜施肥,习惯了。

头两天,待得挺好的。没事的时候,我会把太平舅牵到我家堂屋,同他说说话。第三天头上,出了事。中午该给他送饭,我没在,我那天去了县城,同学聚会。父亲在畈田剩下一点儿活儿,想一气儿干完,回来得晚。我在家,或者父亲在家,是牵着太平舅过来,同桌用餐。那天只有我母亲一人在家。母亲给他送饭。母亲端着夹了菜的一碗饭送到烤烟小屋时,正看见太平舅蹲在马桶上,母亲愤怒了,嗓子炸开:见亮搞的个什么名堂,非要把他接来住,自个儿有儿有女,跑到这儿来折磨我。

母亲把那碗饭端回来,重重地磕在我家的饭桌上。等父亲回来,再去牵太平舅过来吃饭时,他说,他不饿,他要回家。父亲说,你要回,也得等见亮回来再说。

我回来了,但我留不住太平舅,他说什么也要走,我们都说没时间送他,他说他自己走,我只得去牵着他。不送是不行的,怕他摸到水塘里,或掉到河里。

走到半道儿，他转过身来，嘴唇抽搐成微笑的样子。他说，你妈人挺热心，也善良，就是脾气太暴，说来就来。我说，是的。我们都怕她，她骂起人来，往死里咒。

太平舅安慰我，这么大岁数了，几十年的脾气，是改不了的，你们多让着她，毕竟是你们的娘。我说，知道呢，太平舅，我们都躲着她。太平舅又说，这是我最后一次到你家，我不会再来了。我说，太平舅，你别这么说。

我就落了泪。

我也是心有余而力不足。我的亲爹、亲娘，我都没接到东北去过，何况是舅，更何况是叔伯舅。

我回家，天已完全黑了，父亲等我吃夜饭。母亲在灶屋忙活时，父亲对我说，你妈呀，性子太烈，脾气说来就来。这一发脾气，人家走了，怕再也不会来了。别说是自己的兄弟，就是个外人，瞎着个眼睛，在这儿住几天，吃几顿，算得个什么事？

以前，父亲不喜欢太平舅上我家，母亲却常让他来。现在，母亲不待见太平舅，父亲的态度却变了。

第二天，母亲消了气，便后悔起来，说太平舅在这儿住几天，都没把他当客人，没单独给他弄点儿吃的，鸡蛋都没给他煎几个。她拿出十来个鸡蛋，用手帕包了，系成十字花，让我给太平舅送去。我赌气，没给送。

十二

一晃，王长根二十五六岁了。这么大的人，还没定性，说是在外面打工，其实是在外游荡。干什么都没长进，这儿干两天，那儿跑几趟，挂在嘴边的词语,都是"发展""前途""出息""命运",这事儿没发展,那事儿没前途,打工没出息,满嘴跑火车,脚落不到实处。挣点儿小钱,就买身衣服。不像农民,也不像工人,像个老板,穿戴干净,背着个假鳄鱼牌的小皮包,东游西荡。我的父亲、母亲和哥哥们,都看不上他,说这孩子丢了,成不了人。

作家常有探人隐私的习惯。我很想问太平舅,当年他娘让哑巴女人怀上王福来的孩子,仅仅是他娘的意思,还是事先同太平舅商量好的,这个问题折磨了我很久,终究是不好意思开口。有一天,我就问母亲。母亲从椅子上一下跳起来:我把你的个嘴巴用针缝上!二哥当时也在场。二哥说母亲,见亮也是几十岁的人了,你不想说,就不说,莫要骂人。母亲就抱了一盆衣服,去河边浣洗。二哥说,我分析呀,太平舅事先应该是不知道,是当老人的,续香火心切,并希望太平舅将来有个人养老,才想出此策。孩子怀上后,太平舅应该知道这孩子不是他的,可他能怎样,一个生命呢。我说,太平舅其实很伟大。二哥说,伟大说不上,也是无奈。

说起来,我的名字"见亮",还是太平舅给我起的呢。这个名字,把一个盲人对光的渴望表现得那么强烈,也是对我有一个光明前途的寓意与祝福。这个名字再次让我想起太平舅,并为之动容。

正当我们替王长根的未来担忧时,他来了财运。这财运其实不是他的,是王福来的。一条高铁,从王家田塆路过。也是王福来运气好,整个塆子,那么些人家,谁家的地都没占,独占了他的。他的窑场,他承包的水塘,他的那片山地,还有他的那两间半砖墙瓦屋都被占了。

王福来有心计,早听说高铁要从王家秀塆过。他说,王家秀塆与王家田塆挨着呢,未必一点儿也不压我们王家田塆的土地。他的窑场,正在王家秀塆与王家田塆搭界处。房屋旁的水塘,他是承包了的,他特地放了一些鱼苗，浅水处还有藕。他那窑场，几年弃之不用，他赶紧做起砖瓦，拿出一副要烧窑的架势。

也不知怎么算的，就给了他九十多万补偿。一垮子的人感叹：懒人有懒福。

这几年，农村人都时兴到城里买房，尤其是年轻小伙儿，县城没房，媳妇娶不进来。王长根没娶上媳妇，与他在县里买不起房有关。王福来拿到补偿金，就到县城买了房。他买房，倒不是想娶媳妇，垮子早先那两间旧屋，他实在回不去。他买的房子，是那种装修好的，即买即住那种。

王福来住进新房的当天，王长根就跟了过去。王长根喊王福来"爹"。王福来愣了一下。王长根平时可是跟王福来叫叔的。王福来说，怎么管我叫爹。王长根说，你是我亲爹，我不管你叫爹，管谁叫爹？

王长根住着不走。王福来赶他，王长根说，我这条命是你给的。两条路任你选，一是把我还给你，我是你的儿子，从今天起，你我以父子相称，同吃同住，再也不分离，将来我给你养老，你也算有了后，有一个还算完整的家庭。如果你不要我，那么，我就说第二条路。我本不想来这个世界，是你让我来的。你看我过的是什么样的人生，没有前途，没有希望，没有未来。我早就想死。我过得这么惨，连个媳妇都找不到，我死在你屋里，你收回这条命。

王福来说，你这是以死相逼呀。这么多年，你东游西荡，也没瞧得起我，现在来认老子了？谁告诉你我是你亲爹的？王长根说，全村人都知道。你自个儿照照镜子，你的两颗大板牙，遗传给了我，我们都不用亲子鉴定。

王福来年龄也大了，五十多岁奔六十的人，有了这个儿子，也好歹有个家。他同意了，提出的条件是，王长根不能管他叫爹，土，他要王长根像城里人那样，管他叫爸，洋气，也好在县城混。王长根当即就叫他爸。王长根叫得甜，王福来老来有了儿，亲生的，他乐得屁颠屁颠。不久，他花二十万，给王长根买了一辆车。两人也不需要回农村种地了，就在县城逛荡，有时驱车去汉口。开车的时候，王长根像王福来的司机；下了车，王长根像老板，王福来像替王长根跑腿儿的管家。

王福来与王长根的故事，在石桥河一带流传。有人说王长根是"认贼作父"，有人说他是"认祖归宗"。他们成天黏在一起，可苦了太平舅，这不只是王长根不再管他，这涉及一个面子问题。太平舅是说书的，古往今来的故事听得多，知道人活一张脸，树活一层皮。他一气之下，就病了，倒在床上。

作为村支书，我的二哥去做王福来的工作，叫他不要认王长根这个儿，二哥说，王长根是图你的钱呢，他这人，靠不住。二哥有他的想法，王福来若不认王长根，王长根就还有义务养他爹太平，谁知王福来油盐不进，就认了这个儿子。王福来说，人，不就是活个面子嘛。我有儿子，很好的事呢。有种，有根，有香火延续，多幸福。二哥于公于私，都不好再说什么。

王长根这是作死呢，他早晚没得好报呢！母亲听说这个消息，喊冤般在我家门前说。母亲的喊叫，如沉重的钟声敲打在我心上。我决定去看看太平舅，安慰一下他。

里屋太暗，终年见不到太阳，二哥已带上村委会的几个人，把太平舅的床挪到了外屋。我去时，他躺在床上，也没下床，就那么躺着。天闷热，他穿不住衣服，浑身赤裸，只在胯裆处遮了一条毛巾。

太平舅眼里的泪水，像两条溪流在那木然的脸上流淌。我不敢相信，他干瘪的眼里，竟然还有那么多泪。那泪水，包含了多少悲痛，那脸上的表情，映照出他内心是何等绝望。

他虽然赤裸着全身，但看不到他在呼吸，看不到一丝生气。他太老了，比我父亲还显老。忧伤比岁月更无情地将他催老了。

因为眼盲，太平舅的眼睛一直没有光亮，他没法传递眼神，只能看清他的脸笼罩着一层阴影。他的整张脸在这阴影里，像一盏行将熄灭的灯。他的双唇剧烈颤动，拼命想要说话。他终于开始说话，有气无力的声音，暴露着他的疲惫，他的病痛。他说，桥。他说，太平桥。我明白他的意思，他死后，一定要过太平桥，要埋在油茶岭。我点头，我说行，我来做这件事。但我说得没有底气，乡村已不同于以往的乡村，为了青山长绿，碧水长流，乡村开始像城里那样建公墓，不能再像以前，山山都有坟墓。我们石桥村也在建公墓，地点在王家秀垮后山，那是一片荒山，土质不太好，风景也不如油茶岭。如果政策不太紧，太平舅离世后，将太平舅抬过太平桥，埋在油茶岭，应该不会太难。我安慰太平舅：你别考虑那么多，你好好养身体。太平舅看我答应得不干脆，又说了句：太平桥。我点头，大声说，你放心！

太平舅说，他还想求我一件事。他说他好久没洗澡了，我能不能给他洗个澡。他说的洗澡，其实就是抹汗，用毛巾将他全身擦一遍。我就去找他的毛巾，找来脸盆，我还得去烧热水。他家的灶屋黑漆漆的，我进去的时候，仿佛看见太平舅的娘在朝我笑，那个哑巴女，正用痴呆的目光望着我。这两个故去的人，让我毛骨悚然。我退出灶屋。太平舅说，凉水就行。我说，凉水抹不干净。他说，总比不抹强。

我站到太平舅床前，一股气味扑向我，还有他那野人一样的头发和胡须，他像一个死去的野人，他让我想起在展览馆里见过的干尸。他让我恐惧，我没有勇气去触摸这样的身体。我掏出手机，我说，太平舅，来电话了，我有急事，我该走了，明天我再来。

第二天，我并没有去太平舅家。第二天晚上，有王家田的人捎来口信，说太平舅让我去给他洗个澡。我对那个人说,我明天就要回部队,没时间呢。

我其实没有回部队。我去找王长根,没找到,我找来他的电话,打过去。我说,你别成天不落屋,你回去给你爹洗个澡。他说,他不是我爹。我爹是王福来。我说,你是他养大的。王长根说,我不是他养大的,我是我奶养大的。我说,你奶是他娘。计划生育罚你爹五千块,那是你爹说书挣来的,他说一句唱一句,句句如血。

王长根沉默了两三秒钟,说,我家的事,不用四表哥操心。然后,他挂断了电话。

十三

晚上,二哥家请我吃饭,我把太平舅死后,想入油茶岭的事跟他说,二哥说,悬。我说,他是残疾人,是我们的叔伯舅,你是村支书,通融一下。二哥说,正因为我是村支书,才要公事公办。

我说,太平舅太可怜了。二哥说,可不是,翠花抑郁之后,清醒一阵,糊涂一阵。太平舅的那个女婿,要挣钱养一家人,又要照顾有病的翠花,离这儿又远,就顾不上太平舅了。那个王长根就不是个东西,我真想抽他几个耳光。我说,叔伯表哥,抽也抽得。二哥说,抽不得的,老虎的屁股,谁敢摸。现在的人,可不像先前那么认亲。

第二天,二哥去看太平舅,于公,他是村支书,于私,他是太平舅的叔伯外甥。二哥给他买了一些饼干、面包、火腿肠,放在枕头边他伸手就够得着的地方。太平舅说,他想吃方便面,二哥上邻居家找了点儿开水,给他泡上了。二哥回来说,真是可怜,连方便面都吃不上。我问他,他跟你说洗澡的事了吗?二哥说,没有。我问,他死后想葬在油茶岭，从太平桥过，他说了吗？二哥说，这个他说了，我没敢答应。

那天夜里，太平舅家就着火了。整个王家田塆年轻力壮的没几个人在家，好在发现得早。邻居被烟味儿呛醒，爬起来看，知道是太平舅家，大喊救火，众人听到喊声赶来，在水塘里担水灭火。算好的，人没伤着，那火苗也没蹿上屋顶，只是把太平舅的被子和褥子烧着了。太平舅可能被烧痛了，滚到地上，浑身赤裸。

邻居一直发着牢骚：跟你做邻居，我成天提心吊胆的。邻居给我二哥打电话，说他儿王长根不管，你们村上怕是要管一下哩。他把自家烧了不要紧，我怕他把我家的屋给连带着烧了。

二哥没有惊动我，从自家拿了一套被褥，连夜去了太平舅家。第二天早上，二哥告诉我，太平舅倒是没被烧着，灭火的人，也没先把他救出来，只那么一味地泼水，他浑身淋了个透，总算是洗了个澡。

我说，他哪儿来的火？二哥皱着眉想了想，说，坏了，我昨天去看他时，坐在他床边的椅子上，他身上的味儿太大，我就点了一根烟，那火机，顺手放在他的床头柜上了，走时忘了拿。

母亲正在院子里扫地，听说是二哥把火机忘记在太平舅身边，叮嘱二哥，莫瞎说，说不得呢。别看王长根平时不管，真出了事，他不会这么算了的。

我已经让人捎口信，说我回了部队，就不方便再去看太平舅。我在家待了两天，就回了东北军营。

那场火，我猜测是太平舅故意点燃的。他不抽烟，眼盲，也不需要点火照明。

太平舅到底死了，他死在这年的腊月。母亲告诉我这个消息时，离过年不到十天时间。那时候，我们红安天气特别冷，下了一场雨，接着降温，满地都是光亮亮的冰凌。母亲说，你太平舅可怜，是冻死的。邻居好几天没听见他的咳,过去一看,身体都硬了。他那个屋,墙窟窿都能塞进一个鸡蛋。

我说,就没人给他准备个电热毯?母亲说,怕他着火。农村的房子,一家挨一家,自己着了事小,怕把别人家点着了。

我当时正在冬季野营拉练途中,任务特殊,不能回去参加太平舅的葬礼。我急忙给我二哥打电话,告诉他,出棺时,一定要让太平舅过太平桥,要将他埋在油茶岭。我说,他父母都在油茶岭,他眼睛看不见,他是多么依赖他的娘,他怕在那边找不到娘。他虽然为人夫,为人父,但在娘眼里,他还是个孩子,几十岁了,还要他娘牵着他。

二哥解释说,再好的风景,死人要让给活人。油茶现在是王家田最大的经济收入,不仅王家田,整个石桥村,都要扩大油茶种植。油茶岭是石桥镇的油茶种植示范基地,不但不能占用一寸土地,还要把岭上的杂树、荆棘、灌木清除,扩大油茶种植面积,让油茶岭变成真正的金山银山。那些最早的古老的没有后人祭奠的坟茔,慢慢地,会随着时间的流逝,沉入黄土之下,掩埋于青草灌木丛中,数年后,那上面也会种上油茶树。扩大油茶种植,油茶赚钱了,才能留住那些不爱种田的人,尤其是年轻人,让他们回来发展经济。留住他们,就是留住乡愁。下一步,乡村亡人可能要实行火化。按乡俗,太平舅好歹能入土为安。

我说,那我有个请求,让太平舅的棺材,从太平桥走。二哥说,太平桥与墓地方向相反,塆子找不出更多抬棺的年轻人,硬凑的几个,没有替手,绕太远的路,他们吃不消。我说,塆子里找不到年轻人,就到县城找,找那些刮大白的、砸墙的,无非就是多给点儿钱,这钱我来出。

太平舅的棺材,最终被那些与他毫无关联的陌生人抬着,从太平桥上行过,算是了却他的遗愿。

我问二哥,王长根去送太平舅了吗?二哥说,去了,但没戴孝,也没有下跪。我说，他不是个东西。二哥说，也可能是王福来叫他这么做的吧。王福来告诉他，他只能有一个爹。

王长根也孝顺过太平舅一段时间，那是二哥用的计。二哥说，太平舅早年在老君山里头说书，书中教人行善的大道理，教育一个坏人学好了，那人因此放弃一场打斗，躲过了一场劫难，保住了性命，发了财，走了桃花运。那人感恩太平舅，给过他不少钱。二哥假装与他们垮子里的人聊天，把这个消息吐露出去。那几天，王长根在太平舅身边，鞍前马后，伺候得可好呢。但坚持一段时间后，见太平舅不说钱的事，便再次弃他而去。太平舅死后，他竟然拿双筷子去掏墙缝，怀疑里面藏了"袁大头"。

按扶贫政策，太平舅活着的时候，二哥申请给太平舅盖新房，但会议投票没通过。群众说，他儿子王长根有钱，如果这样的人政府都给盖房，只会增长乡村不孝之风，往后，谁都不管老人，都交给政府。

二哥说，王长根有钱，找了个对象，准备春节后结婚。算了，不说他了。我们这几个叔伯外甥，都给太平舅戴了孝。活着苦，死了倒很热闹。太平舅，走得也算是排场的了。

第二年春，风裹着热浪，清明节到来，我回去给太平舅上坟。看见墓碑，才想起，太平舅有一个很好听的名字：王汉卿。太平舅的爹能给他起这样的个名字，应该也是个文化人。只是碑文后的落款，不是王长根，是石桥村委会。

给太平舅上过坟后，我走向王家田门前的那口水塘。我踏上塘埂，走到油茶岭下的溪沟边，凝望太平桥。阳光落在桥面，太平桥闪着青幽幽的光。桥那边的油茶岭上，茶花怒放，春风送来清香。我看见太平舅走过来，他手握着竹竿，在塘埂上敲敲打打。他脖子直直的，脸向左微倾，他在靠竹竿和耳朵探路。我迎过去，抓起他的竹竿，拉着他慢慢地走着。这时,一个声音传来,四表哥,你抓着空气搞个什么?是王长根的声音,我回过头去,问他干啥。他说,政策变了,下一步,农村的土地该值钱了,农村的房屋,也将有房产证。他打算把他家的旧屋拆了,盖楼房。我问,哪个旧屋?他说,你太平舅留下的呀!

王长根朝着我笑,他的两只大板牙闪着白亮的光。太平舅消失了,像是隐入了水塘。水面空寂无人,春风过处,水在太阳光里泛着碎银般的浪花。水浪拍打塘埂边上那些暗穴,发出细微的声响,像一个男人在幽咽。

三哥的紫竹林

如果你是一个十五六岁的少年，如果一个四十多岁的中年男人，在你赤裸的胯裆里摸了一把，他这个动作会影响你一生吗？你可能说不会，那没什么大不了的，那可能只是个玩笑，你会一笑而过。但如果这件事发生在我身上，我会告诉你，是的，这个动作会影响我一生，甚至改变我的命运。如果你问我，这是不是我的切身体验？我的回答是，事实并非如此，那个少年亲历者不是我，是我的三哥。

一

　　三哥小名三星，手艺人，篾匠。三哥初中二年级那年，嫌路远，嫌学费贵，中断学业，在家游荡，父亲就让他去学手艺，好歹将来能说上媳妇。
　　父亲问我三哥，你愿意学什么手艺？
　　三哥没有回答，他茫然地望着门前的石拱桥，望着缓缓流动的河水，他说，学裁缝。父亲说，裁缝遍地都是，在乡村，是个女孩儿，都学缝纫。父亲的目光，朝向远处的竹林。翠绿的竹叶一团团簇拥着，像一朵朵绿色的云。父亲说，学篾匠。三哥说，篾匠活儿少。父亲说，泥瓦匠太累，窑匠太脏，木匠吧，你看你这身板，也拿不动斧头，还是学篾匠吧。篾匠活儿少一点儿，但总归是有活儿做。看我们竹林湾，这么大一片竹林，养一个篾匠，还是养得起的。三哥说，行，听你的，你给我找师傅吧。

这年三哥十四岁。三哥身体瘦削，面相俊秀，离开学校，仍像一白面书生。父亲就去给三哥寻师傅。石桥河一带，除了竹林湾，别处竹子少，篾匠是个冷门，师傅自然难寻。父亲寻了三天，最后去了三十里外的河口镇。河口镇上有一条河，河两岸长满桂竹和水竹。离水近的是水竹。水竹长得小而有韧性。离水远，靠山坡处的，是桂竹。桂竹长得壮硕。河口镇上篾匠多。父亲找到一个篾匠师傅。那人五十多岁。他抬身时父亲看清了那张慈祥的脸，那张脸让父亲觉得，把三哥送到他这儿，三哥不会受罪。父亲问那个师傅有无学徒。师傅说，八年了，没收徒弟。父亲问，为什么？师傅说，篾匠靠什么营生，不就是竹子吗？咱这河口镇四周的竹子越来越少。父亲说，竹子少了，这手艺不能失传。老人说，可没人愿意学。父亲说，传给我儿子吧？那人说，行，让他来吧。父亲满心欢喜，这事办起来，比他想象的要简单得多。拜师父要准备四盒礼品，要烟酒，要把师父接来吃饭。按那师父的意思，这些都省了。第二天，三哥就背起铺盖，像上住读学校似的，去了河口镇。

三哥在师父家勤快，清晨起床，把师父家水缸挑满，之后打扫堂屋，做早饭。师父和儿子分开过。他还有一个小女儿，不上学了，闲在家，没许亲，成天跟同学在一起，不怎么着家。每天，师父、师娘睡到太阳照屁股才起来洗手、洗脸，吃早饭。饭后三哥洗过碗筷，下地干活儿。这样一天下来，三哥根本摸不着篾刀，也碰不着竹子。一个月后，三哥跑回来了。三哥说，这哪里是学手艺，简直就是给师父家当长工。

三哥跑到灶屋，将一大盘子剩饭炒了，逃犯似的几口就吞咽下肚。

母亲说，你这模样搞得像从饿牢里出来的。给他家当牛做马，连个嘴巴都糊不上，看把我儿苦的。父亲竖起右手的三个指头，在空中一挥，说，徒弟徒弟，三年受罪，他的师父，当年不也是这么过来的。

母亲就对三哥说，去吧，你不去，弟兄这么多，没个手艺，你就等着当寡汉条子。父亲说，去吧，吃得苦中苦，方为人上人。熬出来了，出师了，你也带个徒弟，不就可以过你师父现在过的日子。去吧，你不去能咋办？你真的打算像麻球那样当寡汉条子？

第二天，三哥回师父那里去了。也不知他是怕当寡汉条子，还是希望将来过他师父那样有人伺候的日子。

这次，三哥待了三个月。他似乎习惯了那里的生活。他开始跟着师父做篾器活儿。三哥干得咋样，不用问三哥，看父亲的脸色就知晓。父亲到河口镇上看过三哥，那天黄昏回到竹林湾，父亲脸上皱纹堆起，成一朵黝黑的菊花。

三哥回来后，长白了。湾子里的女人逗他，说他搞得像个吃外饭的人。但他一连待了数日，没有回去的意思。麻球问他，咋个不回。三哥不悦，红着脸走开。几天后，父亲跟三哥生气，拿锹要剁他的腿，他这才说他不去的原因：他师娘的眼神不好，总是把虫子与青菜一起炒，三哥发现几次，想自己炒菜，师父不让，怕耽误他学手艺。三哥便在早上多吃些。他起得早，早饭还是他做。中午和晚上，三哥只吃干饭，不咽菜。干饭也不好吃，师娘做的大米饭，像冷粥坨子，三哥到底扛不住，就回来了。

父亲吼叫着。父亲的吼叫，惊起竹林一片鸟鸣。鸟的声音在空中传得很远。父亲的吼声如狮，像要吃人。母亲开始哭泣，母亲一遇到难题就哭泣。母亲一把眼泪，一句诉说。母亲说，把你们养这么大容易吗？一个个这么不听话。母亲说话向来如此，兄弟中有一个惹了她，她就把我们弟兄们都数落一顿。母亲说，你不去学手艺，莫不是要像麻球一样，将来当寡汉条子？

麻球的脸，像拔了鸡毛的鸡皮，他没娶到女人，一个人与日月相伴。

三哥回到师父家。也不知他是怕父亲真的拿锹剁他的腿，还是怕像麻球一样，将来当寡汉条子，孤苦一生。

三哥灵性，一般徒弟，要三年才出师，三哥两年就能独立做活儿。为了不落下忘师卖道、欺师灭祖的罪名，开始独立做活儿的三哥，隔三岔五，会拎两盒糕点，到师父家去看看。大年初一，三哥给师父拎四盒礼，拜年、磕头作揖，依然不吃师父家的饭。三哥不理解师父，能把那么精壮坚硬的竹子，编织成那么精致的篾器，却不能调教好一个女人。师娘那就着肉虫的炒菜，和冷粥坨子样的米饭，一直在三哥心里堵着，以致他独自做活儿时，不轻易吃人家的饭。近了，回家吃，远了，就让人家把竹子送来，做了篾器，再给人送去。工钱与到人家做活儿是一样的。母亲说，你这做的个什么手艺人？手艺人，最起码得把自己的一张嘴带出去，你可好，给人家做活儿，还自带口粮。

在竹林湾人的眼里，手艺人游街串巷，靠手艺吃饭。三郎越来越不像个手艺人，倒像个商人。他舍不得砍竹林湾的竹子，雇拖拉机，从外地把竹子买回来，做成篾器，周围乡民，有要篾器的，上家里来买。

当然，饭菜干净，条件好的人家，三哥也会登门做活儿。

二

我家弟兄多，负担重，父亲怕我们将来打光棍儿，早早地把哥哥他们的未来安排好了。大哥是窑匠，学的是烧砖做瓦。那年年底，他去了部队；我二哥是木匠，我们那里叫"博士"；现在，三哥是篾匠。父亲安排好三个哥哥的未来之后，对我说，你要能读进书，就读下去，读不进去，将来去当油漆匠。我说，我要读书。父亲说，好，就先读着吧。

垸，指山沟里的小块平地，多用于地名。我们红安县，位于鄂东北大别山南麓的丘陵地区，这里的村庄一般都建在山间的平地上，我们那里的人，就把村子叫作"垸"，赵家垸、钱家垸、孙家垸、李家垸。三哥"单飞"的这年春末初秋，做手艺做到颜家垸。那是一户富裕人家，户主叫颜正卿，他家有五间砖瓦房，连院子都是红砖砌成。那天，颜正卿来请他。他面相和善，骑着永久牌自行车，穿戴干净，三哥就去了。三哥不但在他家吃，还在他家住。附近几家请三哥没请动的，就有意见，说三哥是"看菩萨添颜料"，瞧不起人。三哥暗笑他们愚，不吃你们的饭，工钱一点儿不多要，你们还有意见。父亲说三哥不懂人情世故，在乡邻的眼里，有时候，面子比钱重要。

三哥不管这些，依然"看菩萨添颜料"。他在颜正卿家住着不想走。颜家四周的风景，不比我们竹林湾差。颜家屋后是山，山上林木茂密；门前是一条溪沟，溪沟那边，是水稻田。那时候，油菜花黄灿灿地开着，香味儿飘进院子。溪水叮咚响，三哥在院里一棵石榴树下做手艺，很是惬意。

三哥沉浸在自己的劳动中。他按工序，劈开竹子，剖成他要的粗细。他开始编制竹筐。三哥做活儿细，他迷恋这种编织，把竹筐、竹篓编得像花篮，很是漂亮。

颜家在乡村，是让人羡慕的。他们是典型的"半边户"，颜正卿是矿工，在外面搞钱，女人在家种几亩旱田、几畦蔬菜。家里每月有工资进账，果菜粮油自产。颜正卿今年四十岁出头，有一儿一女。女儿十六岁，与三哥年龄相仿。

颜正卿一身中山装，乡镇干部模样。他有着和善的微笑。那是一个很讲排场的男人,有一种亲和力。他家的女主人与乡村别的女人,比如我们的母亲,是不一样的。她说话慢声细语,似乎总要先思考一番。

三哥喜欢这家人。他家不像我家人多,喧闹。三哥喜欢静。

这家的饭菜干净,色香味俱全。三哥在这家做手艺,很开心。他一直在他家做了八天。颜家那个女孩儿叫颜如意。男孩儿十二岁,叫颜超群。

颜家的活儿干完了,颜家对面的人家,也来请三哥。三哥犯难,说要回家做,做完送过来。颜正卿说,在他们家做活儿,回我家吃,我家住。颜家房屋宽敞,五间大瓦房,除了堂屋,其他的都隔成半间,再来几个客人,也住得下。

那是个阳光灿烂的上午,刘喜枝来到我家。刘喜枝是我们竹林湾的姑娘,嫁到了颜家塆。她是从不到我家的,那天,她的出现,让我们一家人感到惊讶。母亲直念叨"稀客、稀客"。刘喜枝是来做媒的。她说,我们颜家塆颜正卿,让我向你家捎信,让你家到他家提亲。他有个女儿,他看上了你家三星。

母亲说,有这样的好事?我家三星不在家哩。刘喜枝说,三星就住在他家。母亲说,那他们直接跟他说嘛。刘喜枝说,我的个婶儿咧,人不得要个面子嘛。有人提亲,他才光彩。再说,有些事,不得通过媒人的嘴?母亲说,那你就是媒人了。刘喜枝说,婶儿要是看得上,就把我这个媒人安上,我也不会说媒,但话我还是会传的。父亲说,三星还小,先不提亲事。父亲心里怎么想的,我们都知道。这说亲的年龄,要适宜。说晚了,容易"哐当",错过了。太早了也不行,费钱,一时结不了婚,过年过节的,得把女方接过来,每次来,要请陪客,再给女方买礼物,这还不包括"会面"和"看家"。

刘喜枝说,你可别说早,不晓得几个好的人家,能看上你家三星,是你们的运气,是你们修来的福分。

刘喜枝就给我的父亲、母亲讲颜家的好，说，好的人家，有机会就先占着，要不，让别人抢去了。

父亲看母亲，母亲看父亲，都有些犹豫。母亲说，这么说来，是个大便宜。我们这样的穷人家，有便宜占，那可真是好呢。

刘喜枝说，婶子啊，你这话可不中听，这是结亲，怎么能说是占便宜。人家颜正卿说了，就看中三星这个人，不用太花钱。

父亲就提着两斤猪肉，两盒糕点，去提了亲。父亲在颜正卿家吃的午饭。回来后，父亲满脸堆笑，在家坐不住，一家家串门，几天时间，把竹林湾各家都走了一遍。父亲接着把目标指向田间地头，发现有人干活儿，他便走过去，蹲在那人不远处，没话找话，目的就是把我三哥说了门好亲事传播出去。

是人家看上我家三星哩！父亲说。

接下来准备"看家"。所谓"看家"，就是提亲后，女方选个良辰吉日，女孩儿由媒人领着，女孩儿的姑或姨陪伴，组团来到男方家，看看这一家人怎么样，经济状态如何，现实与媒婆所言是否一致。颜如意来"看家"的前一天，三哥推回了一辆女式轻便自行车，车筐里，有一把全自动伞。自行车和伞，是给颜如意的礼物。我后来一直觉得，三哥不该给颜如意买伞，伞，谐音"散"。三哥说，如果我这么想，什么都不能买，买自行车，她或许还会挨摔呢。伞有什么不好？伞能为她遮风挡雨呢。

颜如意，那个差点儿成为我三嫂的人，留给我们一家人的印象太好了。她性格开朗。她到我家，没有把自己当客人，好像她已经是我的三嫂。她给客人端茶倒水。母亲抢过来，说，你是客，怎么要你沏茶。家里来的都是女客，七大姑八大姨的。那天正好是星期天，我在家。我置身于一群妇人之间，很不自在。我问母亲，怎么没看到颜如意的父母？母亲说，女伢的大人不来，这是风俗。

吃饭时，我没上桌，我只偶尔睃一眼颜如意，她端庄、大气。吃饭是很讲究的事。先上两个菜，大家你一筷子，我一筷子，把那个菜吃得差不多，再撤下去，上新菜。都是女客，三哥都不上桌。她们一边吃着，一边说着话，很慢地吃着，她们有的是时间，时间被她们那么慢慢地消磨。

颜如意是主角，却只能坐着二号席位，一号席位是媒人刘喜枝，媒人劳苦功高。如果这门亲成了，但凡来客总有她，她将在很长一段时间内，占据着我家饭桌的一号席位。

那天的颜如意，在饭桌上的表现过于大方。她是主角，别人都是陪客，她不等那些姨和姑吃完，自己先放下筷子，让三哥带她到河边看风景。那时天过正午，满世界的阳光白得耀眼。三哥和颜如意站在石拱桥上看风景，三哥撑伞，颜如意倚着三哥的肩。他们让我想起《白蛇传》里的白娘子和许仙，我好生羡慕。

三哥和颜如意，在桥上伫立片刻，走下桥来。他们坐在河边坡地的草坪上，像是坐在地毯上。他们像一对城里人在谈情说爱。三哥还摘了一朵太阳花，戴在颜如意的头上，那是一幅美得令人心痛的图画。

他们在河套坐了一会儿，便去了竹林。竹林湾的竹林，是竹林湾另一个标志，它与高高的石拱桥，构成竹林湾的两大美景，来竹林湾的人，都会到桥上站立一会儿，再到竹林旁走走。

竹林就在河畔。有一条土路，伸向竹园深处。

三哥领着颜如意进了竹林。他们的身影，在竹林里消失的那一刻，我感觉竹林有种梦幻般的美，三哥是那么幸福。然而，有一丝惆怅，爬上我的心头。

三

我后来每次读到林徽因的《你是人间的四月天》,就会想起三哥和颜如意打着伞,漫步河边的情景。我觉得颜如意,就是三哥的"四月天"。

那天黄昏,颜如玉就走了,三哥送她。三哥骑着那辆崭新的凤凰牌女式自行车,颜如意坐在车后座上。那辆自行车,说是三哥给颜如意买的礼物,其实是颜如意的父亲颜正卿掏的钱,还不让三哥告诉颜如意。前几天,刘喜枝告诉我父亲,给三哥和颜如意张罗"会面"和"看家",父亲说,不用"会面"了吧,三星是住在他家呢,又不是没见过面,长得什么样子,双方都知道呢。"看家"也没有必要嘛,既然她家看中的是三星这个人。父亲其实是没钱。"会面"一般是由媒人领着,到县城逛街、吃饭、看电影、买礼物,少说也得花上百块钱。刘喜枝回了话,几天后,她来告诉我的父亲、母亲,颜家人开明,"会面"这道程序省了,"看家"的过程,是必须要走的。父亲说,没钱,秋上再说吧,秋上粮食出来了,卖些粮食就是钱。刘喜枝说,你们可不能犹豫,十里八乡,惦记她颜如意的人不少,县城都有人来提亲,颜正卿独看上了你家三星。

她放低声音对我的父亲说,人家说了,你们家只要准备一桌酒席和一些礼物,颜如意只要一辆自行车,样式她都看好了。钱呢,颜正卿都准备出来了,这是五百块钱,我放你手中,你拿去给三星,让三星提前到县城,把那辆自行车骑回来。

刘喜枝说这话时,是瞒着母亲的,母亲的嘴不好,藏不住话。颜正卿要面子,不想让人知道这事。

这颜正卿做事，就是讲究。

那天，我看着三哥带走了颜如意，颜如意在车的后座上，搂着三哥的腰，他们的背影消失后，我眼前一片空茫。我那时想，我要是三哥该多好啊。我以为自那天以后，颜如意的身影，会时常出现在我们竹林湾，那会成为我经常看到的风景，然而，颜如意自此再没来我家，因为三哥退了亲。

那时候，三哥原本还在颜家塆做篾器活儿。他从颜家塆的东头一直做到塆子中央，这破了三哥的先例，他以前，在同一个塆子是干不了这么长时间的。他师娘将青菜与虫子一起炒，让他刻骨铭心，他不敢轻易吃人家的饭。三哥能在颜家塆做这么长时间，是因为颜正卿。整个颜家塆，颜正卿心里有底：哪些人家爱干净，哪些人家的饭菜吃得。遇到邋遢人家，他就找个借口，把三哥叫回他家吃。至于住，三哥一直是住在他家的。

那是三哥人生最快乐的时光，颜正卿夫妻，像慈祥的父亲、母亲待他，而他热恋的颜如意，是那么让他称心如意。颜如意的小弟颜超群，对他也是亲热的，只要三哥不干活儿，他就身前身后跟着。他暂时不能叫三哥姐夫，他叫他哥，他叫得甜。就是与他们家的那条大黄狗，三哥也结下了深厚的友谊。大黄狗吃饱了就往三哥身边凑，比对待它的主人还热情，引起颜超群的不满，说它"喜新厌旧"。

然而，三哥中止了他的美好幸福时光。那天清晨，三哥把他的自行车推到颜家院外，把颜超群找来。他塞给颜超群两百块钱，说，小弟，这个给你，你买学习用具。颜超群不要，三哥硬塞进他的口袋，并用双手抓住颜超群的手，不让他把钱往外掏。三哥说，小弟，我以后可能不再来你家了。小超群问，为什么事？你将来不是当我姐夫吗？三哥摇摇头。三哥说，我要离开，要到很远很远的地方去，你告诉你爸你姐一声。

小超群明白了，问，哥，你不喜欢我姐吗？我姐配不上你吗？小超群竟然急哭了。三哥的眼睛湿润了。三哥说，小弟，保重。他骑着车，向着竹林湾的方向飞奔。颜如意家建在一片缓坡上，三哥的自行车顺坡而下，飞也似的，一会儿就没了踪影。

四

我今生忘不了那个血色黄昏。那天是星期天，我正在石拱桥上看风景，突然听见母亲骂声，还有父亲的吼叫。我最怕这样的事，又不能逃避。我急忙向家跑去。我以为是像以前一样，父亲与母亲吵了起来，不是的，是父亲朝着三哥吼叫：你有多大的本事，看不上人家。人家看上你，是你八辈子修来的福。母亲也在咒骂着三哥：你没看我们是啥人家，裤子快没得穿了；再看看人家，老子是国家工人。五间大瓦房，还有那么大个院子。人家是家庭条件不如你，还是姑娘长得不如你？

三哥高昂着头，沉默不语。长相俊美的三哥，有着对世俗的偏见，也有着一个帅气男孩儿与生俱来的傲慢。

母亲问，为什么事不结？

三哥说，颜正卿帮我抹汗。

所谓的抹汗，近似洗澡。我们那里乡村，塆子里没有澡堂，家里没有淋浴。冬天夜里，打一盆水，到房间里，脱去衣裤，抹刷身子，小打小闹，是为"抹汗"。夏天就到水塘里，河湾里洗，也叫抹汗，抹冷水汗，祖辈都是这么过来的。

母亲说，你这么大个人，干吗要让他抹汗。

三哥说，我手让篾刀划破了，沾不得水，他帮我抹。

这样个事啊，那多好呢，你这个没得用的亲老子，都没帮你抹过汗。

母亲指着父亲说。

我看见三哥几次张嘴，却没有声，像哑巴似的。他突然大声说，你们懂个什么东西，不跟你们说！我的事，不用大人管！反正我不结这门亲！三哥连续几个感叹号，说话声一句比一句高。

这时候，我看见我那曾经的民办教师父亲，一向温文尔雅的父亲，突然骂起来：老子打死你。父亲说着，抓起墙角一把锹，向着三哥奔过去。我大声喊：三哥，快跑！然而，三哥却像是失去意识一样，立在那里不动。那天我家太反常，以前父亲若想朝我们动手，母亲会冲我们喊，快跑呀，打死了呀。但这次，母亲没有，她甚至煽动父亲：打死他，打死他算了。这样，父亲的锹，就奔向了三哥。万幸的是，落在三哥头上的，是锹把儿，父亲在将锹挥向三哥的那一刻，像孙悟空耍弄金箍棒似的，让锹在空中一个翻转，这使得我的三哥保住了一条命。即便这样，三哥的脑袋依然血流如注。血从他额头往外涌。

那天的三哥，俨然钢铁战士，他就那么站着，不去抹脸上的血痕。早有人围观，其中就有刘喜枝，肯定是这个媒婆说了什么，才引起我家内斗。

我冲她喊：你走，莫在我家。母亲骂我：我撕烂你的嘴！

三哥的沉默表明他退颜家这门亲的决心。三哥脸上的血痕，并没使父亲的心软下来，他还在骂着三哥：不认这门亲，就滚出去，家里以后没钱给你娶媳妇。母亲说，这样好的一门亲，你不结，放着将来的好日子不过，你就去死吧，你死了算了，死了我们也省心。

我的父亲，一个曾经的乡村民办教师，在用锹把儿敲破三哥的脑袋，并让我三哥滚之后，扔了锹，蹲在地上。我看见父亲先是浑身肌肉抖动着，像得了伤寒。接着，他像一个小孩子一样，哇哇哭起来。那天，我们一家人，在竹林湾丢尽了脸。

我想去把父亲拽起来，但我最终走向了我的三哥。我从没看见一个人流那么多的血。三哥本来就瘦，我吓坏了。我感觉他就要死去，但他并没有倒下，而是将腰挺得笔直。三哥向河边走，我怕他听母亲的话，真的去死，就跟过去。他一直走到河边，却并没踏进河水，而是沿着河岸，走向竹林。

我急忙跑回家，从母亲的抽屉里找出云南白药，那是大哥从部队给我们邮寄回来的。我追上三哥，让他停下来，我要给他上药，他不让，我就把那整袋云南白药撕开，强行敷在他的额头上，那血很快就止住了。

我们村叫竹林湾，河湾有一大片竹林。光棍儿麻球有一条腿不方便，村里照顾他，在竹林深处盖了间小屋，让麻球看竹林，先前给他工分，分田到户后给他工钱。三哥走进竹林小屋，对麻球说，麻球伯，你回你屋吧，我在这儿住。麻球看见三哥脸上带着血痕，没敢不答应，问，晚上呢？三哥说，晚上我在这儿住。我帮你看竹子，看竹子的工钱还是你的，我就寻个方便。

麻球凝视着三哥身上的血，说，你好好的，莫瞎搞。他说的莫瞎搞，是怕三哥想不开。他跟我想到一块儿去了。我一直跟着三哥，就是怕他想不开。三哥对我说，你回去，把我的衣裳、鞋都拿过来。还有我的牙缸、牙刷，我用的毛巾。对了，拿一个脸盆来。三哥这是要与我家决裂。我不想这样，但看他那么可怜，我决定回去拿。我说，三哥，你先把血擦一下。他没吱声，一屁股跌坐在麻球那潮乎乎脏兮兮的被子上。他失血过多，体力不支。

我把三哥的东西拿来。三哥经常在外，偶尔回家。我周末从学校回家，总是挤到三哥的床上，家里那时没那么多屋，也没那么多床。我拿来东西后不走，看着三哥，我怕他想不开。三哥说，你回去吧。这时候，他脸上的血已擦净了。晚饭时，母亲让我喊三哥回家吃饭，三哥不回。夜里，母亲说，你去跟你三哥睡，莫再出什么事。这伢，能把人气死。自个儿这样的家庭，还挑肥拣瘦，是别人家，想攀都攀不上。我那时候已是一个初中二年级的学生，情窦初开，朦胧地知道什么叫爱情，知道爱应该是两相情愿。我说，人家家庭再好，人再好看，三哥不喜欢，你们就莫要逼他。但我心里也嘀咕：且不说家庭条件，就颜如意这么好的女孩儿，三哥怎么就不同意？人家长得漂亮、洋气，名字也好听。

见三哥脸上表情平静下来，我问三哥，这么好的一门亲，你为什么不结？三哥说，颜正卿帮我抹汗。我说，那是他喜欢你，对你好。娘都说了，亲老子都没帮你抹汗。三哥说，你还小，你不懂。我说，我不小，我十三岁了。我是初中生，什么都懂。三哥望着我，似乎在判断该不该告诉我。他翻了一下眼皮，叹口气，像是下了很大的决心，说，算了，不跟你说，大人的事，你不要管，你好好读你的书。

三哥不回家住，母亲上楼，在楼上柜子里，找出一套干净的被褥，让我送到竹林里。我打着手电，通向竹林小屋的路，黑幽幽的，我害怕踩到蛇——竹叶青，那可要人命。有几次，我踩着软绵绵潮湿的笋叶，我以为是踩着了它，双腿软了下来。

我喊道：三哥！三哥打开小屋的门，我进去。

我说，你回家住吧。这里有蛇，黑灯瞎火莫再晚上钻到你被子里去。

三哥抱着被子，把我送出竹林。他说，你若再来，就在竹林边喊我，我出来迎你。我不怕蛇，我是篾匠，有篾刀，蛇见着我就躲。

他转身回去。那时没有手机，我无法想象，三哥的夜晚，是多么寂寞。

三哥不回家吃饭，我叫他，他不回。我给他送去，他也不吃，让我拿回来。此前他做篾匠活儿，有点儿钱。他自己买饼干、方便面，可这终究不是个事，身体会垮掉。他就自己买来煤炉子、锅碗瓢盆，买米买面，自己过起日子。

五

　　三哥这是要与我们分家过。年纪轻轻，自立门户，这对我家的声誉，是个大的损害，对我那还未处对象的大哥、二哥极为不利，对我和弟弟们将来的发展，也没有好处。父亲觉得老脸没处搁，与三哥积怨越来越深。母亲到底是母亲，瞒着父亲，给三哥送鸡蛋、菜、油，三哥不要，说他做手艺，有钱，自己买。

　　竹林湾的村民组长刘威武，不想让三哥在竹林里待。他说，让一个篾匠看管竹园，如同让狼看管羊群。他让麻球撵三哥走，麻球拉不下脸，他亲自找三哥，不过是另一套说辞。他说，回家住吧，三星，年纪轻轻，还没娶媳妇，就与父母分家，让人耻笑，对自己的名声不好。

　　三哥不回，刘威武就经常到竹林转悠，说是怕三哥自己做饭，把竹林点着了，其实是检查竹子有没有新砍的痕迹。三哥说，你放心，一个篾匠，他是爱竹子的。三哥似乎已不再热衷于做篾器。事实上，他从未热衷过。

　　三哥离开颜家塆的前一天，还在给一户人家编箩筐，箩筐编得差不多，就剩下收口，他寻思第二天给人家收。这天晚上发生"抹汗"事件，三哥第二天清晨离开颜家塆，自此没再回去。那家人来请，让三哥去给他家箩筐收口，说箩筐没编完，事做得有头无尾，于他家不吉利。三哥躲着不见，他不想去颜家塆。那家主人很生气，骂三哥：很排场的一个人，屙屎不揩屁股，哪像个手艺人，将来是要遭报应哩。

　　三哥退亲后，我的母亲成天在家唉声叹气。谁上我家来，她都要向别人说三哥的不是，说三哥脑子进了水，这么好的人家，竟然退亲。我三儿就是个睁眼瞎哩。二哥说母亲，这么好的人家，三星不同意，自有他的道理,你当大人的,竟然骂起自己的儿。母亲说,我说得有错?

我特别理解父亲、母亲。我们家弟兄多,穷,三哥与颜家联姻,他们就像抓住了一根救命稻草。凭我对父亲、母亲的了解,他们不仅满足于三哥说了一门好亲,他们还把我和两个弟弟的未来,寄托在颜家人身上。

母亲接受不了三哥退亲的现实,在一个天气晴朗的上午,谎称去我小姨家,却绕道去了颜家垮。她想去弄清我三哥退亲的原因,是不是三哥在颜如意家受了什么委屈。母亲还抱着幻想,希望能挽救这门亲事。母亲之所以亲自去,是因为她已经开始怀疑媒人刘喜枝了。显然,她这种怀疑是没有道理的,媒人当然希望说媒成功。

在颜如意家,母亲做了一次"贱人"。

那天颜正卿不在家。颜如意在,她远远地看见我母亲去了,于是她进到邻居家不出来。一个被退亲的女孩儿,做出这样的事,是可以理解的。颜如意的妈冷着脸,不给母亲让座,就在院子里,与其说是迎接母亲,不如说是将母亲堵在门外。母亲问颜家婆:亲家母,我家三星为什么事要退亲,你们说他什么了?颜如意的妈说,你叫我亲家母?你可别拿我开心,我可高攀不上。她阴沉着脸说,我们说过他什么?我们敢说他什么?我们什么也没说他还退亲呢。我们就是对他太好了,他才跷起了脚。算了,过去的事,我们不想提。既然你来了,那我就告诉你,其实我们家颜如意,也没看上你家三星。只是我家人厚道,不想得罪人,不想落这名声,只等你家先退亲。

院子里还有颜家垮的几个妇人,颜如意的娘垮着个脸,母亲脸皮再厚,也是待不住了。母亲说,亲家母,我没来得及给你们买东西,这两百块钱,给亲家母买些糕点吧。

颜家婆不接,母亲走进她家堂屋,把钱放在八仙桌上。母亲转身就走,她刚走出颜家大门,颜家婆拿起桌上的钱,撕成粉碎,还撇嘴说了句:我家缺你这个钱?我们拿你这钱算怎么回事?母亲正好回头,看见了她身后这令她倍感羞耻的一幕,也听见了颜家婆那刺耳的话,她的眼泪当场涌出,但她把这一切埋在心里,回家没有告诉我们任何人,也不说她去过颜如意家。还是后来刘喜枝回娘家,在我家地头碰见我的父亲,说了那么一嘴。刘喜枝说得轻描淡写,那图景却像一把刀,刺中了我们老杨家每一个人。毕竟生我们养我们的伟大的母亲,在颜家做了一次"贱人",受到羞辱。但我们都不想去复仇,毕竟是咱们先退人家的亲,伤了人家面子,如同拿刀在人家脸上划出了伤痕。

随后而至的一个周末,颜正卿来到我家。他说,他特地来见我三哥,亲事成不成,有些话得说清楚。

见颜正卿来了,母亲让我赶紧去找三哥。我在竹林小屋找到三哥,我说,你岳父来了。三哥锁上门,就走出竹林,往山上树林去。他不见。

那天的颜正卿,穿戴整齐,像一位乡镇干部。

他说话声很慢,像唱歌一样拖长了声调,但你一点儿也不觉得他是在装腔作势,反而觉得那是城里人特有的风度,我一下子就喜欢上他。我当时想,他要是能成为我的岳父,该多好啊。然而,我这么渴望的事,三哥却放弃了。

颜正卿那天还带着他的儿子颜超群。我们不知道他为何带个孩子,也许是为避免尴尬,也许是他不总在家,想与儿子多待一会儿。颜超群长得白白净净,头发略长,有些像女孩儿。这一家人,颜值都挺高的。颜超群第一次到我家,母亲给他一双亲手纳的布鞋,那布鞋有些大。颜超群穿着买的运动鞋。他往身后躲,说不要鞋,他不穿。母亲就用一块新手绢,给他包了一百块钱。颜超群挺高兴地接了,说了声"谢谢大娘!"声音轻柔,好像很胆怯。

颜正卿对母亲说，你那天去，正好赶上我不在家。那语气，有替家人道歉的意思，但我们一家人还是听他话里有话，他还想挽救这门亲事，但三哥躲着不见，他就没有往深了说。

颜正卿走了。那天父亲没在家，母亲一直送他们到后山坡。母亲为我家失去这门好亲事而伤心，在颜正卿身后痛哭流涕，好像是她在与颜正卿生离死别。

那次颜正卿到我家，留给我的第一印象，不是他的穿戴，也不是他的脸，而是他脸上的笑容，那是一种善良、温和的笑。那笑容富于感染力，以至于你不得不回报他温和的笑。颜如意那么漂亮，他们一家人都那么好，就是她的小弟，也是那么可爱。我们整个竹林湾，找不出那样的家庭，就是整个石桥村，都难说有那样的人家。颜家人是没看上我，颜家人要是看上了我，我会乐得屁股都是笑的。

我替三哥遗憾。

颜正卿走后第二天，他家的那只大黄狗，居然来到了我们竹林湾。它径直去了竹林，在麻球的竹林小屋里，堵着了三哥。三哥走出竹林，它跟出来。它咬着三哥的裤腿，把三哥往颜家垮那个方向拽。它缠着三哥。它通人性，与三哥感情深。三哥在颜家，视为座上宾，它每天借光，有骨头啃。三哥让它走，它不走。三哥看见它眼角挂着泪，他的眼角也流了泪。三哥蹲下身来，伸出手，梳理它的毛发，跟它说着话。它伸出舌头，舔着三哥的脸。

三哥安慰了它半个小时，它才恋恋不舍地离去。麻球目睹了整个过程，麻球说，三星，你个猪屙的，这么好的人家，你要退亲，连狗都觉得你和那个颜如意是一对呢。你麻伯把话说在这儿，错过这个村，再没这个店哩，你想再找这样的人家，难。

三哥遭受父亲锹把儿敲打的第三天，我就回到了学校。家里那段时间发生的事，有些是我亲历，有些是后来听说的，传播者是麻球。他的舌头，比长舌妇的还长。

我再回家时，三哥已不在我们竹林湾，他的初中同学，在县啤酒厂帮他找了个工作。他那个同学的舅，是啤酒厂的厂长。那个同学与三哥关系好，三哥那次坚决离开了学校后，他那同学伤心得哭了一场。他跑到我家找三哥，在我家住了一晚。他对三哥说，你不上学，我同谁玩耍呀，但他没能说服三哥重返校园。

三哥在啤酒厂当洗瓶工，洗瓶工大都是女性，男人只有那么三个，都是老男人，厂长的关系照顾他们。三哥年纪轻轻的，当洗瓶工，没什么出息，但三哥干得很开心，他虽然是个手艺人，却并不喜欢做手艺，那是父亲给他选的手艺，不是他自己想学的。三哥去当洗瓶工，更多的是逃避，逃避我们那个家，逃避做手艺。他那次从颜家塆逃回家后，就再没做过篾器活儿。

三哥洗瓶，乐此不疲。他与那几个老男人处得很好。他敬重他们。他年轻，替他们跑腿。三哥不抽烟，也会准备一包烟，发给他们抽，结果他们不抽，说三哥的烟霉了。不抽烟的人，一包烟要放好长时间。三哥就不再准备烟，而是偶尔买些水果或几块雪糕与那几个老男人分享。

三哥在啤酒厂上了两年班，挣的钱不多，但比种田好，每月领工资，还把身体蓄住了。我那时在城里读书，一个周末，我带着我的同学邓建铭去三哥的啤酒厂。那天，三哥打了三份饭菜，我们围坐在三哥那张旧的办公桌前吃饭。那天的菜是青椒炒肉，真香。我们离开三哥宿舍时，邓建铭说，你三哥好帅啊。我说，是的，我们弟兄中，他最帅。我怎么也没想到，那么令我留恋的三哥宿舍，后来竟然成为一个女人生命的终点站。

三哥的穿戴越来越洋气，完全是个城里人。

三哥离开竹林湾后,麻球重回竹林小屋住,三哥回家,就没地方住。他用他的工资,买了一辆自行车。他偶尔回家,有时吃一顿饭,有时不吃,坐一会儿,骑着车匆忙返回县城。

父亲到县城找过三哥,父亲希望他回归乡村,那么好的篾匠手艺不做,白瞎了。三哥不回,父亲以为是当年他那一锹把儿,三哥还在记仇。父亲想道歉,但他说不出口,哪有老子给儿道歉的。他只是给三哥带了他爱吃的糍粑。他说,听四喜说你有电炉子,可以自己开火,糍粑你可以煎着吃,也可以油炸之后掺红糖吃。父亲的言和行,已表明了他的悔意。三哥说,我不回去。我在这儿干一段时间,会转为合同工的。三哥说,他已得到他们组长的赏识和暗示,可能被推荐去车间,变成合同工。

六

两年后,三哥分到了生产车间,成为一名合同工。三哥到生产车间后,还住原来的地方。生产车间那些宿舍,年轻人多,咋咋呼呼,三哥喜欢静。而洗瓶工的男人宿舍,就三个老男人,他们下班后喜欢凑到隔壁打牌、喝酒、闲扯淡。这样,三哥大部分时间,等于是一个人拥有一间宿舍。三哥没事的时候,喜欢听音乐。自行车和录放机,是他出门必备的两件宝。

三哥转了合同工,父亲就不再说什么了,但敲在三哥头上的那一锹把儿,永远杵在他心里,成为他难以忘却的痛。每次三哥回家,很少上灶屋的父亲,总是亲自烧火做饭,给三哥弄好吃的。三哥一点儿也不像我的三哥,倒像一个尊贵的客人,以致我都有些嫉妒,盼着父亲也打我一顿,然后懊悔,然后像对三哥那样,小心翼翼地对我。然而,那次打了三哥后，父亲自此未对家人动过手，无论我们怎么气他。砸向三哥的那一锄把儿，在他心里杵得太深。

三哥成为合同工后，工资涨了，他攒钱买了一台相机。他给人照相，并帮人洗出来，收点儿小费，这成为三哥的第二职业。周末放假时，他会骑着自行车，挎着照相机，回到我们竹林湾，以石拱桥和竹林为背景，给人照相。

颜家塝几乎是我们竹林湾到县城的必经之地，但三哥从不走颜家塝这条路，他宁愿绕道。颜如意家就在道边，他怕碰见她，难免尴尬。我在城关镇读书，每周都要从颜家右侧路过，她家气派的大瓦房，随着岁月流逝，慢慢地失去了它的气势，她家左侧那片坡地，拔地而起两层楼。仅两三年时间，颜如意家的大瓦房，倒显得寒碜了。但这寒碜，也反衬着她家的阔气——那两层楼是她家的呢，是为她还没成人的弟弟准备的。

三哥恋爱了。

那天是星期天，三哥骑上车，到金沙河边照相，他拍风景照。那天他心情好，拍了很多。三哥准备离开时，三个女孩儿闯入了他的视野。她们嘻嘻哈哈，很开心。其中有一个女孩儿，在另两个女孩儿中凸显得很是靓丽。水面有风吹过，吹着她的长发，那幅美丽的图景打动了我的三哥。三哥大胆地说想给她们照相，她们爽快地答应了。三哥给她们照了好几张。那个漂亮女孩儿说，她想来张单独的。三哥说，好哇，可是，我怎么给你呢？女孩儿说，我叫张美霞，在百货大楼上班。三哥说，好的，我抽空给你送去。

张美霞就这样走进三哥的心里，成为三哥心仪的女孩儿。

啤酒厂有个女的叫李腊梅，是三哥当洗瓶工时的同事。此人三十六七岁，离异，长着一身横肉，却偏好做少女扭捏状。三哥不喜欢此人，此人却喜欢三哥，从三哥成为洗瓶工的第一天，她就对三哥关心有加，三哥视这种关心为一种压力，他尽量躲避着她。这种躲避不能太明显，不能让她觉得三哥烦她，至少在有人的场合，得给足她面子。三哥不想得罪人，更不想伤害人。

李腊梅无数次夸三哥"长相漂亮"，语气中带着酸涩的味道。她目光如火，似乎要把我的三哥熔化。她每次夸赞，都让我三哥心生寒意，觉得危险逼近。三哥曾对一个老男人说，什么腊梅，就是一块隔年的腊肉。

三哥处对象后，李腊梅不但没远离三哥，反而更近了。她喜欢说些风凉话，以讽刺三哥的那个女友。她说张美霞为何总是梳着披肩发？因为她脸盘大，借头发遮挡着半边脸。三哥赔着脸笑。她那张脸倒是不大，肉却紧巴巴的，像一副面具，配上她那强壮的身材，整个人像嫁接品种，但三哥不把这话说出来。

三哥烦这个女人。有一次，她拿着一把刷子，拎一瓶装了半瓶水的啤酒瓶，走到三哥跟前，用那把小刷子，在瓶子里一上一下捣鼓，对我三哥说，星，你看这是干啥呢。她说着，冲着三哥淫荡地笑。

三哥知道她这个动作暗示什么，他几乎崩溃，他没想到城里还有这么粗俗的女人，比乡村那些当众脱男人裤子的女人还粗俗下流。她叫三哥"星"，让三哥内心翻江倒海，差点儿没吐出来。三哥借口上厕所，躲开了她。

但怎么躲得开，同在一个单位，总会有撞见的时候。那天五一放假，三哥没有回我们竹林湾，他打算带张美霞去天台山游玩。两人出发前，李腊梅出现了。李腊梅听说他们去旅游，也要跟着去，三哥烦得不行，又不愿得罪她，就说，那就一起去吧。

张美霞不喜欢李腊梅，看见她就要窒息。她每次来见我的三哥，李腊梅总会过来冷嘲热讽,甚至对三哥做出亲昵的动作。张美霞烦透了她。她甚至曾经怀疑三哥与李腊梅不明不白。三哥说,你这么说,是对我的侮辱,我瞎了眼吗?

去天台山,见李腊梅要跟着,张美霞高涨的情绪骤然冷却,她不想让李腊梅去。她知道三哥不便说,就略施一计,说自己肚子不舒服,不去了,并向三哥眨眼,显然是暗示三哥,假装不去,然后偷偷地走。三哥还未来得及配合她,李腊梅的话就砸了过来:美霞肚子疼,莫不是有喜了?哎呀,恭喜!

张美霞是个大姑娘,谈恋爱没多长时间,她说出这样的话来,这不是骂人吗?张美霞抓起自己的包,哭着冲出三哥的宿舍。三哥只得去追。三哥花了很长的时间哄张美霞,耽误了去天台山旅游的车。那天,他们虽然一直在一起,心情却都很糟糕。

张美霞说三哥太老实,像李腊梅那样的女人,三哥就应该骂她。三哥说,她,一个离婚的女人,不能跟她计较。你骂她,她还不在厂子里跳起脚来骂你?你骂一句,她回一万句。厂里有一个看大门的老头儿,不知怎么得罪了她,她到处说人家骚扰她,弄得那个老头儿,硬是没法在厂里待。

三哥与张美霞的恋爱,还在进行着,张美霞自此很少到三哥的宿舍,她们宿舍,四五个女孩儿挤在一起,三哥不好意思进入。他们谈情说爱,更多的是在公园里,或在小河边,浪漫而辛苦。张美霞叮嘱三哥,离李腊梅远一些,离她近了,早晚会出事。张美霞说,我看着她就是个丧门星。三哥说,我一直躲着她呢,你放心吧,我与她不会有事的。我就是打一辈子光棍儿,也不会碰她。三哥和张美霞商量,他们再攒一些钱后,就在我们竹林湾盖楼,哪怕先起一层。然后,他们骑着自行车上班,早来晚归。

三哥在竹林湾盖楼的理想,一辈子都未能实现。正当三哥憧憬着美好未来时,他出事了,成为杀人犯,那个李腊梅,成为三哥的刀下鬼。他一直躲着李腊梅,终于没躲过。或者说,他彻底地躲开了她。

七

那个鲜血流淌的黄昏,永远刻在三哥的脑子里。在鲜血流淌之前,三哥的心情其实挺好。他买了个西瓜,浸泡在水桶里,准备等它凉下来,他再将它切开,切成莲花状,送到隔壁去。这天都没有夜班,同宿舍的几个老男人在隔壁打牌。三哥是个懂得感恩的人,他们几个常凑到隔壁,给他足够的个人空间。他调到生产车间后,他们不但没赶他走,对他更客气,好像他是他们的客人。

三哥吃午饭的时候,跟那几位老男人说,张美霞晚饭后要过来坐一坐。老男人们是过来人,懂他,吃过晚饭就都到隔壁去了。一位伯伯走前还告诉他:你就让她在这儿待着吧,我们在那边,玩到通宵都没事。我们老了,觉少了,明天放假,不碍事的。

三哥在宿舍里等张美霞,送西瓜的事,他要与张美霞一起。然而,三哥等来的却是李腊梅。三哥感觉门外吹来凉爽的风,被一面巨大的墙挡住了,他内心的喜悦顿时烟消云散,憧憬着今夜的美好,眼看要成泡影。三哥为了让李腊梅早点儿走,特地把水桶里的西瓜洗了,抱到那个旧的办公桌上,那上面有菜刀和菜板。这寒碜的摆设,是那个年代他们职工宿舍的必备。为了省点儿饭钱,他们常常自己炒菜。

三哥拿起刀,正要切西瓜,李腊梅在他身后说,星,穿得这么帅,是不是你那个张大脸要来呀。那天三哥穿着一件白色的T恤,干净,像一个白领。三哥不悦,躲着李腊梅。他躲开一步,李腊梅近他两步。李腊梅身上热烘烘地散着酸味儿的气息,扑向三哥。三哥后来说,李腊梅那样子,简直是要强暴他。三哥这句话,让我迷茫了好久,我想象不出,一个女人要强暴男人,是一个什么样的情景。

三哥怕李腊梅纠缠不走,让即将到来的张美霞撞见。三哥说,不,张美霞今天不来。然后,他切西瓜,计划给李腊梅一块,然后把剩下的送到隔壁去,摆脱李腊梅。三哥这么想,一刀下去,西瓜一分为二,正要继续下刀,李腊梅从他身后搂住了他。三哥拧着肩膀,大声说,你松开!李腊梅就松开了他。

李腊梅松开他的同时,伸手摸了一下三哥的裆。李腊梅这个下流的动作,让她丢了性命。三哥本能地一转身。他转身的同时,那握着刀的手,惯性似的,就挥了出去,刀刃朝外。李腊梅往后一闪,三哥手中的刀,不偏不倚,就划到李腊梅的脖子上了。

如果三哥不挥出刀去,自然没有这流血事件。如果李腊梅不往后闪身,像刚才一样,身体还贴着三哥,三哥的刀,也就伸得过长,只能砍到李腊梅脑壳后面的空气。

那个血腥的场面,后来被人反复讲述,有说李腊梅的脑袋,直接掉到地上,像西瓜那样滚;有人说,那脑袋并没被割掉,但骨头断了,靠着筋和皮肉粘连着,耷拉在肩膀上;也有人说,其实没那么狠,李腊梅的脖上,只有很浅的一个口子,只不过割断了血管。不管哪种情形是真实的,足以将我三哥吓得目瞪口呆。三哥彻底傻掉了。他僵立片刻,在最后一丝理智支撑下,扔下菜刀,脱下他那沾满血痕的白色T恤,换上黑衬衣,锁上门,骑上他的自行车,向竹林湾飞奔。

三哥这么几年,逃避着我们的家,可一旦遇到事,他想到的第一个避难所,还是竹林湾。三哥并没有进我家的屋,他直奔竹林。麻球正在竹林小屋里睡觉,鼾声如雷。三哥推开门,不是门的动静惊醒了他,是那道光线刺激了他的眼。夏日天长,三哥飞奔到家时,天还未黑。

麻球看见三哥脸煞白,目光惊恐,汗水直流。麻球问,三星,你怎么啦?三哥不吱声。麻球说,你怎么搞得像个苕货?三哥还是不吱声。麻球就走出他的小屋,走出竹林,快步来到我家。那时候,母亲正在煮饭,父亲和二哥坐在堂屋里喝茶。麻球说,你们快到我的小屋去吧,去看看三星,他好像出了事,好像事还不小。

父亲和二哥跟着麻球走,母亲将正烧着的柴火往灶膛里边塞了,跟出来,问,三星回来了?三星回来了,怎么不到屋里来。

我们一家人挤到麻球的竹林小屋里。三哥望着我们,目光惊恐,神情慌乱、无助,好像在寻求救命稻草。父亲问,你怎么了?三哥不吱声。二哥说,你怎么了,你快说,我们一起想办法。

三哥说,我杀人了。

整个小屋突然静下来,我猜想,我们每一个人,在看到三哥那种表情时,都猜想他会出这样那样的事,但就是不会想到他会杀人。文弱的三哥,性格温和的三哥,怎么会杀人?要说我脾气暴躁的二哥杀人,还有人信。小屋沉默瞬间后,母亲爆发出裂帛般的呼喊:你怎么这么傻呀,怎么杀人啦,杀人是要偿命的咧……

麻球说,我的个嫂喂,你就莫喊咧,这是个光彩事?

母亲就变喊为哭。

三哥说,我没想杀她,她抱着我,我忘记了手中有刀,我只是转身,想用胳膊肘推开她。三哥没有眼泪,满脸苍白,像是一个丢了灵魂的人。他一连将这句话重复了三遍。

母亲一直哭。父亲朝她吼:哭个什么?哭能解决问题?母亲就说,我的儿啊,杀人偿命,赶紧逃命吧,跑得越远越好。

八

父亲触电似的颤抖着。

关于三哥是逃,还是自首,家人意见不一。母亲和二哥说逃。二哥说,杀人是死罪,逃一天,活一天。父亲说,自首去,法网恢恢,逃不掉的。再说,还不知道三星为什么杀人,也许是被逼的。

二哥说,要自首,就趁早,别到时人没逃,被公安局的抓了,就不算自首。三哥一直没说话,他吓坏了。他脸上除了极度的恐惧,还有茫然,好像魂不附体。在父亲多次催促下,他走出小屋,向竹林外走,走向通往县城的路。我听见竹枝上有猫头鹰的叫声,这让我心生一阵寒战。竹林里,从来只有翠鸟和麻雀叫。三哥可能也有一种不祥之兆,他停下脚,仰望竹林。他的这个动作像是永别。他浑身抖动,像是寒风里的一棵树。三哥那天的那个样子可怜极了。他的那个样子,让我日后许多年,都不忍心向他说重话,语气重一点儿都不忍。他太弱小,太无助,太经不起伤害,我像呵护弟弟一样呵护着他,尽管他是我的哥哥。

母亲忍不住再次哭泣。三哥没有骑车,就那么不紧不慢地走。他神情漠然,双眼空洞无物。我们跟在他身后。母亲回屋去找他换洗的衣服,一件没有,他那次被父亲一锹把儿打离家后,他的衣物,也都与他一起离了家。

我们走到后山坡,隐约听见警笛声响。二哥说,怕是抓三星来了。我们细听,警笛声越来越响,响声越来越急促。很快,我们果然看见了警车。三哥就这样被带走了。

三哥出事时,大哥在部队,怕影响他工作,就没给他打电报。这事瞒着大哥,还有另一个原因,怕影响他发展。大哥是第四年兵,在部队干得好，正准备提干，如果知道家里出了杀人犯，部队还能给他提干吗？

三哥就这么稀里糊涂地成为一个杀人犯。

纸总是包不住火的，整个竹林湾知道了三哥杀人了，整个石桥村都知道了。我西河湾的表哥凡，在县城上班，他都知道了。他赶到我家，他说，三星杀人的事，上了报纸，还上了电视，整个县城传得沸沸扬扬。

表哥凡是我大姨家的儿子，在县法院开车。当时，麻球说，你们可以去找你西河湾的大表哥呀，我们都没有吱声。父亲是好面子的人，表哥凡混得好，这丢人的事，父亲怕他知道，怕遭他耻笑。二哥说，表哥凡太滑，信不过，不想找他。找他，还不如找一些三星不是故意杀人的证据。二哥让三哥一口咬定他不是故意杀人。

现在，表哥凡不请自来。他说他能帮三哥，这让一家人充满希望，我们甚至为家里出事，有意隐瞒他而自责。母亲当即杀鸡煎蛋，给他整饭吃。父亲还买了一瓶"黄鹤楼"的酒，陪着他喝。我看着他们吃着喝着，哭了。我说，三哥要判死刑，你们喝得下吃得进？父亲说，你怎么这样说话呢？你凡哥要帮你三哥减轻罪名，是救你三哥来了。

这期间，与三哥同宿舍的那三个老男人，都联名上书，说是李腊梅缠着我三哥，让他受不了，他才杀的她。三星是个好伢。结果他们帮了倒忙——这么说，那杨三星不是故意杀人吗？那几个老男人，便不敢再声援。

几天后，有消息传来，说三哥是过失杀人，判无期。我们知道后，松了口气，毕竟三哥的命保住了。

消息传来的那天黄昏，表哥凡来了。他每次来，都赶到饭点。他酒后不能开车，带了一个替他开车的。他一来就是两张嘴。他一来，我们竹林湾的人都涌过来，打探三哥案子的最新进展。我们告诉表哥凡，三哥判了无期,让他帮忙,说要再判轻一些。没想到表哥凡批评我们一家人,说我们不懂法,说,要让三哥说他是故意杀人,这样他就会被判死刑,只有判了死刑,我们家不服判决,就可提起上诉,这样,再找人疏通,改判十年八年的。他说,我三哥要是判了无期,那这罪就这么定死了,无法更改,五年内不得上诉,更别说改判。

表哥凡的话,我们都质疑,哪有故意把自己的罪责往重了说的。可是,我们都生活在农村,又不懂法律。表哥凡这人,油嘴滑舌,也只是图个吃喝,还不至于使坏,把三哥往更深的深渊里推。

我们这么想,就信了表哥凡的话。父亲说,那就按你说的办。父亲给表哥凡拿了两条烟,一条三百多块。二哥有些不高兴,父亲说,救人命呢。二哥说,不是不想为三星花钱,只怕打水漂儿。三哥是被城关派出所抓去的,现在关在何处,我们并不清楚。二哥有个同学在城关派出所。二哥连夜骑车,找到了他。二哥想见三哥,不让见,二哥就让他同学给三哥传个话,说告诉我三哥,无论别人怎么审问,就说是故意杀人,这样,对他的案子有利。二哥那个同学说,你这不是要给他定死罪吗?莫非你盼着你弟死?你是要跟他争财产还是怎么着?二哥说,农村人,哪有什么财产可争。是这样的,我家有高人指点,让这么说。二哥那个同学问,哪位高人?二哥说,你别问了,你就帮这个忙吧,人命关天。二哥那个同学说,行,我按你说的办,这话,我肯定能递给他,事办砸了,你们家莫怪我。二哥说,谢了。说着,从口袋里掏出两包烟,他的同学推辞,说,你这不是瞧不起老同学吗?二哥说,你别挑我理就行,事情到这一步,要花钱的地方太多,你这儿,我只能略表心意。

三哥最后果然给定罪故意杀人,死刑。三哥不服,提起上诉,我们家里再找人打点,以为会按表哥凡所说,判个二十年以下,十八年左右。结果改为无期。三哥和我们一家人,白折腾了。

二哥气得摔了一只暖瓶，埋怨父亲不该听表哥凡的。父亲拿锹要打二哥，二哥吼道：你打我试试？我可不是三星！父亲就住了手。暖瓶的爆响，引来左邻右舍。他们劝我二哥莫生气，你老子也是怕你家三星遭枪毙。麻球说，事没办成人情在，你们以后还能用上你表哥。这事呀，谁也莫怨。判无期不是挺好吗？命保住了。你们都去搞钱吧，在牢里，得花好多钱呢。

之后的日子，三哥成为我们老杨家每个人心中的痛，文弱的三哥，像一座大山，压在我们心上。

三哥被押到新洲的某个监狱，那里有个劳改农场，他们到那里种水稻，这可苦了三哥。三哥爱干净，最不喜欢下水田。作为一个农村孩子，他是那么怕蚂蟥。我十岁就开始下田插秧，三哥宁可在家烧开水，也坚持不下田。这下可够三哥受了。

三哥被抓第二年，大哥在部队提了干。他回家探亲，知道三哥的事，非常气愤，说家里瞎搞，人家都是把罪往轻了说，哪有把罪往重了说的。他弄不清表哥凡为何要这么折腾，这样的亲戚关系，倒也不至于害我们，应是好心把事办砸了。事已至此，他也没多言语。

大哥想去监狱看三哥，但不能随便探监，得找人疏通，大哥十六岁当兵，除了部队的战友，也不认识几个人。我们更是山里的土老帽儿，寻思来寻思去，还得找表哥凡。一番折腾后，大哥终于见到了三哥。大哥说，三哥不是他想象中那么黑瘦黑瘦的，他并未上一线劳动，他协助做一些服务性工作，相当于犯人里的文书或通信员之类。我们不知道牢里还有这样的岗位，这让我们一家人倍感宽慰。

大哥给三哥钱，三哥不要，说他有钱没地方花。大哥回东北军营前，把钱给父亲留下，让父亲每年至少去看三哥两次。他说，他回去再打些钱回来。他说，有些事，他一个军官，不好弄，让父亲去做。父亲知道他指的什么。父亲就想到监狱打点,让三哥少受罪,让管事的给三哥减刑。父亲一个老农,不知道怎么做这些事,又去找表哥凡。

后来,父亲每次去看三哥,都要带着表哥凡。

他们去看三哥前,从我家出发,看完三哥,再回到我家,向我们讲述三哥在牢里的情形。去前一餐饭,回来还管饭。一餐饭吃三四个点,母亲烦,却还要赔笑脸,求人办事呢。

表哥凡说,疏通打点这种事,除了他,不能有第三者知道,否则人家不敢收,事就办不成。于是每次去看三哥,父亲事先会把钱交给表哥凡,并在看过三哥后,有意避开,让表哥凡独自去见管事的人。

九

三哥坐牢后,张美霞到我家来过一次,她把三哥给他买的东西,都送还给我家。母亲哭着问她,你不等他了?母亲这句话,显然多余,不需要回答。一个被判无期的人,她怎么可能等。张美霞是骑自行车来的,回去时,坚持步行。我们家到县城,十六里地。我们让她骑上车,她说,自行车是三星给我买的,我还给他。车我骑旧了,我要是给钱,你们又不要。这点儿东西,算是心意。她说着,从自行车筐里拎出一个塑料袋,里面有一条肉,两盒点心。

张美霞走后,母亲抱着那个装着肉和点心的塑料袋,坐在门槛上哭了整整一下午。

自从三哥被抓,我许多年没再见过他。家里人去看他,总赶上我不在家。后来我当兵走了,一走多年。我对三哥的回忆,是模糊的,除了他那双茫然的眼睛,我捕捉不到他面部的轮廓。

家里一直在为三哥花钱,每年少则五千块,多则一万块。有一年,父亲种烟草，卖烤烟叶赚了钱，一次花去两万块。有的年节没有钱，我亲眼看见我年近六旬的父亲，在亲戚面前流泪。他向别人借钱。每次借钱，他都忘不了对自己砸向三哥的那一锹把儿进行忏悔。他说，怨我，一锹把儿把他打得不落屋，才跑到县城，遇到那个李腊梅，沦为杀人犯。唉，不说了，说这些还有个什么用。我想向你们借点儿钱，救性命呢，不是救人性命，我也舍不下这张老脸。父亲故意往严重了说，三哥不是死刑，涉及不到性命。父亲这副模样，让他借钱从未空手而归，只是借来钱的多少的问题。

后来大哥、二哥结婚成家。大哥成家后，还瞒着大嫂，偷偷给家里寄钱。我军校毕业后，也开始攒钱，往家里邮寄，那都是父亲的意思。父亲要三哥与我们"里应外合"，让三哥在里面好好表现，我们拿钱，让表哥凡在外面人情打点。他希望三哥被不断地减刑，每年都争取减刑。他希望三哥在三十六岁时出来。父亲说，六六三十六，六六大顺，三星若能在三十六岁时出来，还能结婚生子，留个后，活个全乎人。

家里有了矛盾。大嫂、二嫂说父亲偏心，她们嫁进我们家，什么好东西都没见过，日子过得紧，难道老大、老二就不是你的儿？父亲说，你们的心真狠，你们手头紧一点儿，不耽误过日子，三星在牢里，那是过日子？

二嫂说，还不是他自找的，放着好好的姑娘不要，非要退亲，退出人命来。父亲说，还说那样的话，有什么意思？

为了三哥，父亲不顾自己年事已高，到石桥河里捕鱼。他捕鱼用两种网：一种是挂网；一种是"神仙网"。挂网就是把网下到水里，鱼会被缠住，被挂在网上。"神仙网"是在两根一丈多长的竹竿上，系上半月形的渔网。人站在岸边，借助竹竿的力量，把网撒在水里。网的下部有铅坠，下沉。网的上部有浮子，浮在水面。父亲撒下渔网后，让渔网在水里围成一个圆圈。父亲舞动竹竿，那圆圈缩小，成包围之势，那鱼就被围在里面了。挂网捕的鱼，要大一些，有的有两三斤重。"神仙网"网的都是一拃多长的小鱼，活蹦乱跳的。

"神仙网"捕鱼没什么危险，挂网捕到的鱼会被挂在水里。父亲就得下水去取，有被淹的危险。那段时间，父亲做得有些过分，他白天撒"神仙网"捕鱼时，二嫂的两个孩子就在水边围着看，父亲硬是舍不得给他们拿些鱼吃。父亲把鱼都拿到镇上去卖，他一门心思就想把钱都花在三哥身上，让他早点儿出来。

我曾在一个夏日的月夜，撞见赤裸的父亲下水去取挂网上的鱼，他的举动让我毛骨悚然。我们石桥河风景美丽，但不知从何时起，成为小有名气的"自杀圣地"，十里八乡，那些想不开不想活的人，生得卑微，便想在死时死得壮烈，就到高高的石拱桥上来跳河。石桥河每年都死人，河里很多淹死鬼。我第一眼见父亲赤裸着从水里钻出来，我并没认出是他，他把我吓了一跳。那天月光很亮，美丽的夜景让我忘记了"自杀圣地"这一说，要不，我夜里是不敢到河畔的，自然也就不会撞见赤裸的父亲。

三哥最终在牢里待了十八年。他出来时，年满三十八岁。他变得沉默，需要说话的时候，他也很少说话，只是朝人温和一笑。

三哥回来时，我们一家去了好几台车接他，表哥凡也去了。到家时，已是晚上，家里备了好几桌酒席。母亲流泪，父亲朝她吼，喜事，哭个什么东西。但他自己却已是老泪纵横。

表哥凡表着自己的功，他说，不是他，三哥不得减这么多刑。父亲与他碰杯，打断他的话，说，知道你劳苦功高，但今天这个日子，不说这事，过几天，我带三星登门致谢。父亲这句话没能落实，三哥后来坚决不去表哥凡家致谢。他说，他减这么多刑，完全是他表现好，他并没感觉到有人特别关照他。他认为表哥凡所谓送钱给管事的人，请人关照，很可能是个骗局，那钱恐怕都落了他自己的腰包。

父亲说，事情都过去了，过去的事不提，好好过你的下半辈子。

父亲希望我三哥成个家。可在县城没有房子，年轻小伙子都很难找媳妇，何况三十七八岁的中年男人。那天晚上，父亲把我们弟兄召集在一起，让我们弟兄每人拿两万元，借也好，给也好，必须拿。他说，不拿，他就当着全湾人的面，给我们下跪。父亲这话，激怒了嫂子们。她们说，父亲自己犯下的错，一锹把儿将三星打跑了，然后成了杀人犯，现在让大伙儿给他买单。二嫂反对尤甚，她说，各家有各家的负担，孩子们都大了，哪一步都得花钱。他们不给，父亲就躺在床上绝食。

父亲说，我饿死了，让你们的"孝顺"名扬天下。我们拗不过父亲，按弟兄每人两万元拿钱，不说借，也不说给，把钱拍在父亲床头柜上。二哥到底只拿了一万元，大哥拿三万元，算是把二哥这一万元填上了。

我们家每个人，都为三哥做出了贡献，或者说牺牲。三哥被抓那年，五弟、六弟就不再上学，把学费省下给表哥凡，用于打点人情。我们弟兄凑的钱，加上父亲这么多年烤烟叶、捕鱼卖的钱，父亲在红安城铜锣湾，给三哥买了房，两室一厅，七十二平方米。

那段时间我休假在家，听说张美霞离了婚，带着一个十岁的女儿。这似乎是天意，她好像一直在等我三哥呢。我联系到她。我说，我三哥出来了。你们有无可能再续前缘。她很惊喜，看来她心里一直有我三哥。她答应得很痛快，她说，看你三哥的意思吧，见过面再说。这么多年了，人都在变。我说，我三哥没有太多的变化，他不显老。他在牢里有人罩着，并没受太多的罪。我说，我三哥在铜锣湾有新居，装修好的房子。

他们到底还是有缘，几次见面后，就决定结婚。没办婚礼，也没宴请亲友，只是两方家人，在铜锣湾大酒店订了两个包间，算是个仪式。

然而，三哥只当了十八天的新郎官，他们很快就离了婚。这个消息让我震惊，我特地去找到张美霞。我说，美霞姐。我叫她姐，没叫她嫂，这样更亲切。我说，美霞姐，我三哥这一生，你也知道，他太苦了。但凡能过下去，你就跟他过吧，我们老杨家人，对你感恩戴德。

张美霞说，我们实在不合适。我说，有什么不合适，他也就是误杀了人，他是无辜的，我三哥本质不坏，这些你都知道。张美霞冲我淡然一笑，说，我还年轻，我得有自己的生活。我说，我三哥也不老呀，你俩一样大，都不到四十岁。

张美霞长叹一口气，说，四喜，我就跟你实话实说吧，我本来不想说，也说不出口，可我要是不说，好像是我的不是，那我就说了吧，你三哥他有病。我问，什么病？她说，那方面的病。她说着，低着头，不看我，只顾抹泪。她说，四喜，我与你三哥，也就这点儿缘分了。你三哥这辈子，太苦了，你们兄弟好好待他吧。

她说着，头也不回，回到她的丽景街商场，她在那里有一个自己的店铺，卖女装。

张美霞的背影消失后，我伫立街头。我半天不说话，像是被什么东西击中。我想象着三哥的病。

我能够想象，似乎又无法想象。

三哥与张美霞离婚后，三哥卖了他县城的房子，把欠兄弟们的钱都还了。他回到竹林湾。这时候，我二哥已是村支书。

十

这几年，我们竹林湾的竹子死的死，砍的砍，光了，竹林湾名不副实，昔日的竹林，成了一片荒地。竹林死了，离竹林近的水面，漂荡着枯枝败叶。洗菜的人，不再到竹林边的青石板上，而到河湾里。竹林湾的人这才知道，竹林对于竹林湾是多么重要，北风从北边吹来的落叶和干枯的稻草，被竹林阻拦，在竹子间腐烂成泥，肥了竹林；而离河湾近的水竹，那么长的根须，是长在浅水湾的泥沙下的，它们就是这片水域的肺。没了肺的清理，石桥河浅水湾就会一片浑浊。

麻球当年看竹子的小屋，独立在这片荒地上，像人表皮上的一个瘤子，谁看了都堵心。三哥偏相中了这间黄泥瓦屋，他要在那里盖新房。三哥向村支书二哥承诺，他不破坏环境，他要美化家园。麻球住过的那间黄泥小屋，很快批给三哥做宅基地。

三哥推倒了那间土坯小屋，准备在那里盖瓦房。三哥要盖屋，自然要砖瓦，这时候，年已七十岁的父亲，在窑场帮他拓生砖，做瓦坯。父亲这一举动，再次引起大嫂、二嫂的不满，她们说，老头子一辈子为我三哥当牛做马，没帮老大、老二做一点儿事。

老了，让三星养老。她们说。

砖瓦准备齐全后，三哥找来泥瓦匠，用时半月，在原地基处，起了三间青砖瓦屋。竹林湾的人，都来帮忙，没有人对他占用新的地基而有意见。他们都同情三哥，好好的一个小伙子，就这么弄得坐了牢。何况那片地，竹子死后，都成荒地了。

初冬的时候，三哥和父亲一起，把原来竹林的土地翻了一遍，还撒了一些土粪。竹林湾的人，以为三哥是要种冬小麦。都说，这地是肥，可这位置不好，鸡呀猪呀，都来了。

三哥说，我要种竹子呢，我要恢复竹林湾的竹林。竹林湾没有竹林，名不副实。

听说是种竹子，大伙儿参与其中。他们帮三哥掏石头窝、起石头。他们说，竹子之所以死了，是牲口祸害得厉害，加之竹子得了病。现在，三星既然要种竹子，竹林得围上。鸡是管不住的，它们能飞进来。鸡到竹林来，对竹林有好处，它们的爪子可以扒竹园的土，它们的嘴可以啄竹园里的虫子，但猪就不行了，猪会拱竹笋吃。

竹林的围墙不高，只及成年男人的胯，正好能拦住四脚动物。竹林朝着村子的方向，留了个木头门，门闩是活动的，谁都可以进出。通向三哥房屋的那条路，用石头铺就，想象那竹子要是繁茂了，走在竹林间的石板路上，多有诗意。临水一面，有石头台阶，待水清澈了，三哥可以在台阶上洗衣、洗菜。

三哥到院墙塆去买竹种。院墙塆竹子多，长势也旺。他们的竹林被很高很长的院墙围着，院墙塆因此得名。

三哥心急，他买竹种不要幼竹，要大棵的竹子。他买了十八棵，连同竹根，深深地挖起，用稻草绳将那竹根上的土固定，请来拖拉机，竹根上拖斗，竹梢套上几层麻皮袋，就那么拖着。

十八根竹子，在三哥的房前屋后散开种了。竹子移栽后的第一个春天，竹林里就钻出很多竹笋。那些老竹子身上，竟然长满紫色的斑点，三哥说那是老年斑，它们老了。可是，待那些竹笋长成竹子，身上也有斑点。

明明是翠竹，一身绿呀，有人说竹子得了病，有人说是竹子换了地方，变异。"橘生淮南则为橘，生于淮北则为枳。"好在竹叶依然光滑娇嫩，翠色欲滴，毫无萎靡之状。

在我看来，那竹子，映照着三哥的人生，伤痕累累，却依然挺立着。

三哥给他的竹林取名紫竹林。

仅三年时间，三哥的紫竹林，就枝繁叶茂。三哥的三间瓦屋，掩映在竹叶与白云之中。

竹子长势旺，每年都要砍伐、梳理。那些细长的竹竿堆放在三哥房屋一侧，三哥觉得可惜，忍不住拿起久违的篾刀。他将竹子剖成竹条、竹片、竹丝，再从竹园捡来大的竹叶。三哥重拾手艺，编织斗笠。纯手工制作，慢工细活儿，一天的闲暇时间，也就编一只。有客人来访，若赶上下雨，三哥就送给他们一只斗笠，访客爱不释手，舍不得戴，竟脱了外衣，将其包裹，淋雨回家，把斗笠挂在墙上，当艺术品赏看。三哥编的斗笠，较常用的斗笠小一圈，精致、漂亮。

三哥多年未摸过的锈迹斑斑的篾刀，几天工夫，就寒光闪闪。

近年，红安县开发红色旅游，全国各地的党政机关、党校学员，武汉城的大学生，纷至沓来，瞻仰先烈。七里坪革命纪念馆里，一张照片上，一个红军战士身背的斗笠，引起游客兴趣，他们都想得到一只这样的斗笠，当作旅游纪念品。

三哥听说那些到七里坪旅游的，都想买一只"红军斗笠"作纪念，三哥便在自家屋里，开起一家商店，专卖"红军斗笠"。三哥做斗笠的竹片、竹丝上，有着紫色的斑点，这使得他做的斗笠，即便是新的，也给人陈旧古朴之感，似乎浸染着历史的沧桑。因此，三哥做的斗笠，越发像"红军斗笠"了。

有风的日子，竹林里一团团竹叶簇拥着，像一朵朵绿色的云，被风吹得倾斜着，贴近地面时，又被竹子的躯干拽回来，再被风吹，就像云朵远去了，又飘来了云朵，绿色的云朵。

那天黄昏，我站在我家门前看三哥，三哥站在石拱桥上凝望河边的草地，他一定是在回想他遥远的初恋。

三哥除了编斗笠，还照相。他的生意不错，尽管他的收费并不高。

三哥离了婚，又没有孩子，但他没有像麻球他们那些老光棍儿一样，过上死气沉沉的日子，沉默少言的三哥，再次做出惊人之举。那天，他戴着斗笠，身穿半大风衣，宽松长裤，白底黑布鞋，一副民国乡民的打扮，出现在石桥河河面。他撑着自己做的竹筏，在浅水湾驶过。他上衣那宽大的口袋里，有一个播放器，播放歌曲《万泉河水清又清》：

> 万泉河水清又清，
> 我编斗笠送红军。
> 军爱民来民拥军，
> 军民团结一家亲。
> ……

三哥偶尔伴着音乐，放声而歌。他将"万泉河"改为"石桥河"。三哥面如冠玉，长须美髯，他像一个演员活在一个虚构的世界里。三哥每天如此，时间是午后或黄昏。

三哥的歌声，飘荡着伤感。

月光涌进竹林，三哥的房屋，夜色明亮，夜风清凉。石桥河寂静，能听见河边的蛙声，听见鱼在河水里嬉戏的浪的动静，以及竹林里鸟儿扑腾翅膀的声响。三哥经常在月夜里走出竹林，在月光下，把自己站成一道灰色的影子。

十一

我年少俊秀的三哥，何以成为今天的他，这个问题困扰了我许多年，我觉得，从三哥向家人宣布退亲的那个黄昏开始，三哥的命运就开始转变，开始向着另一个方向滑行。倘若三哥不是执意退亲，而是同颜如意结婚、生子，他也许早已到了县城，过上了幸福的日子。我多次路过颜家塆,那二层的白色小楼,那镶嵌着大理石的院墙,彰显着这是一个富裕人家。据三哥曾经的媒人刘喜枝说,颜家还在红安城买了新楼。矿山宣布破产后,颜正卿下海经商,推销井下危情报警电话,走遍山西、辽宁等地的各大煤矿,发了财。他儿子颜超群,考上了北京的大学,留在了北京。颜正卿的女婿,由他亲定,现在也是老板。他女婿拥有的这一切,原本应该是我三哥的呀。

我说,三哥,我问你个事。当年你要同意跟颜如意结婚,现在应该在县城日子过得好好的,就不会有后来这些事。那么好的人家,你为什么不同意?老父和老娘,一个打,一个骂,你就是不结那门亲,为的是什么事?

三哥沉默了一下,说,颜正卿给我抹汗。我说,我知道,你说过,你手被篾刀划破了口子,抹不了汗,他帮你抹。三哥说,是的,他还给我搓背。我说,我知道,那不挺好吗?亲老子也不一定做得这么好。

三哥咬了一下嘴唇,若有所思。他似乎不想旧事重提,但他还是开口说了。他说,他给我抹汗时,用手摸我这儿。三哥说着,指了一下他的裆。我脸一热,我陷入沉默。根据三哥的描述,我眼前出现那个遥远的夜晚:夜色清朗,月明如洗,在一个微暗的房间里,一个中年男人,给一个少年男孩儿抹汗。中年男人的手,在少年赤裸的裆部滑过,有意或无意。少年男孩儿满脸羞愧,内心恐惧。这幅想象中的图景,占据我脑海。我感到我呼吸困难。我长叹一口气。我说,你觉得有这么严重吗?至于因此毁掉一门亲事?我说,他也许只是个玩笑,我小时候,麻球也这么摸我,他还脱我的裤子呢。三哥说,那是你,不是我。再说,我那时不是小孩儿了。

我为那个早已在我们心中远去的颜正卿辩护,我说,也许,他仅仅是替他女儿检查一下你作为一个男人是否健康。

我们那里所谓抹汗,就是一个人脱光,站在大木盆里,将毛巾润湿,毛巾在手上展开。毛巾在手的作用下,在人的皮肤上移动,包括前裆、后臀,有些像我后来在澡堂里见过的搓澡。不同的是,我们乡村抹汗,是自己给自己抹,只有手脚不方便的人,才让别人帮着。三哥那次因为手受了伤,颜正卿才帮他抹。那时农村条件差,没有淋浴。我想象着乡村抹汗的某些细节,我说,三哥,还有一种可能,也许仅仅是他在给你抹汗时,毛巾在他手上滑落,而不小心碰到了你。

三哥说,我不知道,反正我当时吓坏了。

我问,现在呢?经历过那里的生活后,即便当年颜正卿是有意的,你还觉得有那么可怕吗?我说"那里",不说"牢",也不说"监狱"。三哥说,现在想来,那其实没什么。

如果时光倒流,你会因为这件事退掉这么美好的一门亲吗?

时光不会倒流,三哥说。之后他低头,拿起篾刀,开始剖竹子,编斗笠。他依然沉默,像是沉醉在默默无语的大自然里,沉醉在不声不响编织斗笠的工作中,沉醉在日夜不断的流水声里。他偶尔抬头,忧郁的目光,游移不定。三哥沉默下来。一种人生挫败的情绪,像云雾一样笼罩着他的脸。

石桥河离红安城远,这个红色旅游景点并不热闹,但每到双休日,总有人来,六七个人的样子。

他们似乎就是为了来买三哥的斗笠。

三哥在外放歌时,父亲很少出屋。他自己做砖瓦,这是他人生做的最后一批砖瓦。他在我家门前垒墙,给墙上砌防雨淋的瓦,院门成拱形,像古代员外家的房屋。父亲把自己圈在屋里,心闷了,就到院子里坐,在桂花树荫下喝茶。

我懂父亲为何建围墙,他见不得三哥长发美髯,站在竹筏上的样子,那个样子,是他内心的痛。三哥似乎察觉不到父亲的痛。他自己也似乎没了疼痛,也没了欢乐。出了监狱,他成为一个没有笑容的人,除非见了侄儿淘淘。淘淘是五弟的大儿子。三哥见到淘淘,脸上才会漾起微笑,那微笑里溢满疼爱。淘淘八岁,在县城读书。周末,五弟带他回竹林湾,一下车,他就往三哥的竹林跑。

三哥不划竹筏时,更多的时候,是在自家门前,凝望石拱桥,或看河水流逝。三哥竹林里的这片居所,是他的世外桃源。三哥那神情,是沉浸在无边的遐想里,更像是生活在梦里。三哥自己也说,许多年来,他感觉到自己一直生活在梦里。三哥说,就是在梦里,他也从不敢杀人。然而,他却实实在在地成了一个杀人犯。

时常是淘淘的一声"三伯",把三哥从虚幻中拽到现实里。他给淘淘买衣服、牛奶和饼干。快开学的时候,他给淘淘买了一身衣服、一个新书包。

麻球蹒跚到竹林里。他头发花白蓬松,脸上的麻子,因皱纹而更加密集。他太老了,老得像远古时代的人。这个一辈子没娶过女人的男人,声音越来越尖细,像太监。他说,三星,你那么疼你大侄儿,你五弟又有两个儿,他养起来吃力,你就把淘淘过继到你门下,当你的儿嘛,将来也有个人给你养老送终。三哥不点头,也不摇头,只是笑,只是依然给淘淘买牛奶、饼干、衣服。

三哥给淘淘编了一只小竹笼,抓两只蝈蝈装进去。鸟的鸣叫,淘淘的笑声,在三哥的瓦屋前飘荡,三哥的紫竹林,倒也有些生活的气息。三哥脸上笼罩的人生挫败的神情,像午后石桥河河面的雾,明显淡了。

雨过天晴,黄昏像水洗过一样。落日余晖,散发着它最后的光和热,石桥河里,那些以游泳取代抹汗的男孩儿,裸露着身子,用一块毛巾,围了那未曾发育完全的裆,站在石拱桥上往下跳。许多年前的一群往河里跳的少年里有我,但没有我的三哥,他羞于玩这种赤裸的游戏。村子里那些老光棍儿,若试图像脱去我的裤子一样,脱去他的裤子,他会像杀猪般号叫,他们不得不停止那沾染着牛粪、猪粪气味的手。我有时想,三哥成为今天的他,也许是偶然事件所致,也许是命中早已注定。

比远方更远

引子

这年初冬，寒风提前到达，我却感觉不寒冷，心里温暖如春。我换好军装，来到那个遥远的小镇。那天黄昏，我看见西天出现夏日才有的晚霞，如喷射的岩浆，壮丽无比。

小镇名为七里坪，红四方面军诞生地，黄麻起义指挥所。我们这批红安新兵，将从这片红色土地上出发，去武汉，转火车，奔赴军营。

送行人的影子越来越模糊。父亲想同我说的话，到底没机会说出来。大客车驶入山坳，我回过头，看不见父亲。所有送行的人，都被挡在山那边，我的心一下子就空了。我突然可怜起父亲。我想哭。我同别的新兵一样，涌出眼泪。

接兵干部冲我们喊，别哭了，别哭了！都是军营男子汉了，还像娘儿们似的！我们就止住了哭声，只打嗝似的抽泣。

我叫乔大宝，这个名字太随意，没学名时，母亲喊我宝，父亲喊我大宝。上学了，该起学名了，父亲就在我的小名前，加上了姓氏。

换军装前的那个下午，我们被招到镇武装部。部长问我，你想去哪儿？我看着那张表，有北京、广东、锦州。我说，去锦州。

高考失利后,我在家待着,不敢出门,像是被钉在耻辱柱上,不敢面对村子里的人。其实,他们什么也没说,但他们的目光像麦芒似的。我想逃离,越远越好。

第一章 列兵生活

一

锦州城大。我们部队的操场,更是大得一眼望不到边。一排排深灰色楼房,掩映在参天古木中。树叶落尽,但看不到荒凉,看到的,只有威严。那天军营没落雪。我们下车,站在灰蒙蒙的天空下,等着分兵。一个军官站在我们面前点名,点到谁,手一指,被点名者,站到他手指方向的那支队伍里,等着被老兵领走。

我跟在一个老兵身后。我后来知道,他叫刘光明,是我们的新兵班班长。他个头儿不高,后背宽阔而厚实;眉毛黑,单眼皮下的眼睛不大,却很聚光。尽管他第一面给我的是微笑,但那眼里的光,令人心生畏惧。他的肩上载着三道黄杠,一粗两细。他是一个老兵。

我正式开始了我的新兵生活。入营第二天,我们去瞻仰革命烈士董存瑞塑像,董存瑞塑像就在营区中央大道上,那里有一个大转盘。我们入营时就看见了他,手托炸药包是他独特的标识。我当时并不知道他与我们的关系,瞻仰他时,解说员说他是我们的前辈。我们部队的前身,就是董存瑞生前所在部队。

我们排着长长的队伍,面向董存瑞塑像敬礼、宣誓,然后,我们登车,去辽沈战役纪念馆。在全景馆前,逼真的枪声炮声、战地火光,让我仿佛亲临战场。在元旦文艺晚会上,我把那次经历,写成了单口相声。我创作，我表演。晚会是新兵老兵一起参加。我把大伙儿逗乐了。我后来听说，大伙儿笑，并不是我的相声包袱搞笑，而是他们根本听不懂，不知我这个南方人在说什么，在他们眼里，我无异于哑剧表演，他们是因为这个而笑。但我毕竟是让人笑了，达到了喜剧效果，一夜之间，我成了新兵连的名人。第二天，演出队的一个老兵来找我，问我愿不愿意到演出队搞小剧本创作，我说愿意。我们的见面，被班长撞见了。他很客气地让那个老兵回避。他对我说，你不合适那里。演出队是业余演出单位，编制分派到各连。他们半天时间训练军事，半天时间练习吹拉弹唱。你干两三年，搞不出名堂，就退伍了，想提干，吹拉弹唱的老兵一大堆，轮不到你。我满肚子不快，觉得班长自私，想把我留在他身边，给他争荣誉。我敢怒不敢言。

演出队的班长后来没再找我。

我们的新兵指导员叫孙小亭，名字有点儿女性化，长得也白净、秀气，脸上散发出亲和力，不像我们班长，黑眉一竖，我心就哆嗦。

雪，好大的雪。空气潮湿而寒冷，雪飘起来。风猛烈地刮着，风吹进眼里，雪花吹进眼里，化了，像是在流泪。踏着积雪，吱嘎作响的声音让我痴迷，我从未见过这么大的雪。

雪停之后，孙小亭给我们上政治课。这堂政治课的内容是唱歌，场地为室外，孙小亭把我们带到营区东面的一片树林，这让我们很兴奋。

孙小亭嗓子清澈透亮，歌声很美，话语激情飞扬。在我心目中，他近乎完美，简直令我崇拜。

我们踩出的脚印，在我们脚下延伸，那是通向远方的路。

一阵风吹过，一阵来自远方的风。

远方的风在远方呼唤

通向远方的路比远方更远

我脱口而出。

没人发现我在作诗,后来无数次,我想续写这两句诗,都没能完成。由此,我觉得,写诗,必须要有灵感,硬憋憋不出诗来。

二

新兵下连,刘光明果然把我留在他身边。我成为炮一班的一员。炮一班是全连标杆班,我自豪。

各种集训队相继挑选人。汽车驾驶、汽车修理、通信兵培训……连队的新兵,走了三分之一,我是那个被遗忘的人。我喜欢作文课,高中时就在县报发表诗歌。《解放军报》新闻记者函授班的启事,像一道光吸引了我,我当即写信报名。半个月后,我收到了实习采访证。我高兴得屁股生了火,坐不住,东奔西颠,到处找线索,挖新闻,仿佛自己已经是一个记者。一个星期天,我把采访证往大门岗哨兵眼前一晃,大摇大摆出了营院,到城里去寻找类似于见义勇为、拾金不昧的故事。我回连时,天已擦黑儿。刘光明在连队大门外等我,我跟着他回到宿舍。全班人列队两边,我自豪,正要向他们汇报我的采访成果,刘光明冲我吼道,站好!我看到一张铁青的脸。我说,我去采访了。我说着,亮出我的采访证,我以为这是我的"尚方宝剑",没想到班长一把抢过去,撕扯着采访证,并极快地往纸篓里一扔。

刘光明是安徽肥东人,初中毕业。聪明不可盖主,他嫉妒我,我心里不服,不满情绪在眉眼间表露出来。刘光明一声,出操!我们就跟在他身后,走向操场。那个下午,我们原本是休息,这么一弄,全班人都恨我,我自己也带着情绪。我立正时站成三道弯儿,行进时迈着肥鸭步,刘光明显然能看出我的抵触,但他没与我过多纠缠。他说,全班带回,打扫卫生。

晚点名前,刘光明把我带出宿舍。我心生忐忑,跟着他走。穿过树林,来到器械场,四周空寂无人。明月如镜,我心亦如明镜般清晰,刘光明找我"单挑"来了。刘光明比我略矮。我做好了心理准备。等着他揍我,一拳、两拳、三拳。这是我的底线,第四拳挥来,我就要接招儿了。出乎我意料,刘光明并没"大开杀戒",而是把一只手,轻轻地落在我的肩上。他说,喜欢写作,这是好事。但写作是个漫长的过程,你能在这短暂的两年时间里,写出一本《红楼梦》?你能在这么短的时间内,靠写作提干?你有文化,好好学习军事,干两年,去考军校。考上了军校,当了军官,那时,你会有很多时间写作。

刘光明说着,声音低沉下去,像是嘴里含着沙粒。他说,我就是吃了没文化的亏。看人家考军校走了,我连考试的资格都没有。文化不行,就跟人拼体力、拼军事、拼技能。可时代不一样了,仅靠这个,在部队已经很难立足。

刘光明其实很优秀,是旅里班长预提干部对象,但听说难度很大。月色朦胧,映照着刘光明这个月夜的忧伤。他本来是来安慰我的,但现在,好像我应该安慰他几句,可我一句话也没接,任他自说自话。他说,今年是他在部队的最后一年,他再努力一把,不行就算了,回家去。肥东的乡下,虽然不富裕,但风景不错。3月,油菜花盛开,漫山遍野一片金黄,真美。他回去就娶媳妇,用不了几年,他就可以牵着儿子,带着媳妇,走在油菜花田里,看蜂飞蝶舞,不也很美嘛。

刘光明语气平静,但我能感知他内心的无奈,他太想留在部队了。我不知说什么好。我想,那一刻,一切安慰的话都是苍白无力的。

三

初见马哲思，他身上那股葱花味儿，从我身边飘然而过；衣袖上的油渍若隐若现，在阳光下反射着微光。若不是戴着军衔，他就是穿着军装的农民工。他是我们连的炊事班长：麦茬儿似的总也没刮干净的胡须、短粗胖的脖子、开始凸起的小肚腩，特征明显。

马克思，老兵喜欢这么叫他，引来欢声笑语，他并不在意，自己也笑。我们在新兵连时，单独管理，吃住不在老连队，与马哲思他们这些老兵不熟悉。现在，我们下了连，但羽翼未丰，翅膀还不硬，还得夹起尾巴做人。只要下一年的新兵未到，我们这些列兵，就还要摆出新兵的姿态，抢着干活儿，比如帮厨。

我就是在给炊事班帮厨时，被马哲思相中，并将我要到炊事班的。

那天，马哲思对我说，你把煤灰掏了。我就去掏煤灰，发现煤堆旁的柴火上，有一本《解放军文艺》，我抓起来，爱不释手。

头篇是一个短篇小说，《当过兵的爸》，作者田水泉，列兵。小说文字轻盈，故事并不复杂，却深深地吸引着我。一个列兵，就在《解放军文艺》发表小说，我太羡慕了。更令我羡慕的，是他有一个当过兵的爸。我没有当过兵的爸，我只有一个农民父亲，还瘸腿。

见我一直盯着书看，忘记掏煤灰，马哲思问，你爱看书？我点头。他让我跟他到储藏间。菜架上摆放着一只木头箱子。他打开，是一箱子书。"飞雪连天射白鹿，笑书神侠倚碧鸳"，马哲思说这是金庸的全部小说。他开始给我讲金庸。从新兵连到现在，除了训练，就是搞教育，我从没完整地看过一本杂志，更别说书了。

你到炊事班来吧，马哲思说，炊事班缺人。

不，我想考军校。我说。

你在战斗班排，没时间复习，能考上吗？马哲思说，别看炊事班起早贪黑的，业余时间很多，早饭后，快的，半个钟头就收拾完了，到10点多钟来做午饭，这段时间都是你的。下午时间更充足。而且，炊事班有规律，在战斗班排，一会儿让你干这个，一会儿让你干那个，一个哨音一道命令。

他说得没错。

我说，那我也不能到炊事班，我得学专业。没有专业，怎么考军校？马哲思说，炮长专业好学，半个月就会。到时候，考学的兵，都要集中到文化队学文化，也学专业。我问，你怎么知道？他说，他有个老乡，去年考走了。

我低头不语。新兵连，贼冷的天，总是练出一身冷汗。没想到下了连，时间还这么紧。我来当兵，带着高中课本。那些课本，被冷落在我的留守包里，我到现在没碰过它们。我想采访，写点儿新闻报道，刘光明撕了我的采访证。他的这个动作伤害了我。炊事班？我有点儿动心。我说，我怕我们刘班长不乐意。马哲思说，我去找指导员，连队统一安排，都是革命工作，他不会不乐意。

我还没想好，想先放一放。谁知第二天，我就到了炊事班。我后来听说，马哲思到连部闹情绪，说炊事班人手不够，他这个炊事班长，太难，没法干。明里是诉苦，暗里是要挟。那时候，春训动员令刚下，各营、各连都较着劲儿，比着练。前方打胜仗，后方是保障。虽然军人以服从命令为天职，马哲思不敢真撂挑子，但情绪总会闹的，他若闹大了，一连人吃不好饭，今天米饭夹生，明天馒头没发起来，这连队，别说在春训中争金夺银，能保证正常训练都难。

至于刘光明，把他的兵挖走了，他当然不高兴，但他是党员，是集团军训练标兵,是连队骨干,三等功获得者,是代理排长,预提军官对象。他是一个成熟的老兵,他很大度地把手搭在我肩上,说,去吧,但我分明看见他内心的不快、不舍。我抱着我的被子走出一班时,眼泪在眼里打转。虽说只是一班到炊事班,从走廊的这端到那端。

去吧,好好干,有空回班里来,我教你推计算盘。我背后传来刘光明的声音,挂在眼角的泪,终于滑落,我只觉眼前一片迷茫。我不知道我到炊事班是不是正确的选择。我更迷茫的是,这其实不完全是我的选择。

我离开一班后,连队为了安抚刘光明,把马首立调到了一班。马首立与我是同年兵,他是从油库调过来的。他想学专业,考军校。油库那种小远散单位,不利于他的成长。

马首立到一班后,很快替代了我的位置,深得刘光明的赏识。

慢慢地就与老兵混熟了,他们开始套用电视里那两句广告语,拿我的名字开玩笑:大宝,天天见;大宝,挺好的;要想皮肤好,早晚用大宝。有的老兵,还动手在我脸上摸一下,弄得我很难堪,怨恨父亲给我起了"乔大宝"这个名字。没办法,新兵就是这样在老兵们的笑声中,慢慢变成老兵的。老兵呢,其实并无恶意,只是用这些玩笑,给艰苦的军营生活增添调味剂,打发他们剩余不多的军旅时光。对于他们的玩笑,我从来不吱声,等着"媳妇熬成婆",不久的将来,我也会是一名老兵,我也会用这种诙谐的口吻,与新兵对话。

又一场雪,春天比我老家的冬天还冷。我们扫雪,搞得满世界喧嚣。扫雪的人头攒动,锹声镐声从呜呜的风声里钻出,那场面,真壮观。

我就在扫雪的队伍里。风刀子似的刮着我的脸,我没在意。我干活儿最卖力气,简直有些疯狂。马哲思说,你悠着点儿,活儿得一点点地干。看你,像跟雪有仇似的。他是心疼我。我额前的头发,被汗水浸泡,挂上了冰碴儿。

四

此前,我不太关注我们旅的军营广播,除了熄灯号响起之前播放的几首军歌曾让我落下热泪,我对其他并无多大兴趣。那个沙哑的男中音播出的饭前小广播,颇让我不屑。直到这天清晨,一个悦耳的女中音飘然而至。我抬头看窗外,阳光灿烂,天碧蓝如洗。

旅广播室换了广播员。

我们炊事班的四个人,都停下手中的活儿,静静地听广播。我就是在那个时候,迷上我们旅的广播的。那甜美的声音,将我写广播稿的欲望点燃,想象我自己写的稿子,被那么动听的声音朗诵,该是多么幸福。

老兵的消息总是灵通些,马哲思告诉我,那个广播员叫李春芽,我们旅那个帅气的旅长李霄汉,是她亲爹,但李霄汉身边那个女人,却不是她亲娘。

我开始给广播室写稿。我给广播室写稿,不往营部送,而是直接送到广播室,一是怕万一稿子没被播出,让营部通信员笑话,更主要的是,我想借送稿之机,看看李春芽。那么甜美的声音,定然有一副好容颜。

我对我的广播稿能否被播出,心里没底。我虽然中学时就发表过诗歌,但我知道,广播稿与诗歌有区别。

第一次送广播稿前,马哲思身上的那股葱花味儿提醒了我,我跑回连队,用槐花牌香皂洗脸,让那槐花的香味儿留在脖颈儿处。我换上干净的常服,而不是穿沾着煤屑的迷彩服。然后,我像特务接头似的,快速而小心地走向广播室。广播室在俱乐部二楼,与放映室相连。遗憾的是,我没看到李春芽。原来我们的稿子,是不需要送到广播室的,俱乐部二楼大厅里有一个收稿箱,像邮局在街上的那种邮箱。于是,我把稿子投了进去。

然而,那篇稿子石沉大海。

我被播出的第一篇稿件,是对我们连一次劳动的描写,是对孙小亭赤裸裸的表扬。那天我们平整操场。那个操场,在我们连的东面,那片空地特别阔大,旅里决定把它建成足球场,架球门,铺草坪。那时草还没绿,一锹下去,还能感觉到冻土的坚硬。李霄汉说,小草即将泛绿,这是铺草坪的最好时机,等春天到了,草绿了,再铺的草坪,容易枯。

那是一个大工程,全旅出动,各连分块分片。操场的东边,架设了临时广播站,还插了彩旗。广播里不时传来锣鼓声。

那时候,还未到做饭时间,马哲思说,咱们关键时刻,也去露个脸。等做饭时间到了,我们就去做饭。

我们加入队伍里。那活儿很艰难,先要把地面刨掉一层,把那土铲掉,然后铺草坪。草坪成为草坪之前,是无数被切割成方砖状的草块,草块冰冷而坚硬,它们来自市郊。

那天的孙小亭,引起了我的注意。他不像带新兵时那么远远地看着我们,那天他亲自动手。他怕我们铺得不平整,蹲在地上,用手去触摸草块,发现不平的,他就让人返工,或自己用战备锹修整。草块与草块之间,他撒上鲜土,然后,用手去触摸缝隙。他说,草坪必须得铺平,无缝对接,否则,容易崴脚。有一块地,他平整过一次,感觉还是不行。于是,他朝我们喊,来一个人。我走过去。他说,是你?他说,不用你,你看,广播站都设到现场了,我们连一篇广播都没上,你去写篇广播稿吧。我觉得无比光荣,冲进宿舍,拿起纸和笔。

写什么呢?孙小亭满头大汗的样子在我脑子里浮现。为了准确地感知地面是否平整,有无缝隙,这么冷的天,他不戴手套。他是整个操场,唯一没戴手套的人，就写他吧。

我把孙小亭不畏严寒，亲自干活儿，亲自当质检员的事写了下来。我把稿子送过去。稿子放在播音台时，李春芽都没看我，她正盯着稿子，认真播报。那是我第一次见她，她黛眉紧锁、聚精会神的样子真好看。我如同在遥远的荒野，看见一朵百合花，怦然心动。

我回到宿舍，假装接着写稿，其实是不愿面对。万一稿子播出来，当着孙小亭的面，我这么直白地表扬，彼此都会不好意思。

时间不长，我的稿件播出来了。我以为我写得很差，但经李春芽声音的修饰，竟然那么美，这改变了我对广播稿的看法。

该做饭了，我往饭堂走，路过东操场，我看见孙小亭站在那儿。我刚在广播稿里拍他马屁，见到他，不好意思，朝远离他的那边走。他看见了我，朝我摆手。我小跑到他跟前，他拍拍我的肩说，对，就这么干。他说的是广播稿。他说，有些工作，就得宣传，大张旗鼓地宣传，不宣传，工作干了，没人知道。

我心里涌起一股热流，在东北乍暖还寒的早春，我感到周身温暖。

我自此迷上了写广播稿。稿子能被李春芽的声音播出，成为那段时间，我最幸福的事。

一个午后，营部通信员找我，说旅广播室让我去一趟。这个消息让我震惊，我怀疑他搞错了，站在他面前不动腿。他说，快去呀，让你去改稿。这才想起，我给广播室投了一篇稿。我赶到广播室，广播室的门开着，李春芽坐在播音的位置，尖下颏前，有两对麦克风。我敲门进去。屋里还有一个女兵。李春芽气质像一位老班长，其实与我是同年度兵。她说，坐。你的稿子写得不错，整个旅，你稿件的质量是靠前的，文笔好。我脸开始发热，被这样一位同年度女兵表扬，我不适应，但内心还是很欣喜。接着，她话锋一转，指出我的稿子内容有些空，让我加些连队的具体事例。

我按她说的，加了一些内容，但我内心是不服气的，我想，她的文笔未必有我的好，只不过她懂广播稿的套路。

第二天，那篇稿子就播出来了。修改过的稿子，果然给人印象要深。我后来由诗歌散文写作，转向小说创作，我不知道这篇广播稿是不是转折点，我只记得自那以后，我写稿件，不再喜欢华丽的词语，不再空洞无物地抒情，更不无病呻吟。我的文章，自此不喜欢风花雪月，而更愿意讲实实在在的故事。

我新写了一篇广播稿，送到广播室。遗憾的是，没见到李春芽。我也说不清为什么那么渴望见到她。我就去了家属院。首长的家属院，一般人是进不去的。我只想在院外看看，看能否碰上她。

我在门外碰见了一个女人，她身后，跟着一个六七岁的小男孩儿。我被那个女人的年轻和艳丽打动，她是那么吸引着我去看她。她身材也好，穿着深红色的貂皮大衣还那么瘦，像一株亭亭玉立的美人蕉。我的目光在她身上停留了很长时间，直到她进到那个门洞里。这是家属院的一号院，她进的是一号楼，这么说来，是李霄汉的家。我早就听老兵说李霄汉娶了个小媳妇，但我没想到这么年轻，李春芽得叫她阿姨，看上去，她更像李春芽的姐。

在进门洞那一刻，那个小男孩儿回头看了我一眼，那双大眼睛，有着李春芽眼神里那种清澈。他的眉眼间，我能看出李霄汉的模样。他应该就是李春芽的那个同父异母的弟弟。

我随后看到了李春芽，远远地看见了她。她好像很孤独。营院里，那些女兵都是成双成对，她却独自往来。

我突然有点儿怜悯她，但这种感觉稍纵即逝，人家是旅长的女儿，我有什么资格怜悯人家。她要知道我的家庭是那个样子，她不定多么同情我，或许还会瞧不起我。我这么想，本来想迎着她走过去，假装偶遇，但突然没了勇气。我向着相反的方向，迅速逃离。

李霄汉的爱情故事，在我们旅到处流传。

数年前，李霄汉的老婆病逝，李春芽还小。李霄汉忙事业，工作干得有条有理，家却弄得乱七八糟。遇到外出驻训，或执行特殊任务，他就让李春芽寄居在亲戚家。李春芽小，不习惯，每次与他分别，她都要抱着他痛哭。他知道这不是长久之计，对孩子伤害太大。这不是家，还得有个家，不为自己，为了女儿。

林兰就是在这时候，出现在李霄汉面前的。林兰是大学讲师。那是一次军民共建活动，由李霄汉带队，那时他是旅副参谋长，阳刚、帅气，是军区强军习武先进个人、学雷锋标兵，他曾三次与死神擦肩而过，是英雄。自古英雄爱美人，美人惜英雄。共建活动的地方代表林兰，对他一见钟情，向李霄汉发起了情感攻势。这位未婚女青年，对李霄汉来说太年轻了。李霄汉起先是拒绝，但林兰攻势猛烈，非他不嫁，说她这么多年单身，就是等待他的出现。

李霄汉最终同意把林兰娶回家，李春芽是关键。失去母爱的李春芽，对林兰一见如故，林兰的大学专业是教育心理学，很会与李春芽沟通，两人很快成为朋友。

更多的细节我没听说，总之，那是一个浪漫的爱情故事。至于后来传言，说李春芽与林兰有了嫌隙，那是后来的事。

五

那天，我正在炊事班烧火，灰头土脸，通信员过来喊我，说我家属来队，让我到大门岗去接。其时，我手里还拎着烧火棍，僵在那里。我觉得通信员一定是搞错了，我家不可能有人来。通信员说，没错，门岗值班室的电话,让七营二十连的乔大宝去接人。

我看了一眼马哲思,他说,去吧。

通往大门岗的路那么漫长,我一路小跑,是谁来了呢?我坚信他们是搞错了。当接近大门岗时,我看见了父亲,他穿一套蓝布衣服,里面套着棉袄和棉裤,那套衣服十几年了,从我有记忆起,那就是他最好的一套衣服,除了炎热的夏天,父亲出门做客,就是那身衣服。夏天显得肥大,冬天在里面塞上棉袄棉裤,那外套便又显得瘦。现在,棉袄棉裤,被那身衣服包裹着,像要被撑开。然而,父亲竟然穿着单鞋。可能因为冷,他的脚趾在空荡荡的单层高勒儿胶鞋里蠕动,那是我邮寄给他的军用胶鞋。他以为东北的3月像我们那里的3月呢。他拎着一只蛇皮袋子,站在还带着寒气的春风里瑟瑟发抖。但他是笑着的,朝着我讨好地笑,这是他面对我时常有的表情。他不请自来,来了不提前打招呼。他笑,希望得到我的原谅。

我在大门岗签了字,把父亲往连队领。

父亲同门卫、班长打招呼。如果说方言,谁也听不懂,他可能意识到这一点,他说的是普通话。他说,你(李)好!他咬着舌头发出的音,让我浑身发冷,似有鸡皮疙瘩骤然滋生。

父亲的瘸腿还很明显,尽管他努力地隐藏。走在宽阔的营区中央大道上,父亲晃动的身影特别打眼,我不敢直视。我加快步伐,走到父亲身前去,这样,我就看不见他走路的样子。

我们路过董存瑞塑像。父亲看过电影《董存瑞》,他说,大英雄。原来他是你们部队的。我说,他们部队,是我们部队的前身。

真好!父亲说。我听出他声音里的骄傲。

迎面列队走来几个兵,约一个班。我停下来,让他们先走。父亲见我停下,他也停下。宽阔的营区主道,完全不影响他们。我只是不想让他们看见父亲行走的样子。

走近了，才发现，是我们连的兵，这个月，油库轮到我们连站岗，这是六班的兵，他们是去换岗的。带队的是李渊，六班班长。我把脸朝向一边，想装作没看见他们，李渊却主动跟我打招呼，他说，你爷爷看你来了？

爷爷！我觉得脸上发烫。从我见到父亲那一刻发现他讨好的笑，我就没正眼看他。我不敢正视。父亲弓腰驼背，低着头，却翻着眼看我。他还在笑，那笑很假，很僵硬，像陌生人一样，这让人觉得尴尬。也正是他扯着嘴角的笑，将我最后一点儿自尊撕得粉碎。那笑在他的额头、眼角、鼻翼，全扯起皱纹。父亲原来半白的头发现在全白了。他看上去那么苍老，我都快认不出他来了，五十岁的人，看上去足有七十岁。

我没有回答李渊，他的判断没错，此刻，我的父亲看上去，更像我的爷爷。

我突然不想让父亲到连队了，不想让他去见我的战友们。我说，爸，我突然想起来了，部队不让家里人来队。父亲说，不让？下河湾的王正清，到部队去看他儿子，我来的前两天，他刚回，他可高兴呢。

我说，我们部队正在紧张训练。他说，要准备打仗吗？我说，要搞军事比武。父亲看着我的脚，军用黑棉鞋上，那乌黑的油渍暴露了我的身份。你在炊事班？父亲惊呼道。我点头。我急忙又摇头，我说，不是，是临时帮厨。但我的谎言，显然被父亲的双眼戳穿，我看到父亲脸上的失望，甚至是痛苦，但没有愤怒。父亲一辈子卑微，几乎从不敢对人愤怒。他唯一敢愤怒的，只有我的母亲，一个半哑的女人。

父亲没再说话。他的脸变得铁青，脸上的皱纹铜版画似的坚硬而粗糙。他说，我这就回去，我这就回！

父亲说着转过身，向大门岗走。我跟在父亲的身后，父亲一句话也不说，我也一声不吱。我知道他想说什么，但他缺乏勇气说出来，我也就装糊涂。我深刻地体会到东北的寒冷。脸上似有猫爪抓挠，脚上像穿了一只铁板鞋，冷硬而沉重。

出大门时，哨兵拦着我要营里的批假条，我说，我不出去，我就把他送到站点。我说着，指了一下那个公交站，那是205路公交车的终点，也是我们去市里的起点，离大门三十米的距离，哨兵一眼就能看到。他犹豫了一下，看着父亲摇晃着的身体，说，马上回来！

车还未到，我们等车，说着话。我说，爸，你先别急着回家，火车站对面有个温馨旅社，你在那里住下，明天是星期六，我请假出来，带你去看海。营院你刚才也看到了，就那个样子，没什么好看的。

父亲说，我还是早点儿回去吧，我不放心你妈。

父亲说到我妈时，我的眼泪就流下来。母亲说话结巴，声音缓慢，只能一个字一个字往外蹦。她的智商照正常人弱。

车来了，父亲上车。父亲把蛇皮袋递给我，我不要，父亲硬推给我。车启动，父亲走了。望着远去的车，望着那只在车窗外朝我舞动着的黑瘦的手，我的心像被掏空，却又特别沉重。

营院门前，是护城河。河的两边浅水处，还支棱着冰，而父亲的脚上，还穿着单鞋。我蹲在地上。我的眼泪再次涌出。

雪后的中央大道，被战友们打扫得见不到一粒尘埃，路两旁的雪，是那么纯白，我手中的蛇皮袋，相比这些，极不谐调。我像是翻墙进来捡破烂儿的。我很想把那蛇皮袋塞到垃圾箱里，但我到底舍不得。我站到路的外侧，借助树墙掩护，打开袋子看。是炒红薯片、炒花生、气果。我拎着蛇皮袋回了炊事班。马哲思问我，你家谁来了？安顿好了吗？我说，一个亲属，看我一眼就走了。马哲思"哦"了一声，指着蛇皮袋问，装的什么呀？我没吱声。别的亲属来队，都带烟酒，父亲就给我带这些东西，没法送给战友们，拿不出手。

　　马哲思发现我流过泪，他说，大宝，你没事吧？我说，没事。然而，声音是哽咽的。我默默地拿起烧火棍，接着烧火。蒸屉里的馒头散发出掺杂着酵母的香味儿，每当这个时候，我的唾液就会往上涌，但这次，我一点儿食欲都没有。那天晚餐，我什么也没吃。我突然对炊事班的工作提不起兴趣，我什么也不想干。

　　晚饭后，洗涮锅盆、打扫食堂、给煤炉子压火。干完该干的一切，我回到连队。我没有回到炊事班，而是走到我们七营楼后，倚着一棵白杨树落泪，就听一个人喊：乔大宝，是你吗？

　　是刘光明。我的哭声炸开。见到新兵班长，像见到了家人。他问，咋啦？我说，我爸来了。他说，在哪儿？家里有什么事吗？咋还哭呢？我说，我让他走了。我把下午的事同他说了。

　　混蛋！那么远，几千里地，你不让他住下。赶紧去追！

　　他匆忙跑到营部，向营长要了张假条，就带着我往大门岗跑。门岗班长给我们两张军人通行证，那是为特殊紧急情况准备的，怕集团军纠察队碰见，没有各单位军务部的通行证，一律视为私自离队。

　　你们快去快回，别出啥事！那个班长冲着我们背影喊，出了事，我可兜不住。

　　205路公交车停在那里，刘光明并不上去，他拦了一辆出租车，让我坐他身后。

　　我们赶到温馨旅社，没见父亲，也没有他入住的登记。我们赶到火车站，一问，晚上有一趟开往武汉方向的火车，是慢车，那趟车马上就开了。我们穿着军装，说送一个人，检票员就让我们进去了。我们跑上站台时，车已启动。车身碾过的铁轨，在灯光下闪动着两道白亮的光。我的心被那两道光拽得生疼。

我的眼泪不可抑制地奔涌着。这个时候,他不可能买到坐票,我祈愿在火车上,有人给他让座,我想应该有,毕竟他看上去足有七十岁。

回去吧,刘光明说。他张了张嘴,想说什么,最后化作一声叹息:你呀……

回来的时候,我们坐上最后一趟公交车。座位很多,我选择最后一排靠窗户的那个位置,我没同刘光明坐一起,他也没坐过来。我不敢离他那么近,他可能也想给我一个独自反思的空间。

我们回到连队时,晚点名已结束。

我没洗漱,爬上床,用被子捂着头,痛苦地抽泣。我可怜父亲。父亲差点儿成为一个军人。父亲年轻时去验兵,瞒着奶奶,直到穿上军装,快走了,怎么着也得告诉老人家。哪知我奶奶拦在接兵的"大解放"前,就是不让车走。奶奶害怕父亲到部队。我的二爷,奶奶的小叔子,就是奶奶送到部队的,他一去不回,战死沙场,成为奶奶永远的痛。

奶奶这一阻拦,就将父亲的整个人生,推向另一个方向。我年轻的父亲,脱下已经穿在身上的军装,第二天,还回到生产队的队伍里。那天,生产队起石头,打算盖队部。父亲不小心伤了膝盖,没钱及时治疗,那腿就有些瘸。父亲家境不好,加上腿瘸了,村子里几个对他印象好的大姑娘,就都远离了他。

六

二十六岁那年,父亲娶比他大三岁的我的母亲为妻。母亲六岁时,发过一次高烧,自此耳朵不灵敏。"耳聋三分呆",母亲看上去就有别于常人。母亲说话也不利索,母亲知道自己这个毛病,就尽量少说话,怕遭人嘲笑,别人说话,她也尽量少接茬儿。我家便成为一个缺少语言交流的场所，那种几乎没有语言的生活，让我压抑，我总有一种想哭的感觉。事实上，我偷偷流过很多次泪。我努力学习，就想考上大学，考到很远的地方上大学。得知高考失利的那个下午，我不敢回家，我朝着学校的方向，漫无目的地往前走。我爬上一座山，站在最高处远眺。山对面还是山，而且看上去比这座山更高。我于是下山，穿越田埂和水塘，往对面的那座山爬。结果，等我爬上山顶，又出现一座山，看上去更高，我于是向那座更高的山出发。我不知道我那天爬了多少座山，走了多少里路，天近黄昏，太阳落下去了，我还一直在山谷里向着另一座山奔进。我不知道我为什么要这么做，似乎满肚子的屈辱，需要通过征服这一座座山，才能消弭。我甚至想这么一直走下去，直到把自己走丢了。我的鞋磨破了，裤腿和衣袖被荆棘划成一条一条的，脚上全是血泡，手臂和小腿上，伤口道道渗血。我饿了。天黑了，恐惧袭来，那一刻，我是那么想回家，但是，我已经回不去了。

我听到青草婆娑声，是两只狼向我走近，它们看着我。我起先以为是狗，当我发现是狼时，只觉一股冷气冲向头顶，双腿立刻软下来。这时，不远处亮起了灯火。狼怕光，掉转身子，朝着远离灯火的方向离去。

循着灯火，我走进一间小屋，一个灶，一张床，一个老人。老人烧火，给我做了红苕米粥，又将灶头的温水倒进盆里让我擦澡。之后，我和老人，在一张很窄的单人床上挤了一夜。

我醒来的时候，阳光照进来，屋子里的烟味儿很浓，老人已经不在了。灶上有半盆大米饭，有一碟咸萝卜丝。我吃了三碗。之后，我等着老人，想对他道谢。等了一阵子，没见人，我就走了。

很长一段时间，我不相信那天发生的事，我总觉得那是一个梦境，或者是我误入了一个童话世界，那个童话里的老人，用一盏微弱的灯光，一张狭窄的床，给了我温暖。否则，我那天的冲动，很可能就会把我带进狼之肚腹。

离家有三里远的地方,我就听见了父亲的呼喊。他的喊声在山谷回荡。声音越来越近,越来越嘶哑,似乎喉咙已破裂。我拨开树枝,冲出密林,沿着呼喊冲过去,沿着遍布杂草和荆棘的山路,跌跌撞撞奔跑。我心中对家的排斥,瞬间被父亲那带着血丝的呼喊燃尽。我双脚感到晨露的清凉,感到父亲的声音里,流淌着浓浓的暖意。

我以为父亲会狠狠地扇我耳光,或者干脆像别人的父亲那样,让我跪倒在地,用荆条狠劲儿抽打。但是,父亲没有,他一句话也没说,或许,他在我躲闪的目光里,看出了我的愧疚。他没有责怪我,只顾自个儿蹲在地上哭。他蹲在我身边,一只手搭在我的肩上。他在抽泣。我从没见父亲这样大哭。父亲身后跟着几个劝说他的人,一个老人说,哭啥,不是找着了吗?

他是后怕。父亲惊恐和后怕的表情让我觉得,如果我那天发生不测,父亲一定会跟随我而去。可以说,我是他活下去的理由,我是他的唯一。

我也哭。我原本只有害怕,不会哭泣,是父亲一个男人的哭泣,触动了我的泪腺。

一身军装,让父亲对我重新燃起希望。父亲断然不会想到,我到连队,竟然是在炊事班,是一个烧火的。父亲盯着我那双布满油渍和煤灰的黑棉鞋的目光,灼痛了我。

我要下连!我掀开被子,当着整个炊事班人的面,朝马哲思喊。

马哲思盯着我,仿佛不认识我。

我说,我要下连,班长,我不想在炊事班干。马哲思说,咋啦?先干着吧。我说,不咋,班长,我就想下连。我盯着马哲思,目光坚毅。我是个新兵,我从未用这样的目光盯着任何人,更何况是一个老兵,我的直接领导。

马哲思说，行，那我明天向指导员请示一下。我怕他不请示，或者请示了，"假传圣旨"，说连队干部不同意。于是，我站到走廊里，看见连部亮着灯，我就去敲门。

孙小亭说，连长是管训练的，到战斗班排，得等他回来再说。你先在炊事班待着，当时上炊事班，可是你同意的。

我见孙小亭往后拖，急了，眼泪涌出来。我说，指导员，你就答应我吧，我要下连，我要学军事，我要拿枪操炮，参与军事训练。

孙小亭见我哭了，说，你把六个班长，还有你们炊事班班长叫到会议室来。

半个小时后，马首立过来帮我抱被子，拿脸盆。我回到了一班。

我走出炊事班宿舍时，马哲思追出来说，袋子，你还有个袋子在炊事班。我说，那是家里给我带的吃的，留给炊事班吧，谁愿意吃谁吃。马哲思没吱声，出去了，约莫有十分钟，他回来，把那个袋子拎到了我们班。那天是周六，可适当延迟熄灯时间。我把袋子解开，那些东西，他们不一定爱吃，但我得拿出来，莫让他们觉得，我有什么宝贝藏着掖着。

我拿出我的军用脸盆。这种黄色硬塑料脸盆是我们的好伙计，不怕摔，不怕冻，也不怕烫。条件所限，我们用它洗脸、洗脚，个别人还用它洗屁股，但这丝毫不影响我们在野外驻训时，遇到炊具不够用，用它装吃的。这次，我把零食往盆里倒。炒花生、红薯片、气果。我没法一个班一个班地送，我在走廊里喊了一声，我说，都到一班来吃花生。来了半屋子人，说笑着问，是谁家亲属来了，还是谁探亲回来了。他们抓花生和红薯片吃，对我们老家的气果子都不伸手，他们大都是北方兵，没见过我们那儿的这种自制零食，它用红苕粉、糯米粉和成面团，搓成小细条，手指头粗细，晒干，拿到锅里用河沙炒。别人家这些东西，都是各家的母亲做。然而，我母亲不会做，父亲也想我同别的孩子那样，在腊月正月里也有零嘴吃，就学着做。不承想，父亲做出来的，比别人母亲做的还好吃。

气果品相并不好，浑身充满气孔，这是它名字的由来。他们先是嫌弃的。我捡起一颗，塞到嘴里，很香很脆地吃着。李渊看我吃得香，也捡起一颗，塞进嘴里，说，真好吃。接着，更多的人把手伸向了气果。很快，脸盆见底，我再去倒时，从蛇皮袋里掉下一团塑料包裹。我打开塑料包裹，是用报纸包着的两条烟。

是两条"将军城"，我们红安卷烟厂最好的烟，一条得三百块。父亲将它们埋在那些零食里面，竟然不告诉我一声。父亲就是这样，从来不多说一句话，但我明白他的意思，他希望我用这两条烟，打点一下领导，以求得栽培照顾。他心里比我还清楚我需要什么。

尴尬了。我开始撕烟的外包装。刘光明抓住我的手，他说，先吃零食。我没听他的，把烟拆开，凡是抽烟的老兵，无论他是不是班长，每人一包。我硬着头皮，做着这件事。

李渊叼着烟，从半开半合的嘴里吐出几个字：你爷爷带来的？我没接话，我想哭。

那个晚上，我赢得了所有老兵的尊重。李渊说，这么好的烟，都给我们老兵抽了，乔大宝，够哥们儿！

七

马首立回到六班当副班长，作为下年班长人选。

我文化底子行，这使得我从瞄准手到炮长专业，只用了不到半年时间，而别人，形成这样的跨越，刘光明说，大都得一年。

八一建军节来临，集团军举行专业大比武，我和马首立代表我们旅，参加全旅炮手炮长专业比赛。计算盘计算数据，我第一名，马首立第三名。利用方向盘给火炮赋予射向，马首立第一名，我第三名。我俩总成绩相当。比赛结束，带队的作训科科长用军线向旅长政委请示，给我和马首立报请三等功，并获批准。

军事比武后，全旅举办迎八一篮球赛，以营为单位，旅机关单独组队。先是小组循环，然后是淘汰赛，战到最后，我们七营对阵旅机关，争夺冠军。那场球赛，实际上是李霄汉与我们教导员之间的较量。教导员身高近两米，年轻时是军区篮球队的运动员，靠篮球提干，年龄大了改的行政。李霄汉身高不敌我们教导员，但他轻巧、灵活。我们七营的主要得分手是教导员，机关队主要得分手是李霄汉。

教导员有身高，有体魄，抢篮板和篮下投篮是他的强项。我们七营一直围着他这个点打。起先还行，他能前场后场两边跑。他在篮下轻轻一跳，双手能把球按进球筐。但他毕竟块头太大，移动缓慢。他只能打半场球。下半场，他在前场主攻，后面无人断球、给他传球；他在后场抢下篮板，传出去，前场的人屡投不中，整个球队，像瘸了一条腿，顾此失彼。相比较，李霄汉太帅了。他身高一米八，在业余球队里，那身材不高不矮，看上去舒服，动作协调。坐在主席台上那么威严的一个人，在球场，他把所有的官兵征服了。他的远距离三步上篮，像武林高手在水上漂，那么轻盈潇洒。他在篮下勾手上篮，像优秀的射手在奔驰的马上，一个"回头望月"，动作隐蔽而准确。

那场球赛，我们七营以微弱的优势取胜，其实，真正的胜者是李霄汉，他的英姿，在官兵心中印象深刻、久远。

那场球赛，我写了一篇广播稿。我把我们的教导员赞美了一番，我也难以抑制自己对李霄汉的崇敬，写到他三步上篮进球，写到他勾手投篮。

第二天早晨开饭前，李春芽悦耳的声音传来：只见七营人高马大的教导员，伸手、接球、轻轻一跃，双手扣篮，球进了。类似于这样的描写，多达三处。可能因为李霄汉是她爸，李春芽删改了我的广播稿，她对我关于李霄汉的描写，只字未提，这让我很惆怅。

那次全旅篮球赛，我虽然没有上场，却也有了收获。我报道教导员，他高兴。我被评为全旅年度优秀报道员，获营部嘉奖，奖品是一块蓝色的枕巾，我一直留到现在。那是我到部队后的第一个奖品，是我内心的一片蓝天。

刘光明大专自考顺利通过，他的文凭拿到手后，找军务，装进了档案，这使得他提干有了转机——文凭不再成为他的拦路虎。刘光明没超龄，还有一次机会。当然，机会得到明年，这年年底，申请留下，为明年上半年提干再做努力。那段时间，刘光明睡梦中都是笑的。

老兵退伍后，连队一下子显得空旷，各宿舍安静下来。

那天晚上，刘光明带我去站岗。那岗哨在营院西南角，是我们旅的轻武器弹药库，有步枪手枪子弹，有手榴弹，没有炮弹，炮弹在十几里外的山洞里。弹药库有兵，他们站内岗，外岗由各营连轮流值班。外岗在弹药库后的山坡上，站在岗楼，弹药库一览无余。

这个星期，弹药库的岗哨轮到我们连。这天晚上10点至12点，由我们班站，口令为"黄河"。站弹药库的岗哨，各连特别谨慎，两人岗，至少有一名老兵，实枪实弹。那天晚上，刘光明带我。

我们的前一班岗是六班，李渊和他们班的一名列兵。我们换岗，交接完毕，站岗。刘光明那天着凉了，刚站片刻，跑到岗亭后面的坡地方便。他跑得有些远，我回头看他时，月地里什么也看不见，他隐入了树林。我握紧手中枪，巡视四周。这时候，我看见右前方一个黑影，像是一个人的脑袋在不远处的坡地探出来。离我有四五十米的距离。那只脑袋探出来后，又缩了回去。

我大喊一声，谁？口令？没人回应。刘光明在我身后不远处问我，什么情况？我说，不知道。我看见他往这边走。这时，那个脑袋再次探出来。我大声喊，口令？没有回复，它再次缩回。这天下午，我们刚接到旅机关通报，说铁岭那边发生了一起命案，一个歹徒抢劫枪杀了一名出租车司机，正往南逃窜，已过了沈阳。他随身带着自制短枪，射程达五六十米，警方正在追捕，提醒沈阳往南的乡镇居民，都要提高警惕。因此，我觉得这个黑影很可能是他，鬼鬼祟祟的。于是，我举起枪来，打开保险，朝向那个坡地，朝向那只脑袋出现的地方。我想，他前两次一定是试探，看我们有多少人，如果人少，他说不定要来袭击我们。这时，我看见那个脑袋再次探出来，耳畔还有一杆枪支着。我大喊一声，不许动！说话间，我就扣响了扳机。

刘光明听见枪响，冲过来，把枪口对准我射击的方向。这时，就听那边喊，哎哟，痛。刘光明，是我，李渊……我冲出岗亭，要向那边冲，刘光明喝住我，他说，万一他是遭人劫持呢？咱们趴下，匍匐前进。

这时候，弹药库的兵听见枪声，都携枪冲了出来，问我们什么情况。刘光明朝那边喊话，那边说是李渊。双方只喊话，不敢探头。

是李渊的一个恶作剧。他为这个恶作剧付出了代价。他的耳朵被我一枪打了个豁口，鲜血直流。如果我的枪法再准一点儿，射击点往中间去那么一两厘米，李渊不死也残。

在司令部对我们调查审讯时，李渊是这么回答的：他们交过岗后，没有走大道，走小路。本已离开了弹药库，他想替连队查岗，看刘光明和我是否警惕。他让与他一起站岗的列兵先走，他杀回来，借助坡地掩护，趴在坡下，盯着我们看。李渊平时就爱闹，此时，他突然想逗一下刘光明。他摸到一根粗树棍，把棉帽摘下来，趴伏着，用树棍支起帽子，伸过头顶，这就是月光下我看见的"脑袋"。他要弄了两次，见我们没有任何反应，他伸出头来，想看我俩是否在岗亭里，就在这时，我朝他喊话，并且扣动了扳机。

为什么不问他口令？一个军官问我。

问了两次，对方不回答，第三次，我才开的枪。我说。

他问李渊，为什么不回答？

没管我要口令，李渊说，但他又急忙改口：离得远，又有风，我没听见。

你为什么要开枪？是有意还是无意？军官问我。我说，有意……无意……我不知怎么回答好。军官问，到底有意还是无意？我说，有意瞄准，无意击发。我脑门儿上汗如雨下。

最后处理结果是：李渊视纪律于不顾，对哨兵没有敬畏之心，竟怀挑逗之意，为了严肃军纪，给他本人一个教训，同时让更多的人引以为戒，鉴于没有造成人员伤亡（李渊怕事情闹大，坚持说耳朵没问题，是皮肉之伤。他那点儿皮肉伤忽略不计），给予李渊警告处分一次。

至于刘光明和我，警惕性比较高，但缺乏观察，没能做出准确判断，尤其刘光明，作为老兵，遇到特殊情况，没能给新兵正确的指令，提出口头批评。

调查我们时，先是单独问话，后来把我们三人找在一起。我始终没提刘光明上坡下林子里如厕的事，若说了，他擅自离岗，情况更严重。

连队出了事故，孙小亭在全旅军人大会上做检查。这件事，成为我们旅的一个笑话，让我们连的兵，很长一段时间在外连人面前，抬不起头来。

这件事，不知对刘光明提干是否有影响，我不知道，不敢去想。我后悔，落下泪来。我眼窝浅，动不动就落泪。

第二章　有人叫我班长

一

那天天气不好，天空中零星飘起雪花，慢慢地，雪就下得猛烈了。正午时，树上开始有了积雪，地上一层白，接着，就听见队伍踏在雪地上，发出咯吱的声响。

脚步声凌乱，不用看，知道是新兵。我脸贴在窗玻璃上望着窗外。这是他们来部队的第一天，新兵班班长喊着口令，他们听着他的口令，把脚步很沉地踏在雪地上。因为是新兵，加之雪的干扰，他们的脚步声并不齐整，有一个兵甚至顺拐，顺拐时不忘昂首挺胸，酷似一个机器人。

整个队列看上去傻乎乎的。

新兵班班长马首立不断地喊着"一二一"，新兵们极力跟着他的口令调整步伐，越调越乱。马首立于是更努力地扯着嗓子喊口令，那脖子便很像长颈鹿，我忍不住笑。笑过之后，不禁有些伤感。我和马首立是同年兵，他是班长了，我连个班副都不是。我的目光，从马首立长长的脖颈儿，滑落到那群新兵身上。

我看着他们。他们傻傻的样子让我想起我入伍的那天，我们穿着棉衣棉裤，臃肿得像北极熊，目光怯怯的，见了军官都喊首长，见了老兵都叫班长。现在好了，见谁都叫班长的，不再是我，是他们。他们的到来，意味着我升级为老兵，我在连队的地位因此改变。我不再生活在连队的最底层，不用抢着打开水、扫地、给老兵洗衣服。这些细小工作，新兵会像我当新兵时那样，一把抢过去。

我渴望有人叫我班长。我觉得一个军人告别他的新兵生涯，成为一个老兵，不是有新兵来到他身边，而是始于有人叫他"班长"。

我几步跨出宿舍，迎着队伍走过去。我很有礼貌地给他们让道。他们眼光怯怯地从我身边走过，这令我兴奋。他们的样子让我想起去年的我。然而，并没人喊我班长，我有一丝失落。

就在这支队伍快要从我身边离去时，我听见一个人喊：班长好！是队列最后那个兵。我凝视他，黑而细长的眉，眉骨突出，单眼皮，尖下颏，脸白净，很有棱角的一个小伙子。他个子不高，略显肥大的军装套在他瘦小的肩上。他看上去并不太像一个军人。我记住了他，他是第一个喊我班长的人。我很快知道，他叫李小朋。我们的友谊开始了。

二

新兵训练时间是四十五天，元旦过后不久，新兵下连。马首立去了旅文化队，也就是文化补习班，全旅打算考军校的兵，相聚一起，学习训练，准备考军校，时间长达近六个月，足见旅里重视。马首立走前向我告别，我整个人差点儿瘫下去。

怎么就没有我？马首立走后，我问刘光明。

刘光明说，关于我，连队另有打算。我将作为预提班长对象，到教导队学习，学习完毕，回连当班长。我说，我不想，我就想考军校。刘光明说，连队已定，他无能为力。我问，连里为什么要这么安排。刘光明说，连队三年了，没评上先进连队，主要是军事训练这块在后面拖着。连里想打一个翻身仗，急需你这样的人出成绩。我说，那马首立呢，马首立比我还优秀。刘光明说，马首立与你不一样，马首立是考士官学校，他5月份就考，一年毕业，还回咱们连队。你愿意考士官学校吗？

不愿意。

这不得了，刘光明说，连队也有苦衷，害怕人才外流。

这不耽误我的前程吗？

连队的前途同样重要，刘光明说，指导员原是我们连副连长，当你们的新兵指导员后，提升为连队指导员。我们连是落后连，他急需拿出成绩。连长面临转业，回成都老家等转业命令去了。现在连队指导员当家。他还想培养你，送你到军区参加炮兵专业比武，去摘金夺银。果真那样，荣誉是你的，也是他的。

原来如此。

我去军营超市买了一条"人民大会堂"，这是我这么长时间攒下的津贴。在连部，我把烟递给孙小亭，孙小亭说，本来，我一个搞政治工作的，有些事不该跟你说，但我还是说了吧。现在部队倾向于招地方大学生，每个旅每年士兵考上军校的，也就那么十七八个，落到普通士兵身上的，寥寥无几。

我说，我想成为那寥寥无几中的一个。

孙小亭把"人民大会堂"塞回我手里，说，我不抽烟。他说，营里决定的事，难以改变，你就努力学专业吧，争取提干。

我把孙小亭胸前的抽屉拉开，把烟轻轻放进去。如果不是关乎我的前途命运，我断然不敢去买烟，也不敢做这个送烟的动作。孙小亭把烟拿出来，扔在办公桌上，一脸怒气。他说，你怎么也学会了这个？你不是做这种事的人，看把你紧张的。老兵回家探亲，给战友们带一包两包家乡烟，让战友们尝尝他老家特产，可以理解。可你特地去买这个，就过分了。

他说，把烟拿回去！

他起身说，我这就到营部，帮你争取一下。

然而，他没能争取到。我说，是因为我枪走火的事？孙小亭说，跟那没关系。他说,教导员说你是个好苗子,咱们营当"一号"培养,力争让你提干。我们这个营的战斗班排,三年没有提干的,怪咱们战斗班排的骨干优势不明显,不突出,不超群。他看好你,让我告诉你,让你安心待在我们七营,我们全力培养。

我望着孙小亭,脑子里浮现的却是刘光明,他表面的平静,掩饰不了内心的失落,我不想成为第二个他。我说,我还是想考军校,考上了我就去读,考不上,我还是七营的兵。孙小亭说,文化队时间长,差不多半年,一旦没考上,等你再回来,就不是原来的你了,军事训练、炮长专业,别说突出,能跟上就不错了。

我说,马首立咋去了呢?我知道,我不该把马首立拿出来说,这样不够哥们儿,但不这么说,我找不到反驳的理由。

马首立是初中文凭,他提不了干,所以,让他去考士官学校。连队重点培养你,也算是因材施教。这是连队党支部和营党委会议决定的,不是我一个人的意思。孙小亭说,你先回去吧,好好干工作,过段时间,你就会明白我们的良苦用心。

我走出连部,看见李渊,他从足球场那边往这儿走,那里有个旱厕。连队有室内厕所,但不允许抽烟,老兵喜欢到旱厕,两件事一起办。我其时正憋得慌,内心的委屈无处诉说。于是,我向李渊奔走过去,李渊不像别的老兵总摆着一副严肃面孔,他随和,喜欢同我们开玩笑。他豁达,我一枪把他耳朵打个缺口,他都没记仇。我说,李班长,我想跟你说个事。李渊示意我们到旱厕,他怕刘光明看见。刘光明身为班长,同别的班长一样,忌讳自己的兵跟另一个班的班长和老兵走得太近。

旱厕里无人,我们站在里面。李渊递给我一支烟,我点燃。我不会抽烟,纯粹是为了去味儿。我把连队不让我进文化队的事说了。我说,自私,他们只想他们自个儿。我以为李渊会顺着我说,他却说,不能这么说，这不能叫自私。往小了说，这是为了连队，往大了说，是为了整个营、整个旅。我说，我有这么重要？他说，一个你没这么重要，每个连队都保留一个你这样的人，就显得重要了。

我为找不到共同语言而失落，他话锋一转，说，这其实是他们眼界不够开阔，你考军校，当军官，将来带兵训练，甚至作战，是服务全军，这贡献更大。他说，有一个办法可行。我心里一动，问什么办法。他说，去找李春芽。我问，找她管什么用？他说，她爸是李霄汉呀。你能否考上军校，旅长说了不算，你进不进文化队，还不是他一句话。

我说，我哪敢找她。我跟她不熟。他说，还要咋熟，你写的稿子她播出那么多。我说，不行，就算我找她，她也不一定会帮我。

李渊说，反正主意我给你出了，去不去做是你的事。

午饭前，李春芽的声音再次响起，当她读到"文化队马首立来稿"时，我心里涌起一股难以言说的滋味，马首立都开始写稿了，他以前连心得体会都写不好。文化队真培养人啊。

午休时，我躺在床上翻来覆去睡不着，而按要求，我们需卧床休息，当然，被子不打开，反正有暖气，室内不冷。我装作上厕所，走出连队。我其实是走向旅俱乐部。在俱乐部二楼，我看到了她——李春芽，她隔着窗玻璃也看见了我。她打开门，走出来。她问我，你来送稿？我以为在文化队能碰上你，你不考军校？你文笔这么好，可以考南京政治学院，考新闻系。我很想对她说，我不考，连队不让考，你去跟你爸说一声，让我进文化队吧。可我只张了一下嘴，却发不出声。我感觉到自己要哭。我怕我真的哭出来，便冲下楼去。

我走出广播室。天空飘着雪花，雪花越来越密集，天宇像拉上白色帷幕，我看见帷幕的后面有一双眼睛在凝视我，那是父亲的眼睛，那眼里燃烧着火。还有母亲，我看见母亲的眼里闪着泪光，我听见遥远的南方传来一声"宝",那是母亲在喊我。而我,从未叫过母亲一声"妈",我叫她"奶",是奶汁的奶。父亲说,我小时候想吃奶,就这么喊她,习惯了,后来想改,没改过来。这称谓,浸泡着一个残疾家庭的辛酸和屈辱。现在,天幕下,母亲的一声"宝",把我唤回了那个家,我感到自己就要窒息。我必须逃离。

我没有退路,我决定去找李霄汉。做出这个决定后,我体内突然有了一股力量。我敲响了李霄汉办公室的门,三楼,301房间。我听见一个声音说,进!那个声音响亮、浑厚,把我吓了一跳。我的匹夫之勇突然远遁,想退却,已来不及了,他的一声"进",就是一道命令。

李霄汉的威严,他眼里犀利的目光,他富有磁性的嗓音,像数支狙击步枪,从不同的角度击中了我。我努力地让自己站得笔直,面对这个四十多岁的军官。

什么事?李霄汉问。

我想考军校。我说。

那是干部科的事。李霄汉说,他的语言干净简洁。

名单里没有我,他们不让我进文化队。我说。

这事你找干部科。李霄汉说。

我回答说,是!然后我就往外走。我再不走,怕就要瘫倒。可我知道找干部科没有用。我想引起李霄汉的同情,我想起那个叫田水泉的列兵,想起他那篇《当过兵的爸》,想起他有了一个当过兵的爸后,在部队颇受关照。在就要迈出他办公室的瞬间,我脱口而出:首长,我爸也当过兵,他还受过伤,腿瘸了。

我看见李霄汉猛地抬头,"啊"了一声,问,怎么受的伤?他参加过战争?我说,不是,是挖工事受的伤。我的话,把我自己都吓着了,我也不知道自己当时是怎么了,像中了邪,说出这么大一个谎言。我急忙逃离，就听李霄汉说，等等。

我回转身，再次站立。我看见李霄汉拿起电话，按了几个号码。他问我，你叫什么？我说，叫乔大宝。他说，乔大宝？有印象，集团军比武，获过奖。他问，哪个营？我说，七营二十连。我的声音颤抖得厉害，他莫不是找军务档案室，核实我父亲曾经是不是一名军人。我后悔走进这威严的大楼，后悔走进他的办公室。完了，这下闯祸了，自己挖坑，坑了自己。

李霄汉对着电话说，白科长，七营二十连有个乔大宝，想考军校，你看他要是符合条件，就让他到文化队报到。那边姓白的科长说，是、是、是，首长，我这就落实！

我走出办公楼，背后一身冷汗，浑身虚脱，一点儿劲儿都没有。

我想起我写的两句诗：

> 远方的风在远方呼唤
> 通向远方的路比远方更远

我心里清楚，那远方的风，其实是我心中那个远方的梦，它以风的形式存在。它易消散，但很快又在远方出现，召唤着我。

我走回连队。李小朋在门口等我。新兵下连，李小朋就被孙小亭选为连部通信员。李小朋说，干部科来电话，让你上文化队去报到。

第三章 文化队

一

文化队是临时单位，设在教导队，我们在教导队的理论教室上课。教导队位于营院最东侧，是一处单独的营院。这里静，环境幽美。营房向东，有一个月亮形的门，过了月亮形的门，是一个小公园，公园里有山有池塘。山由两个小山头连在一起，呈V字形，都说它象征胜利。山上树林茂密，有杏、有桃、有槐。山就叫胜利山。那个池塘，冰已融化，水清幽幽，能看见水里的游鱼。池塘也有一个好听的名字：成功湖。这是我们旅最好的风景区，也是吉祥之地。教导队培训出多名全旅、全集团军，甚至军区的训练标兵，而从文化队考上军校，当上军官改变命运的，每年都有，数量位列集团军之首。据说旅领导在进退走留的关键时刻，都喜欢到这里来，背对着V形山，面朝成功湖留影，据说他们最后大都如愿。上级来旅里检查工作的首长，也喜欢到这里拍照留念。

我想起孙小亭带我们来这里唱歌的情景。

文化队由干部科负责，干部科干事李尚银任队长，兼我们班主任。文化队的教员由几位地方大学入伍的年轻军官担任。

在文化队，我见到了马首立，见到了李春芽，还新认识了江北、江小白和徐振。江北来自机关，首长的公务员。江小白是文艺队兵，演出队的。徐振来自六营十八连，集团军标杆连。徐振是考上大学的人，专业没选好，就来当兵。他当新兵第一年，就荣立二等功，营连把他作为预提军官对象，他不干，他嫌提干文凭是专科，他要读本科。

江北皮肤略黑，江小白长得可真白啊。他俩都是黑龙江人。我们开玩笑，对江北说，你们就是两条江，一条黑龙江，一条嫩江。

江北嗔怒道：不要拿我小妹开玩笑。

江北和江小白，听名字像一对兄妹，事实上，他们真以兄妹相称，常把我们排斥在外。我与马首立打得火热，中途插入一个徐振。李春芽喜欢孤傲地来去。

残阳斜挂，万籁无声，李春芽到胜利湖边散步，V形山和成功湖，是我们文化队的"学习园地"。我们都爱到这里自习，整个山谷充满诗意。

那天是星期天，她穿着白色的连衣裙，长发散开披在肩上，在以绿色为主色调的军营，她独特而美丽。她手里捧着一本英语书。

我勇敢地向她走过去。她发现了我。她说，乔大宝，你文笔那么好，考南京政治学院新闻系吧。我知道有个南京政治学院新闻系，挺难考的，要在军区以上级报刊单独发表两篇新闻稿件，才有报考资格，这很难，但我不能说难，我说，不，我想考炮兵学院，将来当一名炮兵指挥官。拿破仑说，炮兵是战争之神。她笑道，当一个炮兵指挥官，不错！

你那首诗就两句？她问我。我说，哪首诗？

远方的风在远方呼唤

通向远方的路比远方更远

她吟诵道。

我感到有一股热风吹到我脸上，惭愧。我问，你怎么知道？她说，有一次，你送广播稿的时候，我在稿纸的背面发现了它。

我脸上火辣辣的，后悔自己不小心，犯低级错误，无意识地写上了那两句诗。她莫不是以为我故意卖弄？

我挺喜欢那两句诗的，她说，写得真好，那远方的风，其实是我们各自心中的梦，以风的形式存在于远方，你企图追上它。你去追逐，眼看就要追到，它却散了、淡了、远去了，然后，你只得接着去追逐。

她竟然与我有着相同的想法，认为我们都有一个梦，在远方，以风的形式存在。她的话，让我回到高考失利后，我离家出走的那个白天和夜晚，我爬上一座山，发现对面的那座山更高更远。

李春芽说，你若有空，把这首诗写完，我在广播里朗读，算你们连的稿件，也算文化队的来稿。她的声音很柔，带着江南细雨的湿润。她说，我该回去了。她说着往前走。

她的背影刻在我脑海时，我觉得有一股力量从我的两肋逸出，仿佛我突然之间就长出了两只翅膀，就要飞翔。事实上，那天晚上，我真的飞上了蓝天，当然，是在梦里，在那个远方的风里。我并不在乎一篇稿件，我在乎的是她说喜欢我写的诗。我在乎的是她让我写诗。

整个下午和晚上，我都在想着那首诗，可是，我没能将那首诗完成。诗，是浓缩的语言精华。我那两句诗，其实是对海子诗歌的模仿，只是我对海子的这首诗烂熟于心，使我的模仿并不刻意，是那天孙小亭教我唱歌，触发了我的灵感。

九月

海子

目击众神死亡的草原上野花一片
远在远方的风比远方更远
我的琴声呜咽　泪水全无

我把这远方的远归还草原

……

这天下午,我得到一个不好的消息:刘光明提干未果。尽管他瞒着我,我还是知道了,李小朋告诉我的。李小朋说,刘光明文化考试差八分,没过线。说好的集团军优秀四会教练员,两次三等功荣立者,加十分,但不知怎么,没给他加。我看到他时,他像霜打过的茄子,蔫儿巴了。我想安慰他两句。军营里有一家餐厅,我们到那里小坐,要一只板鸭,一人一瓶啤酒,是我们奢侈的享受。我请他到那里去,他说,你学习紧,等你接到军校录取通知书后我们再去。我难过,流下了眼泪。我说,是不是我那一枪影响了你的前途。刘光明说,你别想那么多,与那没关系。他说,你别为我担心,我这样挺好,我突然觉得,肩上的担子一下子卸掉了,脑袋里绷着的那根弦松弛下来,浑身轻快。年底,我终于可以回家种油菜了,大片大片的油菜花,又香又好看……

我佩服刘光明。如果是我,梦想破灭,我可能在自己的兵面前落泪,他没有。他失落的状态,只持续了一天。第二天,他像没事一样,带着大伙儿训练、喊口号,整个排的气势并未减弱。

一个人有渴望改变命运的愿望,而当这个愿望变得那么渺茫,遥不可及,甚至彻底破灭时,他便接受命运的安排,并依然无怨无悔地工作。这就是刘光明,一个军人,一个老兵。

收假,回到文化队,徐振说,你与李春芽在学习园地的背影真美。他一脸坏笑。我没理他。他说,我不谈恋爱,最后都是伤害。我说,我没有恋爱。

那天熄灯号响起,寂静再次降临。我躺在床上,很久难以入睡。我先是想刘光明,伤感了一阵,接着我想起李春芽,黑夜好像不是黑夜,仿佛整个世界亮开了，我在黑夜里，能看见远方的风，像春日的阳光，白亮白亮的。

二

时间过得快，5月槐花开，报考士官学校的，已经开始考军事和体能。他们考了两天，接着考文化课。文化课考完那天，马首立脸上出现了一丝忧郁。我以为他没考好，想安慰他。那天晚上，我喊他去小吃店，一起的还有李小朋。我们一人一瓶啤酒。怕警卫连的兵巡逻时发现，我们喝一口，就把酒瓶藏到桌子下。酒喝完了，再吃方便面和板鸭。我不胜酒力，啤酒下肚，人就放开了，话多起来。我问马首立考得咋样。他说，考得特别好，除了语文，别的可能都是满分，语文估计也就作文会扣一点儿分。我说，好啊，你应该高兴呀，怎么看你很失落。他说，因为考得好，我才想，我要是考军官学校，怕也能上。李小朋说，那就接着考军官学校。马首立说，不能，有规定，考士官学校，不能同时报考军官学校，再说，我档案里是初中文凭，我高中没毕业。

士官不是官。马首立苦笑道。

我说，士官干好了，也可以破格提干。走一步看一步，稳扎稳打。

他点头说，我会努力的，我不甘心。

我们走出小吃店。月色笼罩的夜寂静一片。马首立在道边，仰头，月亮离我们那么近，就在头顶。他向着朗月挥挥手，说，月亮，你听我说，我不甘心！我还得往前走，往远方走。我和李小朋附和着他，谈理想，论未来，谈论着诗和远方。我们在谈论这一切时，四周静静的，能听见换岗哨兵的脚步声，铿锵有力。

几天后，马首立走了，他去的是武汉军械士官学校。他向我要我家的地址，他说，我就要到你的家乡了，找个星期天，我去看你爸你妈。我犹豫了一下，并没给他地址，我不想他去我家。我说，等我回家探亲再找你吧。我家在大山沟里，你一个人很难找到。

马首立走了，我心里空荡荡的，像有什么东西被他带走了。

考上士官学校的战友走后，我们报考军官学校的学员，开始填写志愿。我报的是长沙炮兵学院，大专。我能报的几所院校，相对于锦州，长沙离得最远，我想往远了走。李春芽目标依旧——南京政治学院新闻系。徐振盯着南京陆军指挥学院，本科。江小白并没报表演专业，她说，她考艺术院校难度大，年龄也偏大，就算考上了，也不占优势。她报考大连军医专科学校。令我们颇感意外的是，江北竟然也报考这所学校。他成绩那么好，应该考军事指挥院校，考本科。显然，他是奔江小白去的。他能这么做，肯定不只是"兄妹情谊"，必定包含着别的情感。我有一种被骗的感觉。我望着他俩，沉默不语。

徐振看出我内心的不快，小声问我，你喜欢江小白？我说，不是。他说，那你为什么不高兴？我说，我没不高兴。我觉得他们欺骗了我们，他们好像不只是兄妹。徐振说，可是，这与我们有什么关系呢？

见我愁眉不展，他说，你是不是想李春芽了？我说，你别瞎说，我才不想她呢。我嘴上这么说，内心情感之弦，被他这句问话拨动，李春芽独自行走的背影，便在风中向我眼前走来，又在风中离我远去。

三

那天午饭后，马哲思找我，他说，你当过我的一回兵，我得关心你，有些事，我得告诉你。

别看你进了文化队，你自己应该清楚，能考上的没几个。我说，不都是凭实力考吗？他说，你们最后按总分录取，除了文化分，还有军事、体能得分，这些看得见，却摸不着，有伸缩性和隐蔽性。

他的话，像一块石头砸进我心里。

他拍拍我的肩说，多长个心眼儿，看旅里有没有你湖北老乡，攀上一个当官的。

攀谁呢？我一个列兵，哪有机会接触当官的，更别说湖北老乡。马哲思说，我跟你说的，你心里要有数，我是为你好。我跟你谈心，你不要告诉别人，特别不能告诉你们班长。他话音刚落，刘光明就出现在我们面前。我看出他不高兴，急忙往他身边去，把马哲思丢在一边。马哲思脸红了，冲刘光明尴尬一笑，匆忙离去。

这个马哲思，还老兵、班长哩，尽传递负能量。刘光明说，别听他的，只要你有真才实学，谁也挡不住你。

我仰头，挺起胸膛。有风吹过，我的心像风一样轻。

那天是星期天，我在文化队自习，李小朋来找我，他说他已请好假，去笔架山玩，想约我一起去。我才想起来锦州这么长时间，我都没去看过海。

那是我第一次看见海，海的辽阔震撼了我。那时正好落潮，通向笔架山的路现出来，我们踏上去，想走过去爬山，被人阻止，说我们来晚了，马上涨潮了，过不去。下午4点多还有一次落潮，下午可去。下午我们得赶回部队，超假了，要挨批评。我们便站在岸上看海。海是那么壮观。远处的帆船在阳光下，在薄雾里，像我某个遥远的梦。

海水落潮时，渔民在淤泥上捡了很多海鲜，有大虾、螃蟹。他们在海边叫卖，那虾活蹦乱跳的。卖虾人说，比市里要便宜一半。我想起刘光明，想起马哲思。我想，买两斤吧，买两斤回连队，让刘光明拿到炊事班，叫马哲思煮熟，我再买只烧鸡，买几瓶啤酒，我、刘光明、马哲思、李小朋,我们几个喝一杯。

虾用黑色塑料袋装着,到连队时,它们还在里面蹦跶。我把我的意思给刘光明说了,我说,晚饭后进行。刘光明说,现在我们不吃。不能喝酒,吃了也是白吃。等你考完了我们再吃,到时整两杯。我说,可是,我已买了,晚上我再到军营超市买只烧鸡。刘光明说,你们很快就要考专业,考军事。虽然我相信你没问题,可还得多做准备,做充分的准备。专业考试不是那么简单的,手一哆嗦,可能就从优秀滑落到不及格,不能大意。晚饭后你再过来,我告诉你送给谁。

《新闻联播》之后,天黑沉沉的。我提着那袋虾,跟在刘光明身后。虾还在塑料袋里动着,虽然没有刚带回时那么欢实,但都还活着。我们来到家属院。进到院里,刘光明告诉我三单元,一楼,进去左手。他说,喊他董参谋。

我有些害怕,我从没去过这些军官家。我说,班长,你这不是教我搞腐败吗?刘光明说,什么腐败,人,总得有点儿人情吧。他是军务参谋,管兵员,也懂训练,是军区四会教练员。他专业好,业务能力强,下一步,说是要调到作训科当科长。旅里的军事训练,专业考核,由作训科负责。快去吧,考学,你用得着他,有他罩着,你专业考核和体能考试,不会吃亏。

我硬着头皮往前去,刘光明在背后小声叮嘱我说,他们的门一般敲不开,多敲两次。

我敲了两次,没敲开,正准备走,门开了一条缝,我看到一道白亮的光,那是一个近乎赤裸的身体,一条白色浴巾围住他的腰部。

谁呀?他说,我以为是我儿子董浩回来了。

他紧了紧浴巾,问我,你谁呀?

我叫乔大宝,我说。海边的……大虾,新鲜的。我结结巴巴地说。

我说着，就从他腋下钻了进去，把虾往鞋柜边放，他伸手拦着。推搡之间，他的浴巾滑落。

好尴尬，我脸发烫，冒犯了人家，我恨不得抽自己一个耳光。我急忙跑出来。我后来想，那天他如果不是洗澡洗到半道儿，他一定会追出来，那大虾就送不出去了，也是机缘巧合。

刘光明在家属院外那个拱形门前等我。他问，东西给人家了？我说，给了。我不再说话。刘光明说，咋啦，人家不高兴？我说，不知道，好像也没不高兴，也没有太高兴，我没敢看他。刘光明说，行，送出去了就行，一点儿心意。

我没说碰落人家浴巾的事。刘光明问，你告诉他你叫啥了吗？我说，他问了，我说了。班长说，告诉人家哪个连的了吗？我说，没有。他问，说你是文化队的了吧？我说，没有。刘光明说，你没说你要考学？我说，没有。这才想起，我忘了关键的话。班长说，这扯不扯！然后，他说，算了，咋也不能再回去告诉人家。告诉他名字就行，他要想帮你，他能查到，全旅的兵员名单，都在他手里。

我眼前还晃动着他浴巾滑落时的身体，心怦怦直跳。我一直在想，这下完了，本想打点进步，倒把人得罪了，他不定多生气呢。我说，班长，以后你可别让我做这样的事。刘光明说，其实，我这方面也不行。

睡前，刘光明突然出现，塞过一个塑料饭盒，说是董参谋一定让把做好的虾给我品尝。我呆呆地站着，刘光明又说了什么，我一句也没听见。

周日午饭后，我回班里看刘光明，顺便拿些换洗的衣服。我到连队不久，董参谋来了。他的到来，轰动了整个连队，孙小亭忙着接待，并让李小朋去向营里汇报，以为他是来检查工作，董参谋拦住了他。董参谋说，我出来转转，不是工作，随便溜达。

他来到我们一班，我们全体起立。他竟然记住了我，并且知道我在文化队。他说，乔大宝，在文化队学得咋样？学习紧张吧？我敬礼，说，报告董参谋，学习还行，紧张，但能承受。他拎着个纸袋。他把纸袋递给我，我推辞，他说，是奶粉。他说，你们在文化队，学习辛苦，晚上熬夜学习时，冲一杯。我说，不用。他就把纸袋递给刘光明。他说，班长，这个任务交给你，大家喝。刘光明就笑着接了。

我想起那天推搡中，把他浴巾弄掉了的情景，很不好意思。但他好像已经忘记了这件事，平和地同刘光明说着话。

四

军事、体能考核前，我们先进行体检。身体合格，才能继续留在文化队。

我们体检都合格。

关于考试，我们既盼着它早点儿到来，也害怕它来到。然而，考试的时间到底来了。先是考军事和体能，第一项是步枪射击。那天天空晴朗，白亮的阳光照耀着射击场。这样的天，射击容易出成绩。我趴在我的射击位置，射击距离一百米，我选择标尺三，瞄准靶环下沿儿，蓝色半身像与靶纸边沿接触部。我屏住气，有意瞄准，无意击发。五发子弹，我打出四十七环，优秀，九十分以上。江北更高，打了四十八环。徐振四十九环。那次射击，没有满分。四十环到四十四环之间居多，成绩为良好。

李春芽和江小白考得咋样，我没好意思问。看她俩笑脸如花，应该在良好以上。

除了专业考试另择时间，军事体能按计划一天考完。轻武器射击之后，我们先跑五公里，按照时间安排，五公里在午饭前进行完毕，但有些项目超过了预计时间，五公里被挤到午饭后匆匆进行。5月中旬的天，午后的空气如火，加之刚吃过午餐，好多人跑不动。勉强跑下来，成绩都不理想。之后，我们跑百米。

听说跑五公里后还要跑百米，我们瘫软在地上不想起来。我看见董参谋同上级来的监考官交谈，之后，他向我们走来。他说，这次五公里成绩不算，下午回去好好休息，晚上七点重考，还在这体育场考。我告诉俱乐部主任，晚上把体育场的灯全部打开。

有人发牢骚，说还得再折腾一次。董参谋朝我们喊：叽叽喳喳干什么，痛快回去休息！

江北没有休息，他请假外出，说到锦州师范学院借跑鞋。

晚上6点半，我们集聚体育场。我们像专业运动员一样都很兴奋。那天，我穿着江北借来的有钉子的专业跑鞋，百米跑出了12秒64的个人最好成绩。此前我没跑出这个成绩，此后我也没有。这一项满分。

百米，几乎在瞬间就完成，然后，我们准备五公里跑。先跑百米是科学的，对五公里影响不大。女生考三公里跑，将在我们完成五公里之后进行。我正在做准备活动，可能是百米冲得太狠，腿有些抽筋，感到膝盖酸软。这时候，就听江小白说，江北加油！徐振加油！乔大宝加油！她说着，递给江北一块巧克力，也递给我一块。她说，现在吃正好。我心想，要是李春芽给我的该多好。江小白好像听见我的心里话，对我说，李春芽给你的。我转过脸去，见李春芽在她身后，露着一对虎牙，朝着我们笑。我把巧克力塞进嘴里，苦咖啡的味道逝去之后，心里涌起一阵甘甜，我周身力气回归。董参谋让俱乐部的高音喇叭播放动感音乐。我们和着节奏，越跑越有劲儿。

那块用金黄色锡纸包裹着的巧克力，此后多少天，一直在我眼前闪耀。我很想问江小白，那真的是李春芽给我的？我没敢问，我怕那是江小白的一个谎言。我不问，这样我就可以对自己说，是李春芽给我的巧克力，江小白说过。江小白说是，那就是。

那晚，我们的百米和五公里成绩特别好，与那天正午的成绩不在一个档次，我们这才知道董参谋的良苦用心。我后来听说，为了让我们有重考的机会，午餐时他向上级来的监考人员，连敬三杯白酒。他怕自己喝高了，晚饭后不能出现在我们考场，跑到卫生间用手抠嗓子，把酒都吐出来。有人传言说那个午后，他把自己弄得满眼是泪，最后那一口，吐出的不是酒，是血。

我心里一热。那一刻，我对董参谋既感激又羡慕。我渴望有一天，也能成为他那样的人，有能力帮助我手下需要帮助的兵。

一周后的炮兵指挥专业考核，我特别紧张，我的手颤抖得厉害。我几乎是孤军奋战。徐振考本科，江北、江小白考医学专科，都属于通用类，不考专业。李春芽考南京政治学院新闻系，发表文章即为她的专业评分，她发表新闻报道多篇，超过专业录取线。

我还没推计算盘，手中准备誊写答案的铅笔，在我手中晃成无数支。我听见背后有人说，别着急，别紧张，时间有，以精度为主。那么熟悉的声音，我侧过脸去看，是董参谋。他依然陪着上面来的监考人员。看见他，我心一下子踏实了，手也不颤抖。我沉着应战，直到监考官喊时间到，我才把答卷扣在作业板上，按要求，用夹子把答题纸夹在图板右上角。我那天发挥出色，精度全对，时间优秀，我这项考核成绩优秀，满分。

接着用方向盘给火炮赋予射向，此前计算盘作业考得好，我信心大增，操作方向盘时，沉着冷静，再获优秀。

五

离文化考试时间越来越近。

一个周末之夜,徐振对我说,咱们出去坐一坐。我问,去哪儿?他说,跟我走。

我们沿着公交车站前行五百米,来到一家小酒馆。江北和江小白早已坐在那里。我问,李春芽呢?徐振说,今晚喝酒,没找她,她爹是旅长,出点儿事,不好说。

菜上来。我们举杯,江小白喝了一小口,那脸就红扑扑的,更好看了。一口酒进肚,我的胃疼起来。我说,不喝了,决不喝白酒,换啤的。江北说,那怎么行,江小白都喝白的。徐振说,随便,江小白也可以喝汽水,我们第一次在一起喝酒,不拼酒,喝什么都行,但要尽兴。徐振说,今日议题,结拜兄弟,当然,还有姐妹。我年龄最大,我老大,江北老二,乔大宝老三,江小白为小妹。

李春芽呢?我又问了一句。徐振说,她是幺妹。

我喝了不少啤酒,但不尽兴,因为李春芽没来,我一直心神不宁。徐振说,乔大宝,你注意力集中点儿。我知道你想什么,但我已经给你解释过了,你还这样,就不够哥们儿了。我说,没有,我的注意力一直在这儿。

徐振说,不到一个月就考试了,咱们都努力,争取考上自己想去的大学。我就想去南京。南京,历朝历代,兵家重地。近代军史上,南京的位置更为重要,我要去南京,在那片被日本侵略者屠戮过的土地上,学习军事指挥,将来当军事指挥官。

徐振说,当然,这个目标很难,考分必须高。我说,你数理化那么好，都可以当我们教员了，担心什么？他说，我语文不好，一写作文就头痛。从今天起，到考试前一天，我们兄弟姐妹组成一个互帮小组，数理化，你们有不会的，问我，我保证耐心解答，乔大宝作文好，提前给我们每人写一篇。他说，前几年军校招生考试的作文我都看过，大都是记叙文，写军营二三事。乔大宝，给我写一篇，我背下来。

我说，我也没有那么多"二三事"呀，我只有自己的"二三事"。徐振说，这个不难，我们说，你写，等于是你帮我们写。

我问，这算不算作弊？

这怎么算作弊？我们又不是在考场抄你的，我们只是要一个范文，存在脑子里。我面露难色，他举杯敬我，说，兄弟，此时不帮，更待何时！

我说，行。徐振说，从今天起，我们就互帮互学，都要考上军校，一个都不能少。

我说，还有李春芽。徐振说，我就知道你忘不了她。考南京政治学院新闻系，需单独在军区以上级的报刊发表不少于两篇文章，然后文化分过线。李春芽在军报独立发表了五篇新闻稿，已在南京政治学院挂了号，虽然仍旧要考文化，实际上已提前录取。

李春芽提前录取的消息，让我欣喜，也让我感伤，似乎就要离别。

他们开始给我讲各自的二三事，江北的二三事平淡无味，无非是他作为机关公务员，至后来当公务班班长，首长们对他如何关心、体贴。徐振说，他到部队后，挨过班长一脚，但那一脚，像一只巨大的印，刻在他的屁股上。他说，班长是对的，我该揍。他接着讲他该挨揍的原因，故事平淡，他却被自己的讲述弄得眼圈红肿，差点儿哭了。

江小白说到她的二三事时，还没张嘴，眼泪就流下来了。她一张嘴，声音湿淋淋的。她说，算了，我不说了。她情绪几乎失控，无法面对我们。她低下头去,趴在桌子上,把脸埋在两只小臂间。江北用手轻轻拍着她的肩,告诉她不要这么伤心。她摇头,说不是伤心,是感动。

我们等着她讲,那一定很精彩,她却抬起头,说,不讲了,不讲了。有些事,不必讲出来,藏在心里更好。乔大宝,你随便写一篇给我,我参考一下就行。

徐振喝得有些高,拿江北和江小白的名字开玩笑,说真巧,两人以前不相识,名字却像亲兄妹。江北笑道,不瞒你们说,我以前叫江晓北,晓是东方拂晓的晓,北还是这个北。我最初名字叫江晓东,进入初中,发现叫晓东的太多了,仅我们班就有赵晓东、钱晓东,隔壁班还有个孙晓东。我觉得这名太普通,这么多人叫,便给自己改名叫江晓北,不跟他们一个方向,不久发现,带个晓字,也还是俗,干脆改名江北,洋气。

我们乐了,为他有江北这么洋气的名字干杯。

连续三个晚上,我在教室熬夜,写了三篇作文,把我身上发生的故事。马首立的故事,还有我们连队别人身上的故事,都移植到他们身上。我誊清,给他们三人。徐振很高兴,给了我一个拥抱。江小白挺感动,不是为我的作文感动,她说,我熬夜帮她写作文,她感动。她以为我只是酒桌上随便答应,不会兑现。江北扫了一眼我给他的作文,说,好!他将稿纸叠起来,放进上衣口袋,将扣子扣严实。他的这个动作,让我觉得,我的辛苦值得。

我们结为哥们儿,除了那晚喝酒,第二天还到 V 形山下,搞了个合影。这次李春芽也来了。这天我特别开心,不时拿眼瞅李春芽。

我其实很想帮李春芽写作文,想到她在军报发表那么多篇新闻稿,我自惭形秽。

东北节气照南方晚。5月,槐花才开,纯白如雪,香味儿随风而飘。

我们合影之后,各自散开,江北与江小白坐在石凳上,徐振去爬V形山,要登上山顶,问我,去不。我想离李春芽近一些,我说,不,我不去。有风从远处刮过来,我想起我的两句诗。

考前两天,文化队放假,让我们放松。我们旅争取到一个考点,这样,我们就不用奔波去集团军考场。考场就设在文化队,与我们平时学习环境相似,只是座位散开,两个班,占用四个教室。

在本单位考,我们的心理压力小很多,如同球赛,我们是主场。得到这个消息后,我们都很兴奋。队长说,这最后一两天,学不进去,还焦虑,你们干脆放下,找个地方散散心。几个人商量着去哪儿,我想起同李小朋一起去过笔架山,但那次没能上到山上,我想弥补那个遗憾。我说,去笔架山吧,看山也看海。

有人去过,但愿意再去一次。

李春芽被她爸管着,我以为那天她不会去,出乎意料,她去了。她看上去特别轻松,她说,多玩一会儿,不必急着回去广播,她的那个徒弟,能独当一面了。

原本想登上笔架山,我们去得晚,没能如愿。海水正涨潮,浪高且大。那条通向海的路,正在慢慢被淹没。

我们看到了惊心动魄的一幕:一个赶海的老人驾着马车,撤到那条路的中间,潮水涨上来,淹没了马腿膝盖以下的地方,马车轮子已有一半被淹没。老人跳下马车,站在海水里,狠力抽打马,马和马车很慢地移动着。眼看潮水水位越来越高,已到岸上的人,惊恐地望着老人,有人朝他喊,朝他挥手,让他撤离,让他放弃马和车。但老人不愿意,他放弃了马车,但他不愿放弃马,他仍然执着地驱赶着马,企图与马一起上岸。然而,那匹马受了惊吓,突然停止不走。水位不断上涨,马的肚腹已贴着海水。而他们,在笔架山到海岸之间,还有一半路程要走,马寸步不移。我们屏住呼吸,不敢眨眼,害怕眨眼间,老人和白马都会消失。就在这时,一叶冲锋舟像一支利箭,曳着白浪,冲向老人。两个穿着军装的人,在老人身边跳下冲锋舟,把老人抬拽上舟,疾驰而来,把老人送到岸上。

我们后来知道,救援者是我们集团军军部的兵,海边驻扎着我们军的一个通信排。我感到骄傲,同时伤心那匹马。老人上岸后,它就淹没在海水里,再也找不到踪迹。老人在岸上失声痛哭。

我的马,我的马……

那是一匹好看的白马。

我们不忍心。李春芽从口袋里掏出一百块钱,问我,谁还有钱?江北给了五十,我给了三十,江小白翻了两个口袋,凑了八十块,徐振拿出一百。李春芽把这些钱叠在一起,走过去,递给老人。老人不接,她硬塞到他手中。她回到我们身边,说,我们走吧。我们走在回营的路上,谁也没有说话,听着脚步踏在沙子路上的声音。我知道,谁都在想着那匹马。

我们后来再没有张罗去笔架山,登上笔架山,是我一个未了的愿望,当然,比之考军校,这个愿望很小,可以忽略不计。

从笔架山回来的那个黄昏,我接到父亲写来的信,歪歪斜斜的数十个字。父亲在信里问我复习得怎样,考军校有多大的把握。父亲说,多少双眼睛盯着你。我知道父亲说的眼睛,指他,还有我的亲戚、乡邻,他们都盼着那张鲜红的军校录取通知书。我没有给父亲回信,我说我准备好了吧,不现实,这样的话不能轻易说;我说没准备好,怕他伤心。我想等拿到通知书再告诉他,很多时候,我们的行动,需要结果来证明,很少有人在乎过程。

六

我们走进考场。每个考场三人监考,都是中校、上校级别。头刚抬,他们的眼睛就像探照灯,好像我要作弊。我再也不敢抬眼看他们,静下来,慢慢地答题。

先是考语文,作文是议论文,"我的二三事"白准备了。江北和江小白在另一个考场。语文交卷后,我急忙往营部跑,不敢面对徐振,不敢面对江北和江小白,好像我欺骗了他们。江北喊住我。我说,不好意思,我没帮上忙。江北说,别这么说,让你白辛苦,不好意思的是我们。

下午考英语,基础题还行,阅读理解,脑子一片蒙,好像都对,又好像都不对。走出考场,徐振想跟我对答案,我找话题岔开,既然考了,就让它成为过去,不让它影响我的下一科。

数学是在第二天上午考的,会的不少,不会的也有,最后一道大题我完全不会,这在我意料之中。我读高中时,理科的最后一道大题,从来不会。我感到我考出了我的真实水平,不是太糟糕。

考前半个月,全旅作战营连赴野外驻训。考试完毕,驻训还未结束。文化队的学员大都留守营房,等候通知书。我没留守,申请到野外驻训。我不敢面对,我怕万一等不来通知书。我跟随旅里的运输车来到野外。我们连的帐篷,在翠岩山下的坡地。连队已按战斗编制投入训练,我成为编外人员,还在一班。

拿到军校录取通知书那天,刘光明走进帐篷,从他的行李包里翻出一样东西,塞到我手里。我一看,正是我那个实习采访证。刘光明说,到了军校,正好发挥你的专长。我说,班长,你不是给我撕了吗?班长笑道，优秀的射手，手比眼快！

刘光明说，下午全营各炮要合练，我就不送你了，到军校后，给我写信。

一股情感的激流在我胸腔翻滚。刘光明低头给我打背包。他边打背包边说，你军校毕业后，还回咱们部队吧？我没有回答。或许我想走得更远，比如大漠边关，比如海岛。刘光明说，我年底就走了。回老家种油菜。我说，也许还有希望。他说，不会有了。他说着，声音就有些哑。我看到他的眼泪雨点似的，滴在他忙碌的手背上，滴在我那草绿色的军被上。一直噙在我眼里的泪，终于奔涌而出。

我再也没吱声，嗓子被一种浓浓的酸涩弥漫，只怕一张嘴就会哽咽，露出一个军营男子汉的脆弱。

荒山野岭，我请刘光明吃板鸭、喝啤酒的愿望没能实现，这成了我永远的遗憾。

李小朋请了假，他执意送我。我说，你不用送了。他语气坚定地说，要送，哥哥远行，弟弟哪能不送。他的语气，让我想起电影里的那些梁山好汉，我差点儿笑了，接着又想哭。

回到营院，得知徐振、李春芽、江北、江小白，我们几个都如愿考上了想去的军校。我想去找李春芽，想向她告别。然而，我不敢。我对李小朋说，你陪我去吧。他笑了，露出好看白净的牙齿。他说，我可不去当电灯泡。我说，你不要瞎说，不是你想象的那样。他说，逗哥哥开心哩。你自己去吧，你都是军官了。我说，一只脚都没迈进军官学校的大门，什么军官！

我坚持让他陪我。在俱乐部播音室，我见到了李春芽，她在那里收拾东西，她的徒弟，她带的那个小女兵在帮她。李春芽那天很开心。我很想对她说点儿什么，但我什么也没说。她递给我一个日记本，我小心翼翼地翻开，生怕抖落什么。一行字扑入我眼里：

"祝你成为诗人！"

我眼睛一热，差点儿落下泪来。我急忙离开播音室。

江北与江小白到锦州港坐船去报到。锦州港是货港，客船少，他们硬是搞到了两张船票。想想他俩坐船，在海上漂游，直奔大连，真是浪漫。

我问徐振去南京是否同李春芽一起走，他说，不，首长家的"公主"麻烦多。我说，你怎么这么说咱们同学。他笑道，开玩笑，莫当真。你知道的，我喜欢独来独往。

李小朋送我去车站。我们往外走时，在门卫室，董参谋朝我挥手，说，你等一下。他现在是作训科科长。他把我叫到一边，拍拍我的肩，说，乔大宝，祝贺你，到军校好好干。我点头。他说，旅长让我告诉你，在军校别说你爸当过兵。我的脸热辣辣的。我问，他咋知道？他说，档案上写着哩，你爸是农民，没有当兵历史。

他把我往外一推，说，去吧，我不送你了。我想起那次给他送海虾，就是在这么推搡中，他的浴巾滑落。我的脸再次发热，都不好意思看他。他说，军校毕业，还回我们部队。我鸡啄米似的点着头说，嗯，一定！

李小朋买了站台票，一直把我送上车。他看着我坐下。我把窗户打开。他落了泪。他说，要是李春芽能来送你该多好。我说，不说这些。我心里涌起一阵悲凉。我总是自惭形秽。我想李春芽，可不知为什么就想离她远一些，远到只能在梦里相见。我耳畔响起她的声音，是她吟诵我的那两句诗：

远方的风在远方呼唤

通向远方的路比远方更远

曾剑

1972年出生，1990年3月入伍，湖北红安人。

鲁迅文学院与北京师范大学联办现当代文学创作方向研究生，文学硕士。中国作家协会会员、原沈阳军区创作室创作员、辽宁省作家协会全委委员。

曾获方志敏文学奖、全军军事题材中短篇小说评奖一等奖、中国人民解放军优秀文艺作品奖、辽宁文学奖等。

代表作品

长篇小说

《向阳生长》

《枪炮与玫瑰》

中篇小说

《玉龙湖》

《比远方更远》

短篇小说

《穿军装的牧马人》

《哨兵北舞》

中短篇小说集

《玉龙湖》

《冰排上的哨所》

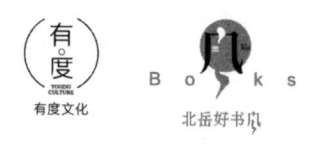

比远方更远

出品人	郭文礼	选题策划	范 戈	责任编辑	范 戈
复 审	马 峻	终 审	古卫红	装帧设计	张永文
印装监制	郭 勇	项目运营	有度文化·刘文飞工作室		

投稿邮箱 | liuwenfei0223@163.com

微 博 | http://weibo.com/liuwenfei0223　　微信公众号 | YOUDU_CULTURE

50 GREAT SHORT STORIES
伟大的短篇小说们

考点手册

第一部分
中学阶段需掌握的短篇小说文化常识

一、小说的定义

一种以刻画人物形象为中心,通过完整的故事情节和环境描写来反映社会生活的文学体裁。

小说与诗歌、散文、戏剧并称"四大文学体裁"。

二、小说的分类

按照篇幅及容量可分为长篇小说、中篇小说、短篇小说和微型小说。

按照体制可分为章回体小说、日记体小说、书信体小说、自传体小说。

按照语言形式可分为文言小说和白话小说。

三、短篇小说

平均篇幅在一万字左右的小说,往往被划归为短篇小说。

其特点是篇幅短小、情节精简、结构精巧。短篇小说往往选取和描绘富有典型意义的生活片段，着力刻画主要人物的性格特征，反映生活的某一侧面。

莫泊桑、欧·亨利、契诃夫是有代表性的短篇小说作家，他们的作品对世界文学产生了深远的影响，其作品内容多是揭露19世纪末资本主义的黑暗与腐朽，有很强的个人风格。鲁迅是中国短篇小说的代表作家，《狂人日记》就是鲁迅创作的第一篇短篇白话文日记体小说，也是中国第一部现代白话小说。

四、重要作者简介

列夫·尼古拉耶维奇·托尔斯泰（1828—1910）：

俄国批判现实主义作家、政治思想家、哲学家，代表作有长篇小说《战争与和平》《安娜·卡列尼娜》《复活》等。

托尔斯泰的作品中有着乌托邦思想，主要表现为反抗暴力与奴役、反对土地私有制等，擅长刻画微观世界，善于塑造人物性格。他的著作具有极高的文化价值，对俄国文学、哲学和文化发展产生了深远的影响。同时，他深沉的思想和人生哲学也成为在全世界广为探讨和研究的对象。

马克·吐温（1835—1910）：

美国作家、演说家，"马克·吐温"是他的笔名。代表作品有长篇小说《百万英镑》《哈克贝利·费恩历险记》《汤姆·索亚历险记》等，短篇小说《竞选州长》《牛肉销售协议风波》。

马克·吐温是美国批判现实主义文学的奠基人，他一生写了大量作品，体裁涉及小说、剧本、散文、诗歌等各方面。从内容上看，他的作品批判社会不合理现象和人性的丑恶之处，表达了其强烈的正义感和对普通人民的关心；从风格上看，他擅长以辛辣讽刺的语言反映主题，夸张、幽默和讽刺是他的写作特点。

居伊·德·莫泊桑（1850—1893）：

19世纪下半期法国杰出的批判现实主义作家，在短篇小说创作方面艺术成就尤为突出，有"世界短篇小说巨匠"之称。

莫泊桑的中短篇小说描绘了各色各样的生活场景，刻画了各个社会阶层各种职业的人物形象，从不同的角度和侧面反映了19世纪末法国社会生活的状况。《羊脂球》是他的成名作，其他作品有长篇小说《一生》《漂亮朋友》，中短篇小说《项链》《我的叔叔于勒》《两个朋友》等。

安东·巴甫洛维奇·契诃夫（1860—1904）：

俄国作家、剧作家。俄国19世纪末期最后一位批判现实主义作家，20世纪世界现代戏剧的奠基人之一，与法国作家莫泊桑和美国作家欧·亨利并称为"世界三大短篇小说家"。代表作有《变色龙》《小官员之死》《外科手术》等。

契诃夫往往以普通人的日常生活为题材，凭借巧妙的艺术手法对生活和人物的心理进行真实而又细致的描绘和概括，从中展示出重要的社会内容。他的小说有强烈的抒情意味，抒发作者对现实生活里丑恶一面的厌恶以及对美好未来的憧憬。

欧·亨利（1862—1910）：

美国杰出的小说家、美国现代短篇小说创始人，其主要作品有《麦琪的礼物》《带家具出租的房间》《最后一片叶子》《二十年后》等。

欧·亨利小说的结尾独具特色，"欧·亨利式结尾"是他最具创造性的贡献，也使他在美国和世界文学史上享有盛名。他善于戏剧性地设计情节，埋下伏笔，做好铺垫，勾勒矛盾，最后在结尾处安排一个出人意料的结局，使读者感到豁然开朗，既在意料之外，又在情理之中，不禁拍案称奇。他的小说的结局常常出人意料，又因描写了众多的人物，富有生活情趣，被誉为"美国生活的幽默百科全书"。

斯蒂芬·茨威格（1881—1942）：

奥地利著名作家、评论家。作品擅长刻画奇特命运下个人的遭遇，以及人物内心活动的描摹。曾获得诺贝尔文学奖，被公认为世界上最杰出的传记作家之一。代表作有《一个陌生女人的来信》《里昂的婚礼》等。

欧内斯特·米勒尔·海明威（1899—1961）：

美国作家、记者，曾获得诺贝尔文学奖，被认为是20世纪最著名的小说家之一。代表作有《老人与海》《太阳照常升起》《三天大风》等。

海明威的小说语言风格朴实、直观，常用含蓄的语言表达复杂的情感。海明威的小说对话是展示，而不是讲述，对话常常句子简短，结构简单，没有华丽的辞藻，形成了"风格化了的口语"特点。内容上热衷于描写硬汉的野性与英勇。

第二部分
小说阅读题型与答题技巧

考点一：写作技巧

常见题型一：分析小说标题的含义和作用

一、标题的作用

（一）表明写作对象；（二）体现主要内容；（三）贯穿全文线索；（四）揭示情感主旨；（五）引起读者兴趣。

二、答题思路

（一）标题表面意思解释：字面含义、体现主要内容、交代写作主体或对象；（二）标题深层含义分析：对应正文某个线索，暗含作者的某种深层情感；（三）分析标题的表达效果：引起读者阅读兴趣。

三、例题

短篇小说《变色龙》,作者以"变色龙"作为小说题目的用意是什么?请谈谈你的理解。

答案解析:变色龙本是体色能变化的爬行动物,是蜥蜴的一种。小说借变色龙颜色多变的特征,来讽刺善变、狡猾、趋炎附势的人,十分形象、醒目,暗示了小说的主旨,同时引起读者的好奇。

常见题型二:表现手法的作用

一、表现手法相关知识

(一)表达方式:记叙、描写、说明、议论、抒情。

(二)结构方式:前后照应、制造悬念、伏笔、总领/结全文、点题等。

(三)表现手法:

伏笔	特点	①伏笔是"隐性"的,埋下的伏笔通常比较隐蔽,一般是"细节",巧妙的伏笔在没有看到"应笔"之前,貌似"闲笔";②伏笔通常只是一两笔,点到即止。
	作用	交代含蓄,使文章内容前后照应,情节严丝合缝。
铺垫	特点	铺垫是"显性"的。铺垫对起陪衬作用的部分往往大肆渲染,以引起读者注意。
	作用	制造悬念,使情节具有合理性。

续表

前后照应	特点	开头和结尾在内容上有着极其密切的关系,对同一情况做出解释、说明、交代。
	作用	使文章浑然一体,情节完整、结构严谨、中心突出。
象征	特点	把抽象的思想感情用某一特定的具体事物来表现。
	作用	把特定的意义寄托在所描写的事物上,增强了文章的表现力。
衬托	特点	为了突出主要事物,用类似的或相反、有差别的事物做陪衬。这种"烘云托月"的表现手法就是衬托。用类似的事物做陪衬叫正衬,用相反的、有差别的事物做陪衬叫反衬。
	作用	突出表现主要人物或事物的性格或特点等,增强文章的表现力。
烘托/渲染	特点	用衬托或夸张的艺术手法使事物形象鲜明。
	作用	浓墨重彩,营造氛围;情景相生,深化主题。
对比	特点	对比分为横向对比和纵向对比两种形式。横向对比,就是将同一时间点的几个不同的人、事、物进行对比。纵向对比,就是将一个(类)人、事、物在不同时间点所呈现出来的物象、特征、行为等进行对比。
	作用	运用对比,把……和……巧妙地呈现在读者眼前,让读者很自然地从对比中感受到……的变化(或说优劣好坏),从而鲜明地表现或突出事物的特点,更好地表现文章的主题。
欲扬先抑	特点	先贬抑,再大力颂扬所描写的对象,使上下文形成对比。
	作用	突出重点,行文跌宕,曲折含蓄,达到出人意料的效果。
欲抑先扬	特点	指对本要批评指责的对象,却在开头以赞美颂扬的语气来写。
	作用	使情节多变、波澜起伏,形成鲜明的对比,使读者在阅读过程中产生恍然大悟的感觉,给读者留下深刻的印象。

续表

以小见大	特点	用贴近生活的人物或故事和翔实生动的语言描写使文章意义深刻,更加打动人心。
	作用	由平凡细微的事情反映重大的主题,突出表现中心思想,更有震撼力。

(四)叙事顺序:

叙述顺序	特点	作用
倒叙	①先写眼前,再回想以往; ②把当前情况与过去情况相比较; ③先写结局,再记缘由。	①开篇点题; ②制造悬念,激发读者阅读兴趣,使读者对故事情节和人物形象留下深刻的印象; ③引出下文; ④使结构更加紧凑。
插叙	叙事时,插入相关的另一件事。	①交代了……内容; ②解释了……原因; ③推动情节发展,为下文做铺垫或埋伏笔; ④对主要情节起补充、衬托作用; ⑤突出人物性格(形象); ⑥突显文章主题。
顺叙	按事情发展的先后顺序叙写。	①叙事有头有尾,调理情绪; ②使文章层次井然有序,脉络分明。

二、答题思路

文章中某语句或段落 + 运用了怎样的表现手法 + 表达了什么情感 + 达到了怎样的效果或作用。

常见题型三：小说开头的作用

一、常见的开头形式及作用

（一）设疑法：1.引起读者的思考；2.引出下文情节；3.突出人物形象；4.揭示小说主题。

（二）写景法：1.暗示人物心情；2.奠定某种氛围，为下文做铺垫；3.揭示小说主题。

二、答题思路

开头内容分析（设置悬念/描写何景物）+ 结合内容分析有何作用 + 达到了什么效果。

三、例题

请分析《本杰明·巴顿奇事》开头段落的作用。

早在1860年，小孩在家里出生还是挺正常的一件事。据闻，如今那些伟如神祇的医学界高层已颁布法令：新生儿的第一声啼哭应该响彻在弥漫着麻醉剂气味的医院里——而且最好是一家时髦的医院。是以，1860年夏天某日，年轻的罗杰·巴顿先生及其夫人做出了让他们第一个孩子生在医院的决定——这一决定整整走在了时代的前列五十年——至于这一桩并不甚合时宜的事件是否跟我接下来要讲述的这段令人惊诧的历史有关，则将永远是个谜了。

那我来说说都发生了什么，由你自己来做判断吧。

答案解析：这段开头介绍了故事发生的背景，设置了悬念，引发读者的阅读兴趣；在结构上，统领全文，引出下文的情节；在内容上，交代了本杰明·巴顿从出生就开始的离奇一生，突出人物形象。

常见题型四：小说结尾的作用

一、结尾的类型与分析思路

出人意料型	①从结构安排上看：使得平淡的故事情节生出波澜，撞击读者的心灵，震撼人心； ②从表现手法上看：与前文伏笔相照应，使人觉得在情理之中。
伤感悲剧型	①深化主题；②塑造人物性格；③令人感动回味，引发思考。
喜悦团圆型	①从表达效果看：留下想象空间，耐人寻味； ②从阅读体验看：给读者希望、喜悦之感； ③从主题看：反映人们追求幸福和美好生活的愿望。
戛然而止型	①留白：留下想象空间，艺术再创造； ②引发思考/回味：言有尽而意无穷，令人深思回味。

二、例题

请分析《麦琪的礼物》故事结尾的作用。

答案解析：《麦琪的礼物》结尾出人意料，两位主人公为彼此牺牲了自己宝贵的东西。从结构上看，这个结尾使原本平淡的故事生出波澜，有一种令人震撼的效果；从表现手法上看，结尾照应了前文对主人公头发和手表的伏笔，使人觉得在情理之中；同时，结尾衬托出主人公对彼此爱的表达，引发读者的思考。

常见题型五：某个特定段落的作用

一、各段落的作用

（一）**开头段落**：1. 统领全文；2. 引起下文；3. 渲染氛围。

（二）**中间段落**：1. 承上启下；2. 对比反衬；3. 伏笔铺垫。

（三）**结尾段落**：1. 首尾呼应；2. 总结全文；3. 深化主题。

二、答题思路

段落结构分析 + 表现手法 + 内容解释 + 表达了何种感情 + 达到何种作用 / 效果。

考点二：情节

常见题型一：概括主要情节

一、小说的结构方式及效果

（一）**基本模式**：开端—发展—高潮—结局。

开端：是小说所反映的矛盾冲突的开始，往往能够看出作者的褒贬倾向。

发展：是小说主要矛盾冲突从发生到激化的演变过程。

高潮：是决定矛盾各方面的命运或者主要矛盾即将解决的关键时刻，是矛盾冲突发展到顶点，人物思想斗争最紧张、最激烈、最尖锐的阶段，也是最能表现人物思想品格的部分。

结局：矛盾得到解决，人物的发展已经完成，故事有了最后的结果，主题思想得到充分展示，是情节发展的必然结果，往往是议论抒情句段。

（二）**摇摆式**：通常所说的"一波三折"。情节的摇摆往往赋予小说更为摄人心魂的魅力。

（三）**出乎意料又在情理之中式**：俗称欧·亨利式笔法。在结尾处出人意料地揭示真相，而这个真相通常都回扣前面的情节，一切又都在情理之中，从而增加小说情节的生动性。

二、答题思路

什么人 + 在什么时候 + 什么地点 + 做了什么事 + 引起了什么结果。

三、例题

（一）概括小说《项链》的主要情节。

答案解析：故事讲述了小职员的妻子卢瓦泽尔太太，为了参加晚会向贵妇朋友借了一条项链；后来这条项链不慎丢失，卢瓦泽尔太太为了赔给朋友一模一样的项链，背上了巨额债务，就此开始了艰辛的生活，葬送了十年的青春；最后，当她还清欠款后，偶遇那位贵妇人时，妇人却告诉她那条项链其实是假的。

（二）概括《小官员之死》的主要情节。

答案解析：故事讲述的是一个小官员在剧场看戏时不小心打了一个喷嚏，怀疑自己冒犯了前排看戏的将军，于是就一而再再而三地向将军道歉，最后惹恼将军，被呵斥而吓死。

常见题型二：分析情节的作用

一、情节的作用

（一）交代人物活动的环境；

（二）设置悬念，引起读者阅读兴趣；

（三）侧面烘托，为后面的情节发展做铺垫或埋下伏笔；

（四）照应前文；

（五）线索或推动情节发展；

（六）刻画人物性格；

（七）表现主旨或深化主题。

二、答题思路

情节的内容＋有何作用。

常见题型三：赏析情节的手法

一、情节赏析相关知识

（一）叙事人称及作用：

1. 第一人称"我"：

（1）使文章更具有真实性；（2）叙述亲切自然；（3）便于作者直接表达自己的思想感情。

2. 第二人称"你"：

（1）增加亲切感，拉近与读者的距离；（2）有利于交流思想情感，便于抒情。

3. 第三人称"他"：

（1）直接、客观地展现生活；（2）不受时间和空间的限制，形式比较灵活自由。

（二）叙事方式：顺序、倒叙、插叙等（详见考点一）。

（三）修辞手法：比喻、夸张、拟人、对偶、排比、反复、借代、设问、反问等。

（四）描写方式：

依据	方法类别		特点	作用
描写对象	人物描写	外貌描写	描述人的身材、容貌、衣着、打扮及仪态等。	以形传神，突出人物性格，揭示人物身份、社会地位等。
		心理描写	对处在一定环境下的人物内心活动的意向、愿望、思想斗争等的描绘。	揭示人物的内心世界，表现人物丰富而复杂的感情。
		语言描写	对人物的独白、对话或几个人物谈话内容的具体描写。	言为心声，表现人物的性格特点，使人物形象变得丰满、鲜活，推动情节发展。
		动作描写	又称行为描写，是指通过肢体语言表现人物自身的行为。	展示人物的性格特征和精神面貌。
	场面描写		在场面描写中，人物可以是一个，也可以是多个，也可以是一件事物，但是要以人物描写为主，场面描写为辅，场面描写要为表现人物服务，为突出中心服务。	①塑造人物，表现主题；②渲染气氛，烘托事物；③明示，暗点主题。
描写角度	正面描写（或直接描写）		直接描写人或物本身呈现的特征。	个人直接、真实、具体的感觉。

续表

依据	方法类别	特点	作用
	侧面描写（或间接描写）	是在对其他人物、事物的描绘、渲染中,烘托主要描写的对象,从而获得独特艺术效果的方法。	①使人物或事件更加突出;②使主题更加深刻、含蓄。

二、答题思路

该情节运用的技巧 + 描写的内容 + 对主题 / 人物塑造 / 情感抒发 / 结构布局等方面的作用或效果。

三、例题

在《最后一课》这篇文章中,哈墨尔先生准备了新的字模给学生习字,字模上写着"法兰西"和"阿尔萨斯",这是什么描写？有什么作用？

答案解析：这是细节描写,哈墨尔先生把"法兰西"和"阿尔萨斯"做成字模给学生们练习,烘托出教室里的爱国氛围,也写出了哈墨尔先生对祖国的热爱和依恋之情。

考点三：环境

小说环境描写的基本知识

分类	定义	作用
自然环境	故事情节发生发展的具体场所，如时间、地点、气候、景色、场面等。	①点明故事发生的时间、节令和地点；②交代人物活动背景，烘托人物性格、心理；③渲染气氛，奠定基调；④为刻画人物做铺垫；⑤推动故事情节发展；⑥暗示或象征社会环境，深化主题。
社会环境	包括社会政治制度、经济生活、民情风俗、地域文化、人际关系等，往往对人物性格和命运轨迹起决定作用。	①交代故事发生的时代背景，揭示各种复杂的社会关系；②渲染故事气氛，增加故事的真实性；③烘托人物形象，表现人物的身份、地位、性格等；④暗示人物的前途命运；⑤推动情节发展；⑥深化作品主题。

常见题型一：自然环境的表达特色

一、答题思路

（一）分析自然环境的画面：观察角度变化（远近、高低、俯仰）、内心感受、动静、虚实、典型意向或场景；

（二）分析画面的氛围：描绘/渲染了……的画面/氛围；

（三）表达效果：用了何种修辞手法、表现手法等；

（四）作者情感：表达了作者何种思想感情。

二、例题

赏析《两个朋友》中环境描写的表达特色。

> 秋天，暮晚时分，夕阳将天空映得通红，几缕绯云倒映在河水里，也染红了整条河。地平线像在熊熊燃烧，叶子已然枯黄的树木，预感到寒冬将至，在簌簌颤动中也披上了金装。两个朋友笼罩在火热的红光中，索瓦日先生看了看莫里梭，露出微笑："多美的风景啊！"心里一样美滋滋的莫里梭，两眼紧盯浮标，赞同道："这可比在环城大街强多了，嗯？"

答案解析：这段话描写了两个朋友秋天钓鱼时的自然环境，先写了远处的夕阳和河水，再写了近处枯黄的叶子，远近结合，渲染了两个朋友钓鱼时宁静平和的氛围，也和下文战争时的紧张气氛形成强烈的反差。

常见题型二：自然环境/社会环境的作用

一、答题思路

概括环境描写的内容 + 明确环境描写的作用。

二、例题

分析契诃夫《变色龙》这段环境描写的作用。

　　四周寂寥无声……广场空无一人……那些店铺和酒馆敞开的门洞，阴郁地盯着上帝创造的这个世间，又好似一张张饥饿的大嘴，旁边连乞丐也难觅踪影。

答案解析： 这段环境描写呈现了故事发生的社会环境，真实地再现出沙皇统治的社会的一片萧条败落的景象，反映出19世纪80年代俄国社会阴森可怖的黑暗面貌。同时，暗示了在沙皇的压迫统治下，小人物察言观色、趋炎附势的特点，照应了主题"变色龙"。

考点四：人物

常见题型一：概括人物形象

答题思路

明确身份（是一位……）+ 概括性格特点（朴实、善良……）+ 概括人物品格（幽默、坚毅、正直……）+ 分析具体表现和效果。

常见题型二：次要人物在小说中的作用

一、次要人物的作用

衬托主要人物（对比、反衬等）；推动情节发展；作为贯穿全文的线索；承担着深化主旨的作用。

二、答题思路

概括次要人物形象 + 对主要人物的作用 + 对情节、结构和主旨的作用。

常见题型三：事物和动物形象分析

答题思路

筛选、概括事物相关情节 + 分析事物情节与人物性格、环境、主题的作用。

人物考点相关例题：

《小官员之死》中，切尔维亚科夫因为一个喷嚏死了，你觉得可信吗？试结合人物性格进行简要分析。

答案解析：小说将机关官员切尔维亚科夫塑造成一个唯唯诺诺、卑躬屈膝的小人物。他因为一个喷嚏而不断道歉，遭到了将军的训斥而被吓死，这是用夸张的手法，讽刺了沙皇压迫统治下扭曲的人性和病态的社会。

考点五：主题

常见题型一：概括文章主题

一、概括主题的方法

（一）从作者背景看：作者所处的时代背景会给文章主题提供引导；

（二）从人物特征看：小说中人物的特殊身份、职业、社会背景或是生理特征等对展现主题有作用；

（三）从情节发展看：情节发展的波澜、正反起伏等；

（四）从语言情感色彩看：作者进行某些叙述或评价时体现不同的感情色彩；

（五）从整体倾向看：是赞扬还是否定，是同情还是痛恨，是钦佩还是鄙视，等等。

二、答题思路

小说通过描绘什么情节（概括）+ 暗示了什么信息或含义 + 刻画了怎样的形象 + 抒发或表达了什么观点或感情。

常见题型二：谈谈对某句话的理解或看法

一、谈理解或看法题常用的切入角度

（一）以小说主要人物的性格特点、道德风貌、品格等揭示人性真善美或假丑恶；

（二）用故事的形式针砭时弊；

（三）通过寓言，寄寓人生哲理；

（四）虚构生活经历，反映人物生存状态和心理状态。

二、答题思路

结合人物形象、人物身份、前后照应、文章主题等，抓住一个切入角度展开论述。

常见题型三：文章让你明白了什么道理 / 有什么启迪 / 体会

答题角度

（一）**关于人性**：展现人物与人为善、无私奉献、知恩图报、质朴真诚等精神品质，也可能会出现对人性的批判，比如讽刺了人性的自私、虚伪、贪婪等；

（二）**关于人生哲理**：通过人物和故事情节，反映出作者对生活的某种观点或思考；

（三）关于情感、文化、社会问题等的讨论。

主题考点相关例题：

请概括小说《麦琪的礼物》的中心思想。

答案解析：小说的两位主人公为了给彼此最好的礼物，而牺牲了自己宝贵的东西，以此展现了下层人民疾苦生活中的美好真情，尖锐讽刺了金钱至上的资本主义社会，同时也赞颂了相互关爱、乐于奉献等人性中美好的一面。

考点六：语言

常见题型一：某一句/词语在文中如何理解

答题角度

（一）抓关键词：找到句子中的核心词或句子主干，结合主题进行分析；

（二）抓语句位置：结合上下语境进行理解，特别注意总领、总结、过渡性语句；

（三）抓表达手法：分析修辞手法、表达方式、描写角度等。

常见题型二：语言特色赏析

一、语言赏析基本知识

（一）语言特点

1. 用词之美

（1）炼字：①准确、简练、深刻；②含蓄、直白、突出；③生动、形象、传神；④充满动感、充满想象等。

（2）叠词：①增强语言的生动性、形象性，使语言具有绘画美；②韵律铿锵悦耳，使语言富有音乐美；③叠字可以组成整齐的句式，使语言具有建筑美；④叠字能使意思强化，起到强调作用；⑤叠字能使上下文联系紧密，使文章有一气呵成之感。

（3）反复：突出某种思想，强调某种情感，具有强烈的抒情性和感染力。

2. 句式之美

（1）长句短句结合：行文错落有致，生动活泼，富于变化。

（2）整散句式结合：句式参差，错落有致，节奏顿挫，音韵和谐。

3. 修辞之美

如比喻句、排比句、拟人句、对偶句、反问句等。修辞方式是指修饰文字词句，运用各种方法，使语言表达得准确、鲜明而生动有力，情感真挚、强烈而又引人入胜。

4. 描写之美

如白描，细描，动静结合（以动衬静），视、嗅、听结合，对比衬托，铺陈渲染，等等，使描写细致生动，形象鲜明。

（二）语言风格的类型

幽默风趣、典雅庄重、含蓄凝练、豪放、婉约、华丽、庄重典雅、简洁细腻等。

（三）语言特点达到的效果

1. 描写得如见其人，如听其言，令读者仿佛亲临其境；

2. 人物语言个性化，性格特点鲜明；

3. 叙述语言十分简洁、传神。

二、答题思路

语言特点＋语言风格＋效果。

语言风格考点相关例题：

请分析《牛肉销售协议风波》中的这段文字语言有何特色。

  关于大宗牛肉销售协议一事，我所知道的就是这些。此事曾造成很大的社会舆论。从我手里接去那份协议的办事员也一命归天。后来协议落入谁的手中，我一概不知。我只知道，假如一个人能长命百岁，他若想调查一件事，不妨去找华盛顿的推诿公署，在那儿耗上几天，历经几番周折和拖延，才能查出本该在头一天就能查出的事——但前提条件是，推诿公署也能像大型私营商业组织一样，将办事流程安排得方便灵活，有条不紊。

答案解析：这段文字展现了作者马克·吐温诙谐幽默、充满讽刺的语言风格。尤其是最后一句"假如一个人能长命百岁……才能查出本该在头一天就能查出的事……"运用夸张、假设等方式,反讽了资本主义办事机构效率低下、相互推诿的弊病,总结了全文主题,在诙谐表达的同时引发读者思考。